ELOGIOS PARA
Amigas de verano

"Seis veranos de secretos jugosos… La amarás como a una hermana".

—*Cosmopolitan*

"Su escritura canta".

—*The Hartford Courant*

"Un entretenido cuento para adultos con personajes que enganchan, una trama que intriga y mucho sexo".

—*San Francisco Examiner and Chronicle*

"Ella refleja perfectamente el bien acorazado amor entre amigas de toda la vida. Los personajes de Blume tienden a quedarse con nosotros aun después de acabado el libro, lo que demuestra que esta talentosa escritora continúa haciendo lo que mejor sabe hacer".

—*The Seattle Times*

"No necesitas ser fanática de Blume para disfrutar *Amigas de verano*; pero, si lo eres, recordarás por qué de joven amabas sus libros y los leías una y otra vez".

—*San Antonio Express-News*

"*Amigas de verano* es una fuente ficticia de juventud que con seguridad rejuvenecerá una vez más al lector".

—*Newsday*

"Blume cuenta una buena historia, crea personajes memorables… y demuestra un oído atento al lenguaje vernáculo actual. Muchos lectores de *Amigas de verano*, que en su juventud viajaron con

Blume, celebrarán esta nueva oportunidad de reencontrarse con una escritora que ahora teje relatos provocadores para ellos y otros adultos".

—*The Tampa Tribune*

"Una lectora que atrapa de principio a fin… La fortaleza de esta novela yace en su retrato vívido de los adolescentes de la década de 1980. Los puntos de vista entrelazados de varios personajes enriquecen la narración y le dan profundidad".

—*Library Journal*

"*Amigas de verano* no es para niños. Es el tercer libro de Blume para adultos, publicado después de *Smart Women* y *Wifey*, ambos pertenecientes a los más vendidos. [Y] es jodidamente bueno".

—*The Philadelphia Inquirer*

"Personajes comprensivos, absorbentes, y situaciones realistas".

—*The Oakland Tribune*

"Una mezcla saludable de drama e ironía y una lectura fácil de digerir y disfrutable… [Judy Blume] es una mujer para todas las estaciones".

—*BookPage*

"Un libro para todo tipo de lectores; un libro para adultos con encanto universal".

—*Seventeen*

"Blume mantiene su historia en movimiento… Su retrato de una amistad poco probable y, sin embargo, duradera mientras evoluciona con el tiempo, recordará a los lectores por qué leían los libros de Blume cuando eran jóvenes: ella halla un tema provocativo y lo transforma en una historia envolvente".

—*Publishers Weekly*

JUDY BLUME

Judy Blume creció en Elizabeth, Nueva Jersey, inventando historias en su cabeza. Sus años de adulta los ha pasado en muchos lugares haciendo lo mismo, solo que ahora escribe sus historias en papel. Todos reconocen libros de Blume como *Forever…*; *Jugo de pecas*; *¿Estás ahí, Dios? Soy yo, Margaret*, y la serie de cinco libros sobre el irreprimible Fudge. También ha escrito cuatro novelas para adultos entre las que se encuentra *Amigas de verano*, y todas ellas han sido *bestsellers* del *New York Times*. Se han vendido más de 80 millones de copias de sus libros y su trabajo ha sido traducido a treinta y un idiomas. Recibe miles de cartas al año de lectores de todas las edades que comparten sus sentimientos y preocupaciones con ella.

Judyblume.com

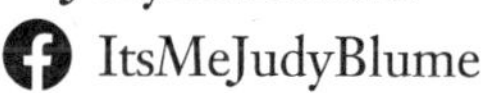

SUMMER SISTERS

Amigas de verano

SUMMER SISTERS

Amigas de verano

JUDY BLUME

Traducción de Luisana Rivas

VINTAGE ESPAÑOL

Título original: *Summer Sisters*
Publicado bajo acuerdo con Bantman Books

Primera edición: mayo de 2026

Copyright © 1998, Judy Blume
Todos los derechos reservados.

Publicado por Vintage Español®, marca registrada de
Penguin Random House Grupo Editorial USA, LLC
8950 SW 74th Court, Suite 2010
Miami, FL 33156

Traducción: Luisana Rivas
Copyright de la traducción © 2026, Penguin Random House Grupo Editorial

La editorial no se hace responsable por los contenidos u opiniones publicados en sitios web o plataformas digitales que se mencionan en este libro y que no son de su propiedad, así como de las opiniones expresadas por sus autores y colaboradores.

Penguin Random House Grupo Editorial apoya la protección de la propiedad intelectual y el derecho de autor. El derecho de autor estimula la creatividad, defiende la diversidad en el ámbito de las ideas y el conocimiento, promueve la libre expresión y favorece una cultura viva. Gracias por comprar una edición autorizada de este libro y por respetar las leyes del derecho de autor al no reproducir, escanear ni distribuir ninguna parte de esta obra por ningún medio sin permiso previo y expreso. Al hacerlo está respaldando a los autores y permitiendo que PRHGE continúe publicando libros para todos los lectores. Por favor, tenga en cuenta que ninguna parte de este libro puede usarse ni reproducirse, de ninguna manera, con el propósito de entrenar tecnologías o sistemas de inteligencia artificial ni de minería de textos y datos.
En caso de necesidad, contacte con: seguridadproductos@penguinrandomhouse.com
El representante autorizado en el EEE es Penguin Random House Grupo Editorial, S. A. U., Travessera de Gràcia, 47-49. 08021 Barcelona, España

Impreso en Colombia / *Printed in Colombia*

Información de catalogación de publicaciones disponible
en la Biblioteca del Congreso de los Estados Unidos

ISBN: 979-8-89098-404-3

A Mary Weaver,
mi amiga de verano

Muchas gracias a Randy Blume, Larry Blume, Amanda Cooper y a sus amigos por conversar conmigo acerca de la música y los recuerdos durante esas largas, dilatadas cenas en el porche de Martha's Vineyard. Un agradecimiento especial a Kate Schaum, una dedicada lectora precoz, y a Gloria DeAngelis, Kaethe Fine y Robin Standefer. Asimismo, a mis conexiones en Harvard: Nicky Weinstock, Ted Rose y Seng Dao Yang (mi guía honoraria en el ala sur de Weld Hall).

Contenido

Prólogo

VERANO, 1990

La ciudad está hirviendo bajo una temprana ola de calor de verano y, por tercer día consecutivo, Victoria compra una ensalada en el mercado coreano de la esquina y almuerza en su escritorio. Su compañera de departamento, Maia, le dice que se está jugando la vida al comer de una barra de ensaladas. Si no te matan las bacterias, lo harán los conservantes. Victoria lo piensa mientras mastica una zanahoria y anota algunas ideas para una próxima reunión con un cliente que busca una agencia de relaciones públicas arriesgada. Hoy en día todos quieren riesgo. Si les dices que es arriesgado, les encanta.

Cuando suena el teléfono, lo toma esperando una llamada del productor del segmento en *Regis and Kathie Lee*.

—Habla con Victoria Leonard —dice con voz segura y profesional.

—¿Vix? —pregunta una voz.

Se sorprende al escuchar la voz de Caitlin del otro lado y por un momento teme que sea una mala noticia, porque Caitlin solo llama de noche, usualmente tarde, y a menudo la despierta de un sueño profundo. Además, hace un par de meses que no hablan.

—Tienes que venir —dice Caitlin con su voz suave y seductora de princesa, la que ha adoptado en Europa, a medio camino entre Jackie O y la princesa Diana.

—Me caso en la casa de Lamb en Vineyard.

—¿Te casas?

—Sí. Y tienes que ser mi dama de honor. Es lo más apropiado, ¿no crees?

—Supongo que depende de con quién te cases.

—Bru —responde Caitlin y de repente vuelve a sonar como ella misma—. Me caso con Bru. Pensé que lo sabías.

Victoria se obliga a tragar y respirar, pero igual se siente sudorosa y débil. Toma la lata fría de Coca-Cola Light que tiene en la esquina del escritorio y se la pone en la frente y luego en el cuello, mientras anota la fecha y hora de la boda. Dibuja garabatos alrededor al mismo tiempo que Caitlin habla, hasta que la página queda llena de flechas, lunas crecientes y triángulos, como si estuviera de nuevo en sexto grado.

—¿Vix? —dice Caitlin—. ¿Sigues ahí? ¿Hay mala señal o qué?

—No, todo está bien.

—¿Entonces vendrás?

—Sí.

En cuanto cuelga, corre como loca al baño de mujeres donde vomita todo en el cubículo. Tiene que llamar de nuevo a Caitlin para decirle que no puede hacer esto. ¿En qué estaría pensando Caitlin? Y ella misma, ¿en qué estaría pensando al aceptar?

Cuatro semanas después, Caitlin, con el cabello al viento, recibe a Victoria en el pequeño aeropuerto de Vineyard. Victoria es la última en bajar del vuelo desde LaGuardia. Había visto a Caitlin desde su ventana apenas aterrizaron, pero se sintió pegada al asiento. Han pasado más de dos años desde que se vieron y tres desde que Victoria terminó la universidad y se vio absorbida por la vida real: un trabajo con solo dos semanas de vacaciones al año; sin dinero para viajar. "Una lástima", como diría Lamb cuando eran niñas.

—¿Va a Nantucket con nosotras? —pregunta la azafata, y de repente Victoria se da cuenta de que es la única pasajera en el avión. Avergonzada, toma su bolso y baja rápido por las escaleras hacia la pista. Caitlin la encuentra entre la multitud y le hace señas frenéticamente. Victoria se acerca negando con la cabeza porque Caitlin lleva una camiseta que dice *simplify, simplify, simplify*. Está descalza como de costumbre y Victoria apuesta a que sus pies estarán tan sucios como aquella primera vez en verano.

Caitlin la sostiene a distancia por un minuto.

—Dios, Vix... —dice—, ¡te ves tan... adulta!

Ambas ríen y Caitlin la abraza. Huele a agua de mar, bronceador y algo más. Victoria cierra los ojos, inhalando ese aroma familiar, y por un momento parece que nunca se hubieran separado. Siguen siendo Vixen y Cassandra, amigas de verano para siempre. Lo demás fue un error, una broma loca.

PRIMERA PARTE

DANCING QUEEN 1977-1980

1

VERANO, 1977

El mundo de Victoria tembló por primera vez el día que Caitlin Somers se acercó con paso seguro a su escritorio, se sentó en el borde y dijo un "Vix" que sonó como el nombre de una flor hermosa, aterciopelada y suave, no como un descongestionante. Caitlin había sido transferida a la escuela primaria Acequia Madre justo después de Navidad, luego de mudarse a Santa Fe desde Aspen durante las vacaciones. Todos en la clase de sexto grado de Vix se enamoraron de ella al instante. Y no fue solo por su aspecto —su cabello pálido y ondulado, su piel satinada y sus ojos hundidos, casi azul marino—, también era peleona, valiente y tenía una lengua afilada. Fue la primera en decir *mierda* en clase y salir impune. Ningún maestro ni adulto habría creído las palabras que salían tan fácilmente de la hermosa y rosada lengua de Caitlin. Y luego estaba esa sonrisa, esa risa.

Vix era demasiado tímida, demasiado callada para siquiera decir su nombre. Se sentaba al fondo y la adoraba desde lejos mientras los demás peleaban por ser sus compañeros, por compartir un pupitre con ella. Por eso pensó que había escuchado mal cuando Caitlin preguntó: "¿Quieres viajar conmigo este verano?".

Vix llevaba unos pantalones acampanados desgastados, una camiseta morada salpicada de jugo, y su cabello oscuro estaba recogido en una coleta despeinada. Tenía una mancha de lápiz en la mejilla izquierda. Mientras Caitlin hablaba, Vix juraba escuchar a Abba de fondo. "Dancing Queen". Se perdió casi todo lo que dijo Caitlin, salvo que tenía que ver con alguna isla en medio del océano. El *océano*, por Dios, que ella nunca había visto. No pudo responder, seguramente se trataba de un truco o una broma. Esperaba que el resto de la clase empezara a reírse, aunque la última campana había sonado y los demás niños corrían hacia la puerta.

—Vix... —Caitlin ladeó la cabeza y las comisuras de su boca se alzaron—, estaré con mi papá todo el verano, desde el primero de julio hasta el Día del Trabajo.

¡Todo el verano! ¡Todo el maldito verano! La música subía. *You're a teaser, you turn 'em on, leave them burning and then you're gone...*

—Nunca he visto el océano. —No podía creer lo tonta que se escuchaba, como si no controlara las palabras que salían de su boca.

—¿Pero cómo es posible en estos tiempos que nunca hayas visto el océano? —preguntó Caitlin, genuinamente interesada, sorprendida de que alguien pudiera haber vivido casi doce años sin verlo.

Vix solo pudo encogerse de hombros y sonreír. Se preguntó si Caitlin también escuchaba la música, si la música la seguía a donde fuera. Desde entonces, cada vez que Vix escuchaba "Dancing Queen" volvía a una tarde soleada de junio en sexto grado. La tarde en que un hada madrina agitó su varita mágica sobre su cabeza y le cambió la vida para siempre.

En casa, Vix le preguntó a su madre:

—¿Cómo es posible, en estos tiempos, que nunca haya visto el océano?

Su madre, que bañaba a su hermano menor, Nathan, la miró como si estuviera loca. Nathan tenía distrofia muscular. Su cuerpo era pequeño y deforme. Tenían un aparato que le permitía sentarse en la bañera, pero no podía quedarse solo. Tenía siete años, era atrevido e inteligente, mucho más despierto que su otro hermano Lewis, que tenía nueve, o que su hermana Lanie, que tenía diez.

—¿Qué clase de pregunta es esa? —dijo su madre—. Vivimos en Nuevo México. Nos separan cientos de millas de un océano y miles del otro.

—Lo sé, pero mucha gente también vive lejos y ha ido al océano.

Ella sabía muy bien por qué nunca habían ido a ninguna de las dos costas. Aun así, se sentó sobre la tapa cerrada del inodoro, con los brazos cruzados en actitud desafiante, mientras veía a Nathan navegar sus barquitos en la bañera, agitando olas con los brazos.

—Este es mi océano —dijo él. Su habla era dificultosa, lo que hacía que algunas personas tuvieran problemas para entenderlo, pero no Vix.

—Además, has ido a Tulsa —dijo su madre, como si eso tuviera algo que ver con lo que hablaban.

Sí, había ido a Tulsa, pero solo una vez, cuando su abuela, una abuela que nunca supo que tenía hasta entonces, estaba muriendo.

—Abre los ojos, Darlene —le había dicho su madre a la extraña en la cama del hospital—. Abre los ojos y mira a tus nietos.

Los tres estaban formados frente a su madre, mientras Nathan dormía en su coche. Esa mujer, que era su abuela, miró de arriba abajo a Vix, Lewis y Lanie sin mover la cabeza. Luego dijo:

—Bueno, Tawny, veo que has estado ocupada. —Y eso fue todo.

Tawny no lloró cuando Darlene murió al día siguiente. Vix ayudó a limpiar la casa rodante de Darlene, donde Tawny había crecido. Tawny se llevó algunas fotos viejas, una botella de whisky sin abrir y un par de canastas indígenas que tal vez podrían valer algo. Resultó que no valían nada.

No podía quedarse quieta. Nunca había querido algo tanto en su vida. Y estaba decidida. De una forma u otra, se iría con Caitlin Somers.

—Deja de moverte —dijo Tawny, lanzándole una toalla a Vix—. Seca a Nathan y prepáralo para la cena. Tengo que ayudar a Lewis con su tarea.

—Entonces, ¿puedo ir? —gritó Vix mientras Tawny salía del baño y atravesaba el pasillo.

—Tu padre y yo lo vamos a conversar, Victoria —respondió Tawny, dejando claro que no estaba decidido aún.

Tawny nunca la llamaba *Vix**, como los demás. *Si hubiera querido ponerle a mi hija el nombre de un remedio para el resfriado, lo habría hecho.* Uno pensaría que una persona llamada *Tawny* sería más flexible.

Había ido a la casa de Caitlin, un antiguo lugar amurallado en El Camino, solo una vez, en marzo, cuando Caitlin invitó a toda la clase a su fiesta de su duodécimo cumpleaños. Había música en vivo y un camión de *pizzas* con una docena de ingredientes diferentes. La madre de Caitlin, Phoebe, vestía ropa indígena de imitación —falda larga, botas vaqueras, collares de turquesas alrededor del cuello—. Su cabello trenzado y brillante le caía por la espalda. Algunos amigos de Phoebe también estaban allí, incluido su novio del momento, un tipo con cabello largo y plateado, un cinturón con conchas y botas de cuero hechas a mano. Vix nunca había asistido a una fiesta así, en una casa así, con adultos así.

Ella le había llevado a Caitlin por su cumpleaños un libro en blanco, cubierto de tela de *jean* azul, con una cadena de plata como separador de páginas. Solo esperaba que fuera digno de los pensamientos y sentimientos de Caitlin. Soñaba con tocar su cabello, su piel besada por el sol.

Les escribió a sus padres una carta donde exponía las razones para dejarla ir; la principal era la promesa de Caitlin de que no les costaría ni un centavo.

---

* N. de la E.: El nombre Vix suena muy similar a Vicks, una conocida marca estadounidense de productos medicinales, como jarabes, ungüentos y pastillas para el resfriado.

Pero Tawny no se la creyó. Ella decía que Caitlin venía de una familia inestable.

—Con solo ver a esa madre…

—Pero no estaremos con su madre —respondió Vix—. Estaremos con su padre, y él es muy estable.

—¿Y cómo lo sabes?

—Todo el mundo lo sabe. Él te llamará. Puedes preguntarle tú misma.

Al final, fue su padre quien convenció a Tawny de dejarla ir. Su padre, un hombre que parecía sorprendido cuando abría la puerta y encontraba a cuatro niños ruidosos en la casa. Un hombre de pocas palabras, capaz de pasar un fin de semana entero sin hablar, pero que cuando lo hacía, bajaba mucho la voz en la última parte de cada frase y siempre alguien preguntaba: *¿Qué? ¿Qué dijiste, papá?*

Pero nunca fue cruel.

Ella se imaginó saltando a sus brazos, abrazándolo con fuerza para mostrarle lo agradecida que estaba, pero eso habría avergonzado a ambos, así que solo dijo:

—Gracias, papá.

Él murmuró algo que ella no entendió mientras le apoyaba la mano sobre su cabeza.

Hasta entonces, el mejor momento de su infancia había sido el fin de semana en que su padre instaló una ducha de laminado moldeado en el medio baño de la habitación de sus padres. Cuando estuvo lista y funcionando, Vix, Lewis y Lanie rogaron ser los primeros en probarla. Su padre la miró y dijo:

—Lo haremos por orden de edad. Vix va primero.

¡Qué orgullosa se sintió ese día! Qué agradecida con su padre por reconocer que tenía un lugar especial en la familia.

La primera hija. La hija mayor. Una ducha amarilla con su propia puerta de vidrio. Quiso quedarse bajo el agua tibia para siempre. Solo después se dio cuenta de lo pequeña que era su casa, con ventanas pequeñas, altas y al norte, que la hacían oscura y fría todo el año, incluso bajo el sol implacable de Santa Fe.

No sabía casi nada de la juventud de sus padres. Cada vez que Vix le hacía una pregunta personal a su madre, Tawny respondía:

—No sacamos los trapitos al sol.

—Yo no soy cualquiera —replicaba Vix—. Soy familia. Soy tu hija.

—Ya sabes suficiente —decía Tawny—. Sabes lo que importa. Además, la curiosidad mató al gato.

Pero la satisfacción lo trajo de vuelta, pensó Vix, aunque no se atreviera a decirlo en voz alta. Si lo hacía, Tawny gritaría: *¡Ya basta, Victoria!* Así que dejó de hacer preguntas. ¿De qué servía?

A veces intentaba imaginar a Tawny el día que se graduó de la secundaria, subiendo al primer autobús que salía de Tulsa y viajando hasta donde el dinero le alcanzara, hasta Albuquerque, donde, gracias a sus habilidades de mecanografía y taquigrafía, que Tawny recordaba a todos con frecuencia, consiguió empleo con un joven abogado. Siete años después, todavía trabajaba para él.

Para ese entonces ya estaba comprometida con Ed Leonard, un chico de Sioux City, educado y lo suficientemente atractivo, a quien había conocido en un baile en la Base Aérea de Kirtland.

Se casaron ante un juez de paz cuando Ed terminó el servicio. El joven abogado, que ya no era tan joven, les organizó una fiesta en su jardín.

Tawny no invitó a Darlene. Ni siquiera le dijo a Ed que su madre seguía viva.

Luego vinieron los bebés muertos, tres en cinco años, nacidos antes de poder respirar por sí mismos.

Vix y Lanie solían jugar al juego del bebé muerto, como otros niños jugaban a *A, mi nombre es Alicia*, recitando los nombres que Tawny y Ed habían elegido para sus bebés: William Edward, Bonnie Karen, James Howard.

Casi habían perdido la esperanza cuando nació Vix, fuerte y sana, una sobreviviente. Luego vinieron Lanie y Lewis. Se mudaron a Santa Fe, donde Ed consiguió trabajo como vendedor de seguros.

Y luego nació Nathan.

Su padre solía bromear con entrar al Club del Millonario, vendiendo un millón de dólares en seguros en un año. Entonces podría ganar unas vacaciones en algún centro vacacional exótico, tal vez incluso en Hawái. Si eso pasaba, prometió que los llevaría a todos. Vix soñaba con esas vacaciones hasta que la compañía de seguros quebró y su padre quedó desempleado durante casi un año.

Tawny tuvo suerte de encontrar trabajo para la Condesa. Incluso después de que Ed consiguiera un nuevo empleo como gerente nocturno en La Fonda, el viejo hotel de la Plaza, Tawny mantuvo el suyo.

—Ya es difícil arreglárselas con ambos sueldos —decía.

La Condesa usaba pantalones de montar de gamuza, esmalte de uñas azul y joyas exóticas. Tenía cinco perros.

Nadie sabía su edad exacta. Tawny tenía que llevarla a las reuniones de Alcohólicos Anónimos. A veces, cuando la Condesa recaía, Tawny podía llegar a comportarse con verdadera mezquindad en casa.

Vix estaba acostada en la cama que compartía con Lanie, soñando con el verano que se acercaba. Imaginaba las palmeras meciéndose con la brisa. Casi podía sentir las noches largas y sofocantes, escuchar el ritmo de la música *reggae*. *Fantasy Island* o, al menos, *Gilligan's*. Tuvo que pellizcarse para asegurarse de que era real, que realmente se iría con Caitlin Somers, que no se lo había inventado todo.

A Lanie no le gustaba la idea.

—¡Es tan injusto! —gritó—. Tú haces todo.

Probablemente Lanie se preguntaba por qué Caitlin Somers, la persona más popular de toda la escuela, la había invitado a pasar el verano juntas. Ella misma se lo preguntaba. Intentó consolar a Lanie.

—Míralo así..., puedes tener nuestra habitación para ti sola todo el verano. Puedes invitar amigas a quedarse a dormir y todo.

—¿Puedo quedarme con tus Barbies?

—¿Quedártelas? Ni pensarlo.

—¿Usarlas?

—Usarlas, bueno, si prometes mantenerlas exactamente como están. Y la Casa de los Sueños de Barbie está prohibida.

—No es justo... Esa es la mejor.

—Entonces no hay trato.

Lanie hizo un puchero. Ella y Vix tenían los ojos oscuros y los pómulos altos de Tawny, un regalo de algún ancestro cheroqui. Pero Lanie era la más bonita de todas, con el cabello rojo caoba y la piel clara de Ed.

—Está bien, no tocaré la Casa de los Sueños de Barbie.

Vix estaba a punto de quedarse dormida cuando escuchó a Lanie susurrar:

—Si te vas, te perderás tu cumpleaños.

—No, no me lo perderé. Solo estaré en otro lugar.

Phoebe nunca conducía hasta Albuquerque, ni siquiera cuando ella misma viajaba en avión, así que Caitlin viajó con Vix y su familia en la casa rodante adaptada para la silla de Nathan. En el aeropuerto, cuando Vix se agachó para despedirse de Nathan con un abrazo, él dijo:

—No te preocupes, no te olvidaré.

Y le regaló su sonrisa ladeada.

—Yo tampoco te olvidaré —le prometió ella.

Al ponerse de pie, notó a una mujer que miraba fijamente a Nathan. Estaba acostumbrada a la forma en que la gente lo miraba, con una mezcla de curiosidad, lástima y repulsión. Se voltearían hacia otro lado si sus miradas llegaban a chocar.

Una vez en el avión, sentadas y con el cinturón puesto, Vix sacó de su mochila una bolsa con el almuerzo. Tawny había empacado dos sándwiches de mortadela, varios cartones de jugo y unas bolsas de *pretzels* y papas fritas, como si Vix se fuera de campamento. Desdobló una nota escrita en papel rayado.

En caso de que no te guste la comida del avión. —Mamá

No sabía si reír o llorar.

—¿Qué es eso? —preguntó Caitlin.

—Una nota de mi madre.

—¿Ya te escribió?

Vix asintió con la cabeza.

—A Phoebe le encanta tomarse los veranos como vacaciones de maternidad —dijo Caitlin, orgullosa—. Se va al sur de Francia. Me enviará una postal y me traerá algún traje fantástico.

Vix estaba pensando en que su madre daría cualquier cosa por viajar a Francia, pero la Condesa nunca se perdía la temporada de la ópera en Santa Fe. Organizaba fiestas enormes y Tawny era la responsable de todo eso.

El avión rodaba por la pista, ganando más y más velocidad, hasta que se elevó en el aire. Cuando lo hizo, Vix cerró los ojos, rezó una oración y se aferró a los apoyabrazos de su asiento.

—Espera… —dijo Caitlin—. Déjame adivinar: este es tu primer vuelo.

—Exacto. Y no me preguntes: "¿Cómo es posible en estos tiempos?".

Caitlin se rio.

—Eres completamente distinta —dijo, apretándole el brazo a Vix—. Eso me gusta de ti.

Tawny

¿En qué estaba pensando al empacarle un almuerzo a Victoria? No es típico de ella estar pendiente de sus hijos de esa manera. Tienen que estar preparados para la vida y la vida es dura, está llena de decepciones. No debería haberle hecho caso a Ed, no debería haber aceptado que Victoria se fuera a una isla, entre todos los lugares posibles, cuando ni siquiera sabe nadar. Y encima le dice que no se preocupe. ¿Preocuparse? Está demasiado cansada para preocuparse. Ya ni recuerda cómo se siente no estar agotada. Cierra los ojos y le reza a Dios para que proteja a su hija. Para que la mantenga a salvo. Pero ya nada será igual. En cuanto Victoria pruebe otro estilo de vida, en cuanto pase un verano con una chica como Caitlin Somers, la habrán perdido, es tan seguro como que un perro roe un hueso. Ella lo sabe, aunque Ed no lo vea.

Y ahora los demás niños la tironean, le piden dinero para la máquina de chicles. Solo Nathan sigue pensando en Victoria. Se le nota en la cara. A ella misma le sorprende que Victoria simplemente se haya ido y lo haya dejado. Contaba con que le ayudara durante el verano. Los otros dos no sirven para eso, son harina de otro costal. Pero Victoria se parece más a ella. Hace lo que hay que hacer.

Ed

Tawny espera demasiado de la niña. Le da demasiada responsabilidad. Todavía es chiquita, apenas cumplirá doce. La misma edad que él tenía cuando su padre murió. Durante tres años, la dependencia de su madre casi lo asfixió. *Mi hombrecito*, le decía. Por Dios, él no era ningún hombre, por más que lo intentara. Y un día, sin previo aviso, ella anuncia que se va a casar ese mismo fin de semana con un hombre que él nunca había visto, que ni siquiera había oído nombrar. Un viudo con tres hijos, todos más pequeños que él. Así, sin más.

Su padrastro lo odiaba con toda el alma. *Ese muchacho tuyo no sirve para nada, Maddy*. Y los niños, siguiendo el ejemplo, disfrutaban atormentándolo.

¿Es tímido?

No, solo es bruto.

¿Te comieron la lengua los ratones, Eddie?

¡No, los ratones le comieron ahí abajo!

Dejó de hablar en casa por un tiempo.

Su madre le decía: *Lo necesitamos, Eddie. Intenta comprender. Tiene un buen trabajo. Nos va a cuidar. Ya verás…*

Pero fue ella quien terminó cuidándolo a él, a sus tres mocosos y a los mellizos que tuvo con él siete meses después de casarse. Se mató de tanto trabajar antes de cumplir los cincuenta.

No es que él se quedara a verla. Se enlistó a los dieciocho. *Únase. Conozca el mundo*. Sonaba perfecto para él. Cualquier cosa con tal de escapar.

Lo único que deseaba era un trabajo decente, una familia propia, hijos a quienes amar. Iba a ser un verdadero padre, aunque nunca hubiera visto uno de cerca, pero ya se las arreglaría. Luego conoció a Tawny, una mujer que sabía lo que quería. Eso le gustó de ella. No era una veleta como su madre.

Ahora..., diablos, todo es distinto. Y eso ha endurecido a Tawny. No es culpa de nadie. Así son las cosas.

2

Caitlin no siempre decía la verdad. Se guardaba cosas. A veces, cosas importantes. Tenía un hermano. Un hermano y un perro. El hermano era enclenque para tener catorce, el cabello castaño y despeinado enmarcaba su cara triste. No se parecía en nada a Caitlin, ni siquiera vivía con ella, pero ella juraba que eran hijos de la misma madre y el mismo padre. Ella lo llamaba Sharkey.

El padre ya le había dicho a Vix que lo llamara *Lamb*.

—Como un corderito —añadió Caitlin—. Como *baaa baaa*...

Tal vez tenían alguna fijación con los animales.

—Lamb —dijo Vix, probando cómo sonaba. Se sentía raro llamar así a un adulto, al padre de alguien, *Lamb*. Era alto y delgado, vestía sandalias Birkenstock, *jeans* con un parche termoadhesivo y una camiseta negra con bolsillo. Tenía la misma sonrisa amplia que Caitlin y, cuando le extendió la mano para darle la bienvenida, Vix notó que tenía los brazos cubiertos de un vello claro, más rubio que su cabello que estaba algo canoso ya, a pesar de que no era realmente viejo, aunque su edad no le importaba a Vix. Los padres eran padres. Todos tenían más o menos la misma edad.

En la zona de equipaje del Logan, Vix identificó su maleta y Lamb la sacó del carrusel. Le habría gustado tener una bolsa de lona como la de Caitlin, no la vieja maleta a cuadros Black Watch de su madre, remendada con cinta adhesiva y con su nombre escrito en marcador permanente.

La perra, una labradora negra con un pañuelo en el cuello, iba en el asiento trasero de una camioneta Volvo gris destartalada. El hermano iba adelante.

—Los dos viven con Lamb en Cambridge —le dijo Caitlin antes de cruzar la calle corriendo, lo que obligó al conductor de un Toyota a frenar de golpe.

Pero Lamb no dijo nada. Solo sonrió y negó con la cabeza. Tawny habría gritado: *¡¿Por dónde andas mirando, Victoria?! ¿¡Quieres que te maten!? ¿Tienes idea de lo que cuesta un funeral hoy en día?*

—¡Dulce, vieja querida! —dijo Caitlin con ternura, dándole un beso al perro en la boca—. Vix, esta es Dulce. Es más vieja que Lamb en años perrunos. Olfatea a Vix —le dijo a la perra, que obedeció al pie de la letra, empezando por olfatearle la entrepierna.

Vix sintió que la sangre se acumulaba en sus mejillas. Alejó a la perra con una mano y cruzó las piernas.

Cuando Caitlin le presentó a Sharkey, dijo:

—¡Más te vale tratarla bien!

—Yo trato bien a todas tus amigas, a menos que no entiendan —respondió Sharkey.

Y, en ese instante, Vix se juró a sí misma que no iba a ser de esas personas que no lo entendían. Lo que fuera que *eso* significara.

El trayecto en auto se le hizo eterno. Lamb daba golpecitos al volante, marcando el ritmo de la música que salía del casete. *Hey, Jude*. Pasaron por un puente con un cartel que decía: "¿Te sientes desesperado? Llama a los Samaritanos". Incluía un número de teléfono. ¿Acaso eso significaba "lo suficientemente desesperado como para saltar"? De pronto, fue invadida por la nostalgia. ¿Qué hacía allí? ¿Quién era realmente Caitlin?

Ya casi atardecía cuando subieron al ferry, otra primera experiencia para Vix. Nunca había visto tanta agua junta, pero Caitlin le aseguró que eso no era el océano. Aves marinas sobrevolaban el barco mientras el ferry avanzaba lentamente, y Caitlin le advirtió que no se distrajera, porque cuando liberaban el equipaje, salía volando.

Cuarenta y cinco minutos después, cuando atracaron, Vix comprendió que esa isla no era ni remotamente el paraíso tropical que había imaginado. La brisa nocturna estaba lejos de ser cálida, no se escuchaba música *reggae* y los árboles eran pinos y robles, no palmas.

El teléfono sonaba justo cuando Lamb estaba abriendo la puerta de la casa. Corrió a contestar y, luego, se lo pasó a Vix.

—Es para ti, jovencita.

—Se suponía que debías llamar —dijo su madre.

—Lo sé, pero…

No le dio oportunidad de explicarle que acababan de llegar.

—Espero que hagas lo que se te dice, Victoria.

—Lo haré, solo que…

Lamb encendió la luz y Vix vio que estaban en la cocina. Había una estufa vieja, repisas en lugar de gabinetes, linóleo rojo en el piso y una mesa con la pintura amarilla agrietada y pelada.

—¿Cómo estuvo el vuelo? —preguntó su madre.

Caitlin le hacía señas para que se apurara. Apuntaba al otro lado de la habitación, donde sombras extrañas danzaban en las ventanas.

—¿El vuelo? —repitió Vix.

—Sí, el vuelo —insistió su madre.

Caitlin se puso una toalla sobre la cabeza y empezó a acercarse a Vix con los brazos extendidos, como un zombi. Dulce empezó a ladrar, entusiasmada con la payasada de Caitlin.

—Estuvo bien —le dijo a su madre.

Ya le parecía que había sido hace una eternidad. Su primer viaje en avión. Se preguntó si todas las primeras experiencias de su vida pasarían así de rápido y se olvidarían igual de rápido.

Phoebe

Canta con Paul Simon mientras hace su maleta. *Just slip out the back, Jack. Make a new plan, Stan...* Gira hacia la cómoda, recoge un montón de lencería: sujetadores de encaje con bikinis a juego, camisones largos de satén, ositos de peluche. Lo lanza todo sobre su Habitat, una cama pulcra y blanca de cuatro esquinas coronada por un espejo de Mylar.

Siempre ha tenido un alma viajera. No como Caity, que jamás quiere salir a menos que sea para estar con Lamb. Comienza a pensar que fue un error alejarla de él hace tantos años. Claro que, si Caity quisiera, podría vivir con Lamb. Solo tendría que pedírselo. No le dolería. De verdad. Sabe que no es una mala madre, solo que no es especialmente buena. Pero ella y Caity se llevan bien.

Sharkey, en cambio, es un completo misterio. A los hombres adultos puede entenderlos, sabe lo que quieren, lo que esperan, pero esto es otra cosa. Tal vez todos sean raros a los catorce. Está segura de que él la valorará cuando sea mayor. Le parecerá genial tener una madre tan eléctrica. A los dos.

Curioso lo de esa niña que Caity se llevó este verano. ¿Otra de sus decisiones impulsivas? La amiga del verano pasado no duró más de diez días. Diez días y se fue en avión de regreso; hasta donde ella sabe, Caity ni se acordó de ella. Después del verano, cuando le preguntó por lo ocurrido, Caity le respondió:

—Simplemente no lo entendía.

—¿No entendía qué, Caity?

—Vamos, Phoeb, tú sabes.

Pero no lo sabía. Ah, en fin, no era su problema, ¿verdad? Que lo resuelva Lamb. Diez meses al año son suficientes para ser madre. Todo el mundo necesita tiempo para recargarse.

Esta noche estará en Nueva York; mañana, en París.

3

Fue el tipo de verano del que no se escribe a casa para contarlo. Vix no mentía exactamente, pero, como Caitlin, empezó a practicar la verdad selectiva. Lo que su familia no supiera, no podía hacerles daño.

La casa era oscura y desordenada, un lugar donde a nadie le importaba cuánta arena había en el suelo o en tu cama. Caitlin la llamaba la casa de *Psicosis*. Vix entendía por qué. Su habitación tenía paredes de madera sin pintar, dos camas individuales con resortes ruidosos, colchas rojas desteñidas y almohadas que olían peor que la esponja húmeda con la que limpiaban las mesas del comedor en la escuela. Los estantes estaban abarrotados de Barbies decapitadas, Legos, juegos de mesa a los que les faltaban piezas, raquetas de tenis con cuerdas rotas, estrellas de mar, caracoles ermitaños, frascos con insectos muertos y pirámides de piedras.

El baño estaba al final del pasillo. Lo compartían con Sharkey. Cuando Vix se sentaba en la bañera con patas podía ver el estanque Tashmoo, que tenía una milla de largo. Se abría hacia el estrecho, facilitando la entrada y salida de los botes.

Había cosas flotando en el estanque, cosas marrones que parecían excrementos. Caitlin juraba que no lo eran, pero Vix no estaba tan segura. Caitlin nadaba todos los días con su traje de una pieza morado. El de Vix era azul y blanco con estrellas rojas. Lo odiaba. Su madre decía que no tenía sentido comprar uno nuevo si no pensaba mojarlo. Y no pensaba hacerlo. Sería como Sharkey. Él nunca se acercaba al agua. Ni siquiera usaba traje de baño.

Otra cosa sobre él y Caitlin: casi nunca se cambiaban de ropa. Pero lo realmente asqueroso era que Caitlin no se cambiaba la ropa interior. A veces ni siquiera usaba. No se había bañado ni duchado desde su llegada. Necesitaba usar champú. Ella y Sharkey empezaban a oler a pies sucios y algo más, algo que Vix no lograba identificar, pero no era bueno. Si Lamb lo notaba, no decía nada. Era tan relajado que prácticamente vivía acostado.

—Fue *hippie* durante un tiempo —le dijo Caitlin a Vix—. Vivió en la parte norte de la isla con todos los demás *hippies*. Algunos son famosos ahora. Algunos son ricos.

Vix se moría por hacer la pregunta obvia, pero no lo hizo. Nadie iba a acusarla de ser una de esas personas que no entienden. A veces, al final del día, Lamb las llevaba a pescar. Si atrapaban un róbalo o un pez azul, él lo cocinaba a la parrilla, envuelto en papel de aluminio, con tomates, pimientos verdes y cebollas. *Un pez, dos peces, peces rojos, peces azules*. Al principio Vix ni siquiera probaba los platillos de Lamb. Lo más parecido a un pescado que había comido era el atún enlatado.

A Lamb no le importaba.

—No hay problema, jovencita. Hazte un sándwich de mantequilla de maní.

Después de todo, Sharkey tampoco comía pescado. Solo comía Cheerios.

No obstante, al cabo de un tiempo el pescado empezó a oler bien y Vix descubrió que no sabía tan mal, salvo por las espinas. Se maravillaba al ver cómo Caitlin se las sacaba de la boca y las alineaba en el plato, mientras que ella a veces debía escupir un bocado masticado en la servilleta.

Caitlin le enseñó a jugar *jacks*. Echaba talco para bebés en el suelo, de modo que las manos les resbalaran fácilmente sobre las viejas tablas de pino del salón. Caitlin era una experta, pasaba por tres juegos difíciles antes de que Vix lograra terminar los de siete.

No había televisión en la casa. En la de Vix, en Santa Fe, la tele estaba encendida todo el tiempo. Lewis y Lanie veían repeticiones de comedias antes de la cena y Tawny nunca se perdía *Laverne and Shirley* o *Los ángeles de Charlie*.

Este lugar estaba lleno de libros viejos. Olían a humedad. Un día lluvioso, mientras Caitlin y ella estaban revisando las estanterías, encontraron *Matrimonio ideal* y *Amor sin temor*. Esa noche, en su cuarto, se turnaron para leer en voz alta, riéndose del lenguaje, aunque decepcionadas por la falta de ilustraciones en ambos libros. Caitlin dijo que *coitus interruptus* sonaba como algo que pedirías en un restaurante francés.

Usaron el diccionario del estudio de Lamb para buscar *cunnilingus*, *fellatio*, *pelotilla fecal*. Esta última se convirtió en su favorita. *Pelotilla fecal*: *un pequeño grumo de excremento, adherido a la parte trasera de un animal.* Vix le dijo a Caitlin que, si no empezaba a ponerse ropa interior limpia, le iba a dar el Premio Pelotilla Fecal. Caitlin se lo tomó en serio por unos días, pero, luego, volvió a sus viejas costumbres.

La primera vez que Caitlin condujo a Vix a través del bosque con Dulce siguiéndolas, por el sendero secreto de agujas de pino que llegaba hasta la playa norte y al estrecho de Vineyard, se tomaron de las manos, cerraron los ojos y juraron nunca ser ordinarias. Phoebe le había dicho a Caitlin que ser ordinaria era un destino peor que la muerte. Caitlin llamaba a esto el pacto NSO.

—¡NSO o muerte! —canturreó al viento—. ¿De acuerdo?

—De acuerdo.

En ese momento, Vix se sintió la persona más afortunada del mundo. Era la elegida, escogida por razones ajenas a ella para ser amiga de Caitlin; de modo que, si Caitlin le pedía jurar que nunca sería ordinaria, bueno, lo haría. Marcó su señal en la arena, un corazón con una *V* dentro, mientras Caitlin dibujaba un elaborado rayo alrededor de sus iniciales.

Caitlin quedó impresionada por lo oscura que se volvió la piel de Vix en solo unas semanas.

—Es mi gen nativo americano —explicó Vix—. Soy una dieciseisava parte cheroqui por parte de mi madre.

No estaba segura de la fracción exacta. Solo sabía que era algo de lo cual estar orgullosa.

—Dios, ¡qué interesante! Ojalá yo tuviera genes inusuales.

—Estoy segura de que sí —dijo Vix, pensando en Phoebe y Lamb.

Cuando Caitlin nadaba, Vix la vigilaba hasta que se convertía en un punto flotando en el mar, como la boya de un pescador de langostas.

—No sé nadar —confesó a Dulce—, así que deberás salvarla si lo necesita, ¿de acuerdo?

Dulce no pareció preocupada. Inclinó la cabeza como si escuchara atentamente y, luego, salió corriendo a buscar algo en qué revolcarse, algo muerto o en descomposición. Fuera lo que fuera, su pelaje terminaría oliendo a pescado viejo.

Caitlin se sacudió como un perro cuando salió del agua; luego, se envolvió una toalla de playa alrededor de la cintura, de modo que la arrastraba en la arena como una falda larga.

—¿Te he contado alguna vez que en mi vida anterior fui una sirena?

—Pero en esta vida eres humana —le recordó Vix, por si se le había olvidado—. Y desearía que no te alejaras tanto.

Ella derramaba torrecitas de arena mojada sobre su castillo elaborado.

—Me gusta que te preocupes por mí —dijo Caitlin.

—Alguien tiene que hacerlo.

En su habitación, por la noche, jugaban a ser sirenas, usando el maquillaje que Caitlin había comprado con la cuenta de Lamb, en la farmacia Leslie's, para pintarse los labios de rojo oscuro y delinearse los ojos con negro carbón. El espejo de pared que estaba encima del lavabo del baño era tan viejo como la casa. Una grieta lo atravesaba en diagonal, de modo que sus caras parecían tener cicatrices.

Se pavoneaban y cantaban Abba, los Eagles, Shaun Cassidy —*Da Doo Ron Ron*— con calcetines metidos en la parte superior de sus trajes de baño para ver cómo se verían con pechos grandes. Caitlin seguía siendo totalmente plana, pero Vix tenía unos pequeños montículos, el principio de algo.

Caitlin estaba fascinada con los vellos púbicos de Vix.

—Acuéstate —le dijo— y los contaré por ti.

—¿Para qué?

—¿No tienes curiosidad? ¿No quieres saber cuántos tienes?

—La curiosidad mató al gato —dijo Vix.

Caitlin la miró como si no tuviera remedio.

—Una persona sin curiosidad podría estar muerta.

Vix deseaba que alguien se lo explicara a su madre. Para demostrar que estaba muy lejos de estar muerta, se tumbó en la cama con las bragas abajo, riéndose histéricamente mientras Caitlin levantaba un vello a la vez y contaba en voz alta.

—Dieciséis —dijo Caitlin, anunciando el total—. ¡Qué suerte tienes!

—No veo por qué habría de ser suerte el tener dieciséis vellos púbicos.

—¡Lo verías si todo lo que tuvieras fuera esto! —Caitlin se bajó los *shorts* para mostrarle a Vix su pequeño parche de vellos claros. Tampoco es que Vix no lo hubiera visto antes.

Sharkey irrumpió en el baño y ellas gritaron tan fuerte que salió corriendo con una expresión de terror en el rostro. Desde entonces, pusieron una silla delante de la puerta de su habitación porque en la casa no había cerraduras.

Cuando se aburrieron de ser sirenas, inventaron un juego mejor. Vixen y Cassandra, amigas de verano, las dos chicas más sensuales de Vineyard, quizá del mundo entero.

Tenían el Poder. El Poder estaba dentro de sus pantalones, entre sus piernas. Acababan de descubrir que si lo frotaban de cierta manera era como si una corriente eléctrica les recorriera el cuerpo.

Querida familia,
me lo estoy pasando genial.
Con cariño, Vix

Y luego estaba Von, el chico más guapo que Vix había visto en su vida. Tendría unos dieciséis años, una larga coleta con mechones aclarados por el sol, brazos musculosos y un paquete de Marlboro metido en la manga de su camiseta. Sus labios eran carnosos y tan suaves que Caitlin decía que podría chuparlos toda la noche. Hasta ese momento, a Vix nunca se le había ocurrido chupar los labios de nadie.

Von trabajaba en los Flying Horses, que se suponía era el carrusel más antiguo del país, uno de esos tesoros nacionales que la gente en Vineyard siempre alababa. Él recogía los boletos y volvía a introducir los aros en la máquina mientras el carrusel giraba una y otra vez. Vix pensaba que Von debería ser declarado un tesoro nacional. Cada vez que Lamb se dirigía a Oak Bluffs, le rogaban que las llevara. Les daba un par de dólares y, mientras él hacía sus recados, ellas montaban hasta marearse y casi no poder mantenerse de pie.

Von las llamaba "Problema al cuadrado". Gruñía cuando las veía acercarse y fingía que eran una verdadera molestia. Caitlin le daba un puñetazo en el brazo cuando se comportaba así. Le encantaba molestarlo, le halaba la coleta, saltaba de un caballo a otro, lo desafiaba a que la detuviera. Rompía todas las reglas, pero él nunca la sacaba del carrusel. Vix sabía que él nunca la habría notado si no fuera por Caitlin. Pero no le importaba. Estaba orgullosa de ser amiga de Caitlin.

Una noche, el tesoro nacional les presentó a su primo, Bru. Bru era más alto que Von, con brazos musculosos pero delgados. Hablaba poco. Vix pudo notar que las consideraba niñas que no merecían su atención.

Otra noche, Lamb las llevó al cine a ver *Annie Hall* y, después, cuando Caitlin suplicó por solo un viaje más en el carrusel, Lamb dijo:

—Está bien, pero solo uno.

Él y Sharkey subieron por la avenida Circuit para comprar un trozo de *pizza* en Papa John's.

Pero Von no estaba en el carrusel esa noche. En cambio, Caitlin juró haberlo visto con una chica en el callejón oscuro junto al carrusel, con sus manos dentro de la camiseta de ella y la mano de ella sobre su... Vix no podía decirlo. No podía decir *pito* o *pipí*, ni siquiera *pene*, no cuando se trataba de Von. Así que Caitlin le dio un nuevo nombre: *el paquete*. Dijo que la mano de esa chica estaba envolviendo el paquete de Von.

Esa noche inventaron un juego. Vixen y Cassandra conocen a Von. Cuando jugaban, se turnaban para fingir ser Von, acostándose una encima de la otra, frotando el Poder contra el Poder de la otra hasta que la corriente eléctrica les recorría el cuerpo. Juraron no contarle a nadie sobre Vixen y Cassandra. Caitlin decía que no necesariamente eran lesbianas porque siempre fingían que lo hacían con un chico. Por otro lado, tal vez sí lo eran.

Lamb

Él jura que la noche en que ella nació, cuando la pusieron en sus brazos, ella miró directamente a sus ojos y sonrió. Tocó su pequeña boca en forma de capullo de rosa y se enamoró perdidamente. Su hija. Su niña. Nunca imaginó que la perdería. Y no lo ha hecho, se sigue diciendo a sí mismo. Nunca se ha perdido un verano. Nunca pide pasar las fiestas con nadie más que con él.

Él y Phoebe fueron unos tontos al pensar que sería fácil. Claro, se divorciaron sin rencores. Ni siquiera puede recordar si fue idea de Phoebe o suya. Con ese asunto del matrimonio abierto alguien iba a salir lastimado. Pero ¿separar a los niños solo para ser justos? *Una niña para ti, un niño para mí…* ¿Cómo iba a saber que Phoebe llevaría a Caitlin a vivir al otro extremo del país? ¿Arrepentimientos? Claro que los tiene.

La observa en el carrusel. No puede creer que ella no siempre será tan joven, tan inocente.

4

Es difícil continuar admirando a alguien con quien tienes tanta confianza como Vix la tenía con Caitlin ese verano, alguien con los pies sucios, pies que olían al barro del fondo del estanque, alguien que abría las piernas y frotaba su Poder contra el tuyo.

—¡Dios, me encanta esa sensación! —dijo Caitlin—. Resultas ser muy diferente de lo que pensé.

—¿Qué pensaste?

Caitlin recogió dos pequeños cuadrados de franela roja y comenzó a pasárselos de una mano a la otra. Tal vez ignoraría la pregunta de Vix. Hacía eso cuando alguien le preguntaba algo que no quería responder. Simplemente fingía no haber escuchado ni una palabra.

Pero al cabo de un rato, Caitlin dijo:

—Sabía que eras lista, pero callada —atrapó los cuadrados y miró el siguiente ejercicio en *Malabarismos para los más torpes*—. Sabía que no harías un millón de preguntas y no te entrometerías.

Comenzó de nuevo, esta vez con tres cuadrados.

—Y me gustó cómo sonreías. Y esa camiseta morada que siempre usabas.

No apartó la mirada de esos cuadrados rojos ni por un segundo.

¿Esas eran sus razones? Pero ¿qué esperaba Vix? Después de todo, no conocía a Caitlin mejor de lo que Caitlin la conocía a ella.

Caitlin lanzó los tres cuadrados al aire de una vez y se lanzó sobre la cama de Vix, tumbándola.

—¡Solo no estaba segura de que supieras divertirte!

Vix lo tomó como un cumplido. Sabía que le caía bien a Caitlin. Ese tipo de cariño era completamente ajeno a sus juegos secretos. A veces, cuando estaban en el pueblo, Vix notaba que la gente las miraba y recordaba que Caitlin era hermosa, pero la mayoría de las veces no importaba. No era algo que estorbara.

Una noche, durante la cena, Lamb preguntó si ella estaba pasando un buen rato. *¿Un buen rato?* Vix no podía creer cómo se la estaba pasando. ¡Era el mejor momento de su vida! A veces deseaba que el verano nunca terminara. Otras, deseaba no tener que volver a casa jamás.

Miró su plato, lleno de una generosa porción de pescado azul, papas tiernas y habichuelas verdes, y respondió con voz baja y tímida:

—Sí, gracias. Estoy pasando un buen rato.

Caitlin le dio una patada bajo la mesa y Vix tuvo miedo de que se riera.

Entonces Lamb dijo:

—¿Extrañas a tu familia?

De repente, a Vix le invadió la culpa porque no extrañaba a su familia. Apenas pensaba en ellos. Bueno, quizá en Nathan, pero eso era todo. Le escribía cada semana y le enviaba un pequeño recipiente lleno de arena, un frasco de plástico lleno de agua de Tashmoo, un pedazo de vidrio azul de playa que Caitlin había encontrado y le había dado para él.

—Parece cobalto, ¿verdad? —le había preguntado.

—Sí, sí… —había respondido Vix sin saber qué era el cobalto.

Lo habían puesto sobre una cama de algodón dentro de un joyero; luego, envolvieron la caja con plástico de burbujas, después de que Caitlin terminara de reventar las burbujas con los pies descalzos.

—Puedes llamar cuando quieras —continuó Lamb—. No te preocupes por los cargos.

—Lamb —dijo Caitlin—, ya basta.

—Es que Vix es tan callada —dijo Lamb, como si ella no estuviera sentada en la misma mesa, como si Sharkey tampoco estuviera allí. Sharkey, que nunca decía una palabra en la cena, pero hacía un sonido extraño y vibrante mientras comía su cereal como si tuviera un motor dentro del cuerpo.

Vix sentía curiosidad acerca de por qué Sharkey no había traído a un amigo para el verano también. Cuando usó su pregunta semanal, Caitlin respondió:

—No creo que tenga amigos.

—Eso es muy triste.

—Patético —coincidió Caitlin.

—Supongo que Vix es del tipo tímido y callado —dijo Lamb, sin olvidar el tema—, como Sharkey.

—Ella no es nada como Sharkey —dijo Caitlin.

De repente, Sharkey habló:

—¿Y cómo lo sabrías? —le preguntó a Caitlin—. ¿Cómo podría saberlo cualquiera de ustedes?

Sharkey

Todo es tan fácil para ellas. Parlotean todo el día y hasta la mitad de la noche. ¿Creen que él no las escucha, que no sabe que lo consideran raro? ¡Dios! Su vida no es asunto de nadie. No necesita amigos. Hay una diferencia entre estar a solas y sentirse solo. No es que ellas lo sepan. Criaturas alienígenas, si quieren saber su opinión. *Teletransportame, Scottie…*

Cualquier cosa que quisiera ver o hacer en la isla era posible con solo pedirlo. *Tus deseos son órdenes*, dijo Lamb, como en un cuento de hadas. Así que ella dijo: *Me gustaría ver el océano real.* Y abracadabra, al día siguiente partieron hacia el océano, haciendo una parada rápida en Menemsha, un antiguo pueblo pesquero con casi tantos barcos en el puerto como turistas tomando fotos. Sharkey había optado por no salir con ellos y quedarse en casa, probablemente para manejar la vieja camioneta de Lamb por el camino de tierra o meterse debajo del capó del Volvo, o deslizarse de espaldas sobre la patineta que había construido para meterse bajo los autos.

Ella y Caitlin siguieron a Lamb por el muelle hasta llegar a un viejo velero de madera, *Chica isleña*, donde Lamb llamó:

—Trisha… Oye, Trish…

Una mujer muy bronceada, con un enredo de rizos castaños, vestida con *shorts* y una camisa de trabajo, salió de la parte interna del barco, cubriéndose los ojos del sol. Saltó al muelle y abrazó a Lamb; luego, a Caitlin.

—Te presento a mi amiga Vix —dijo Caitlin.

Trisha le chocó la mano.

—Vamos rumbo a Gay Head —dijo Lamb—. ¿Quieres venir?

Vix acababa de descubrir que *gay* y *head* tenían significados que antes desconocía y escuchar a Lamb decir esas palabras en voz alta la hizo sentir rara.

—Ya voy —dijo Trisha—. Solo déjenme agarrar mis cosas.

Saltó de nuevo al barco y se metió en la cabina. Lamb la siguió.

—Son solo amigos —dijo Caitlin mientras esperaban—. De los viejos tiempos… cuando Lamb vivía aquí.

—Pero quizá siguen teniendo sexo. Estoy casi segura de que sí.

—No me importaría que se casaran. Ella es medio loca, pero nos quiere.

Recogieron el almuerzo en el camino: perros calientes de almeja y rollos de langosta. Vix nunca había oído hablar de ninguno y pidió papas fritas con salsa de tomate. Para cuando retomaron el camino, Vix estaba más interesada en Trisha que en el océano, y se preguntaba si ella y Lamb habrían estado haciendo esas cosas juntos, esas cosas sobre las que ella y Caitlin habían leído, mientras estaban en la cabina del barco. No lo creía, porque no habían estado ahí mucho tiempo, aunque tampoco tenía idea de cuánto tomaría.

El océano era exactamente como ella lo había imaginado, justo como lo había visto en un millón de películas. La única sorpresa era el aroma, salado y fresco, y el rugido de las olas al chocar con la orilla. Siguieron a Lamb y Trisha hasta un lugar protegido por un alto acantilado de arcilla, pero incluso así el viento les azotaba el cabello y, cuando intentaban hablar, la arena les volaba a la boca.

En cuanto dejaron caer sus bolsas en la playa, Trisha empezó a quitarse la ropa. Primero se desabrochó y se quitó la camisa, revelando unos pechos enormes con pezones del tamaño de galletas de vainilla. Vix nunca había visto algo así. Intentó apartar la mirada, pero no pudo. A pesar de la brisa, sintió que su rostro se calentaba.

Trisha pudo notar por la expresión en su cara que algo no estaba bien.

—Oh, cariño —dijo—, ¿te va a dar vergüenza? Porque no tengo que desvestirme.

Tuvo que gritar para hacerse oír. Miró a Lamb en busca de orientación.

—Creo que sería mejor… —empezó Lamb.

—Ya entiendo —dijo Trisha, poniéndose la camisa.

—Es una playa nudista —le dijo Caitlin a Vix—, pero no tienes que quitarte la ropa. Yo nunca lo hago.

Solo entonces Vix se cubrió los ojos del sol para mirar alrededor. ¡Era cierto! La mayoría de la gente en la playa estaba totalmente desnuda. Lamb se quitó los *jeans* y, por un segundo, Vix contuvo la respiración porque de ninguna manera quería ver su paquete, pero no hubo problema. Él llevaba un Speedo diminuto, del tipo que usaba Mark Spitz en los Juegos Olímpicos cuando ganó todas esas medallas y ella apenas estaba en segundo grado. No podía creer la actitud de todos, como si una playa llena de nudistas no fuera gran cosa.

—Entonces, Vix… —dijo Lamb—, ¿qué te parece?

—¿Qué me parece?

—El océano.

—Oh, el océano.

Intentó pensar en algo interesante que decir, pero el océano no era lo primero que le venía a la mente. Cuando no respondió, Lamb rio.

—Bastante impresionante, ¿verdad, pequeña?

Luego, él y Trisha se tomaron de la mano y se dirigieron hacia las olas.

Ella imaginó decirle a su madre que Lamb la había llevado a una playa nudista. *¡Indecente!*, diría su madre. *¡Lascivo e indecente y quiero que tomes el siguiente barco de regreso!* Sus padres no andaban por ahí sin ropa. Después de todo, su madre era una católica caída en desgracia.

Trisha

Hoy se había equivocado, y de qué manera, al quitarse la ropa de esa manera frente a la niña. Nada de sentido común. Por otro lado, era una playa nudista. ¿Por qué los habría llevado a una playa nudista si se suponía que ella no debía desnudarse? ¿Qué sentido tenía eso?

Por más que lo intentaba, nunca acertaba con él. Hace quince años él había elegido a Phoebe en lugar de a ella. Lo del dinero, pensó siempre. Lo de la familia. Podría haberle dicho entonces que eso nunca funcionaría. Phoebe estaba acostumbrada a conseguir lo que quería cuando quería. Claro que ella había fingido aceptar su estilo de vida, pero en realidad no creía que eso creara un mundo mejor. Tampoco es que ahora considerara eso. Pero en aquel entonces… Ella había llegado a la isla con dieciocho años, recién salida de Bridgeport, y nunca se había ido. No como Phoebe, que apareció un verano, enganchó a Lamb y se lo llevó.

Después de separarse de Phoebe, él había vuelto y ella cuidaba a su niño como si fuera suyo. *Lambsey-Divey*, lo llamaba ella. Ahora le decían Sharkey y tenía suerte si lo veía un par de veces cada verano.

Había esperado todos esos años a que Lamb entendiera que ellos debían estar juntos, que ella amaba a sus hijos tanto como a él. Pero él tenía una mujer nueva en su vida, una relación seria. Como si lo que ellos habían tenido durante todos esos años no fuera serio. Lloró cuando él se lo dijo, lloró y amenazó con cortarse las muñecas, pero él la contuvo y prometió que siempre sería su amigo, que siempre estaría ahí para ella.

Además, la había ayudado a montar su negocio, ¿no? La animó a lanzarse con Los Muffins de Trisha, horneados cada día, suaves, esponjosos, no como esas bolas de plomo que venden en el Dog. Todos los mejores restaurantes y tiendas del pueblo ahora querían sus *muffins*.

—Estás en tu mejor momento —dijo él—. Encontrarás a alguien más, alguien que te haga feliz, alguien con quien compartir tu vida en la isla.

Así que no se ha cortado las muñecas. Está demasiado ocupada horneando. Pero, ay, cómo extrañaba hacer el amor con él. ¿Desde hace cuánto tiempo estaban separados? Cuatro meses, dos semanas, tres días. Desde que él conoció a la nueva mujer.

Hace quince años pensaba que estarían juntos para siempre. Hace quince años se trenzaba el cabello con listones.

5

Vix nunca había conocido a alguien como Lamb. Todo lo que él le pedía era que aprendiera las letras de las canciones de los Beatles, lo cual no era precisamente un sacrificio. Así que, durante la segunda semana de agosto, cuando les dijo que debía pasar el día en Boston, no le importó. Prometió regresar a tiempo para la cena.

—¿Estás bien con eso, jovencita? —le preguntó.

—Claro —dijo Vix—, no hay problema.

Pero a las seis de la tarde llamó desde Boston. La niebla había cubierto el aeropuerto Logan. Un verdadero fastidio. No podría volver hasta la mañana siguiente. Vix no podía creer que los dejaría solos toda la noche en la casa de *Psicosis*.

—No le tengo miedo a la oscuridad —dijo Caitlin—. No creo en fantasmas.

Tampoco Vix, exactamente.

Después de una cena temprana, Sharkey se ofreció a pasearlas en la camioneta. A sus catorce años no tenía licencia, ni siquiera permiso de aprendizaje, pero conducía con cuidado: tenía ambas manos al volante a toda hora y siempre se movía bajo el límite de velocidad. Las llevó de arriba abajo por la isla, pero no se detuvo, ni siquiera para comprar helado, por algo relacionado con la batería. Cuando regresaron eran más de las nueve y se veían relámpagos a lo lejos.

Veinte minutos después se apagaron todas las luces de la casa. Caitlin probó el teléfono.

—Está muerto —dijo, encendiendo una cerilla y, luego, una vela.

Lo que siguió fue una tormenta despiadada. Dulce temblaba y se ocultó debajo de la cama de Caitlin. Sharkey arrastró un saco de dormir a la habitación de ellas y acampó en el suelo. Vix se acurrucó en la cama de Caitlin, junto a ella, y se cubría los ojos cada vez que un rayo iluminaba el cielo. Los árboles caían en el bosque y la lluvia se convirtió en granizo, golpeando la casa como una ametralladora.

—Es solo una tormenta —dijo Caitlin—. No sé por qué ustedes dos actúan como Dulce.

En la mañana, Lamb llamó para decir que llegaría a mediodía y que traía a un amigo.

—¿Un amigo? —preguntó Caitlin.

—Probablemente a Abby —dijo Sharkey, tomando un puñado de Cheerios de la caja y dejando caer algunos en su boca.

—¿Abby? —preguntó Caitlin—. ¿Quién es Abby?

—Una mujer —dijo Sharkey.

—¿Mujer? —dijo Caitlin—. ¿Con *mujer* te refieres a *novia*?

Sharkey se encogió de hombros.

—¿Lamb tiene novia y no me dijo? —preguntó Caitlin.

Él se encogió de hombros otra vez.

—Soy su hija. Deberían decirme esas cosas.

—No es monje, ¿sabes? —dijo Sharkey—. Tampoco Phoebe es monja.

—¡Pero nunca ha traído a nadie aquí! La isla siempre ha sido solo para nosotros.

Lamb, la mujer llamada Abby y su hijo, Daniel Baum, que tenía la misma edad que Sharkey, llegaron a tiempo para el almuerzo. Abby saludó a Sharkey como si ya se conocieran, pero estaba claro que los dos chicos no se habían visto antes y ninguno estaba muy contento. Daniel era dos cabezas más alto que Sharkey, con un estilo de estudiante pulcro. Llevaba zapatos Top-Siders y una camisa con estampado de cocodrilo. Actuaba como si estuviera aburrido.

Abby era casi tan alta como Lamb, muy delgada, pálida. El cabello fino y castaño le llegaba hasta los hombros y un flequillo le caía sobre los ojos. Vestía *jeans*, una camiseta espectacular y zapatos con suela ondulada que la hacían parecer aún más alta. Abby le sonrió a Caitlin, le dijo lo feliz que estaba de conocerla, cuánto había oído hablar de ella. Daniel bostezó muy fuerte, sin cubrirse la boca. Caitlin parecía que iba a vomitar.

Entraron a la casa por la puerta de la cocina y se toparon con el desorden de la noche anterior: la olla de macarrones con queso en el suelo, lamida hasta quedar limpia por Dulce; los platos pegajosos aún sobre la mesa, junto a las cajas de cereales para el desayuno, cáscaras de plátano y una rebanada de pan a medio comer, untada con mermelada de uva. En el rostro de Abby se reflejaron la sorpresa y, luego, el disgusto. Vix vio el cartón de leche sobre la encimera y trató de meterlo sigilosamente en la nevera, pero Abby tampoco pasó por alto eso.

Dulce, que había estado descansando bajo la mesa, comenzó a ladrar y, cuando Daniel se arrodilló para acariciarla, ella le gruñó.

—Dios, ¿qué clase de perro es este? —preguntó Daniel, mientras daba un salto para alejarse.

—Una labradora —dijo Lamb—. Por lo general es muy amigable. Abrió la puerta y espantó a Dulce hacia afuera.

—Bueno… —dijo Abby, tratando de ser optimista—. Esta casa tiene muchas posibilidades.

Hicieron un recorrido por la isla, los seis apretujados en el Volvo, los dos chicos en el asiento trasero, uno mirando por la ventana izquierda, el otro, por la derecha, y Caitlin y Vix en el suelo de la parte trasera con Dulce. Lamb abrió la ventana trasera para que no se sofocaran. Adelante, Abby y Lamb estaban como si nada, como si esto fuera incluso mejor que *La tribu Brady*. Mientras ellos estaban afuera, el servicio de limpieza estaría intentando poner la casa en orden. Le habían dicho a Lamb que tomaría todo el día, quizá dos. Lamb prometió una bonificación si terminaban en uno.

Esta vez no visitaron el barco de Trisha ni fueron a la playa nudista. En lugar de perros calientes de almeja y papas fritas, el almuerzo fue un asunto triste en un restaurante junto al puerto, con Daniel haciendo pucheros y Sharkey con su motor interno funcionando a tope. Caitlin movía la comida en su plato, pero no probó bocado.

Vix hizo lo posible por fingir que estaba fascinada con la historia de Abby y Lamb, cómo se conocieron, cómo se atrajeron instantáneamente y bla, bla, bla... ¿a quién le importaba?

—No podía creer que yo fuera estudiante en la escuela de negocios —dijo Abby, riendo.

—Todavía no lo creo —añadió Lamb, acariciándola.

Vix no tenía ni idea de cuál era esa escuela de negocios, pero no importaba. Nadie se dio cuenta.

—Vine a Boston después del divorcio, después de vivir toda mi vida en Chicago —dijo Abby—. Esperaba que Daniel viniera, pero ya sabes cómo es. No quiso dejar a sus amigos ni a su escuela. —Intentó despeinar a Daniel, pero él se apartó enojado—. Así que, por ahora, Daniel vive con su papá.

Vix seguía asintiendo, como los reporteros en la tele cuando hacen una entrevista, para demostrar que realmente escuchan.

—Y cuando obtenga mi maestría en administración de empresas el próximo verano —continuó Abby—, decidiré si vuelvo a Chicago o busco trabajo en el este.

Le sonrió a Lamb. Era una sonrisa íntima.

Vix se preguntó si ella sabía sobre Trisha.

Lamb

Es maravillosa, ¿no? No puede creer su suerte, cómo ella llegó a su vida de la nada, cuando menos lo esperaba. Y llegó para quedarse. No es solo el sexo. Todo en ella lo hace feliz. Es tan inteligente, tan dulce. Los chicos se van a volver locos por ella. No puede creer que esté pensando así, pensando en un futuro con esta mujer. Pero eso hace.

Todos los días Lamb cantaba en la ducha exterior. "All You Need Is Love", "Come Together", "We Can Work It Out". Estaba feliz. Estaba enamorado. Cuanto más feliz estaba con Abby, más infeliz era Caitlin. Y él parecía no darse cuenta.

Un día, Vix escuchó a Daniel decirle a Abby:

—Este lugar es un basurero. Ni siquiera tienen televisión ni lavaplatos.

No hacía falta ser un genio para ver que a Lamb le costaba arreglárselas, como a los padres de Vix. Solo había que mirar los muebles desvencijados, los coches maltrechos, la ropa que usaban. Incluso comían mal. Sin carne, ni siquiera hamburguesas.

—Recuerda que eres un invitado en esta casa —le dijo Abby a Daniel—. Y espero que te comportes de una manera que no nos avergüence.

—No entiendo por qué me trajiste —respondió Daniel—. Se supone que estoy de vacaciones.

—Has estado en el campamento todo el verano —dijo Abby—. Has tenido muchas vacaciones, pero yo solo tengo estas dos semanas.

—Papá dice que toda tu vida son unas vacaciones.

—No empieces, Daniel…

—Si dejaras venir a Gus, te dejaría en paz.

Abby suspiró.

—Ya pasamos por esto. Dos semanas sin un amigo no te van a matar.

—Podrían, sí —dijo Daniel.

A Vix le dio vergüenza haber escuchado. Decidió no contarle a Caitlin lo que había oído. Era demasiado personal.

Esa noche jugaron minigolf. Daniel sostenía su palo como un profesional, una mano sobre la otra, los pulgares entrelazados. Revisaba sus pies para asegurarse de que estaban bien alineados. Hacía dos golpes de práctica antes de darle a la pelota.

Caitlin y Vix se reían a carcajadas. Daniel les dijo que se callaran. Estaba tratando de concentrarse. Se tomaba el juego en serio. Su padre jugaba. Su padre tenía un hándicap ocho, fuera lo que fuera eso.

Habían jugado minigolf para celebrar el duodécimo cumpleaños de Vix, el último día de julio. Sharkey había hecho un hoyo en uno esa noche, ganándoles una partida gratis. Esta vez nadie ganó una partida gratis.

Después, mientras comían helado en Mad Martha's, Daniel empezó a insistirle a Abby para que le dejara invitar a un amigo. Abby dijo que no, y parecía en serio, pero Daniel no se rindió. Siguió insistiendo todo el camino a casa. Finalmente, Lamb dijo:

—No me importa si quiere invitar a alguien.

—Está bien. ¡Está bien! —dijo Abby, cediendo al fin—. Puedes llamar a Gus cuando volvamos.

Dos días después llegó Gus Kline, despeinado, con aire honesto, ruidoso y desordenado. Entró como si fuera el dueño, mirando la nevera, sirviéndose las sobras de la cena anterior.

—Hey, Baumer —dijo, pronunciando *bomber* y dándole un golpe amistoso—. ¿Qué tal?

—Desde que llegaste —respondió Daniel, dándole un golpe de vuelta y sonriendo por primera vez—, las cosas definitivamente van mejor.

Abby

Ni muerta permitirá que los niños arruinen esto. No importa el odio en los ojos de Caitlin. Fue un error irrumpir en su vida así, sin aviso, sin invitación. Debería haberlo sabido. Quizá tome algo de tiempo, pero va a ganársela. Siempre quiso tener una hija y esta parece necesitar un poco de cuidado materno. Además, en menos de diez años, todos esos chicos serán adultos. Pero ¿por qué está pensando así? Ella y Lamb se conocen desde hace apenas cuatro meses.

Antes de conocerse, había pensado en tener otro hijo. Solo tiene treinta y siete. Todavía hay tiempo. Y, sin embargo, ahora que la relación con Lamb parece seria —o al menos eso espera—, no está tan segura. Tres adolescentes malhumorados parecen más de lo que había imaginado. Claro que un bebé sería otra cosa. Un bebé podría unirlos. Pero sabe, por experiencia, que también puede crear una brecha entre dos personas. Nunca volvió a ser lo mismo entre ella y Marty después de que nació Daniel. Nunca esperó que él sintiera celos del bebé, que compitiera por su afecto, exigiéndole cosas imposibles de cumplir. Pero así fue.

En el año que ha transcurrido desde que lo dejó, se ha hecho más fuerte, más segura de sí misma. Ya no le da miedo imponerse y está convencida de que ve el respeto en los ojos de Daniel.

La verdad es que no había planeado enamorarse tan pronto. Demasiado pronto, dicen sus amigas. Pero ¿se supone que debe alejarse del mejor hombre que ha conocido solo porque llegó demasiado pronto? Qué ironía, encontrarlo justo ahora que había decidido no volver a depender de ningún hombre.

Trata de no pensar en la exnovia *hippie* del barco, aunque Caitlin suelta indirectas cada tanto. Trisha hornea los mejores *muffins* y tiene unos pechos increíbles. ¡Imagínate a una niña de doce años hablándole de pechos! Tuvo que morderse la lengua.

—Tienen sexo juntos…, *fellatio* y *cunnilingus*. Pregúntale a Lamb si no es cierto.

Quería darle con el cinturón en esa ocasión. En cambio, dijo:

—Este no es un tema apropiado.

—¿Por qué no?

—Porque no lo es.

Se había retirado, pero podía sentir la satisfacción de Caitlin.

—Lo que pasa entre Trisha y tú…

—No ha pasado nada entre Trisha y yo en mucho tiempo.

—¿Por qué Caitlin opina lo contrario?

—Caitlin tiene doce, Ab. ¿Qué sabe ella?

—Pero me dijo…

—Solo intenta meterse en tu cabeza.

—Habló de *fellatio* y *cunnilingus*.

—¿Qué?

—Eso mismo pensé.

Él rio.

—Te dije que ella no es fácil.

—Debí creerte.

6

VERANO, 1978

Vix suponía que una persona que había jurado jamás ser ordinaria, jamás ser aburrida, recibiría los cambios de brazos abiertos. Pero cuando se trataba de la casa en Vineyard, Caitlin esperaba que todo siguiera exactamente como siempre y le enfurecía que hubieran renovado la casa sin avisarle, mucho menos sin pedirle permiso.

—¿Pero qué carajo? —dijo Caitlin con una expresión de incredulidad total al ver, por primera vez, la versión nueva y mejorada de la casa de *Psicosis*.

—Queríamos darte una sorpresa —dijo Abby.

—¿Una sorpresa? —repitió Caitlin—. ¡¿Una sorpresa?!

Abby y Lamb se habían casado en Semana Santa. Caitlin había volado a Boston para la boda. Vix le pidió detalles, pero Caitlin no quería hablar del tema. Era demasiado deprimente.

—Por lo menos Phoebe no se casa con sus novios.

Caitlin pasó de largo junto a Abby sin decir palabra, con las manos apretadas y los labios sellados. Vix la siguió como una sombra. Cuando Caitlin se detuvo en medio de la sala, Vix también lo hizo. A ella, en lo personal, la casa le parecía fantástica. Habían instalado tragaluces en el techo que la inundaban de luz. Se habían añadido grandes ventanales y puertas francesas. Los enormes pinos que antes bloqueaban el sol y proyectaban sombras raras por la noche se habían reubicado del otro lado, el más boscoso, dejando libre la vista hacia la laguna y más allá, hacia el estrecho. Se podían ver los ferris y los veleros desplegando sus velas frontales. Los muebles viejos estaban ahora cubiertos con fundas nuevas, blancas y azules. Había floreros con zinnias por toda la casa y alfombras de sisal que pinchaban si caminabas sin zapatos.

Abby esperaba en silencio, con expresión esperanzada, pero Caitlin subió corriendo las escaleras y abrió de golpe la puerta de su habitación. Allí no se había tocado nada. Todo seguía tal y como lo habían dejado. Vix se sintió decepcionada, pero Caitlin suspiró:

—¡Menos mal!

Abby las había seguido y se quedó de pie en el umbral.

—Pensé que querrías decorar el cuarto tú misma —le dijo a Caitlin—. Escoger los colores, los accesorios...

Vix pensó que sería genial pintar las paredes de madera, reorganizar las colecciones, salir a comprar cosas al pueblo, pero Caitlin respondió:

—Me gusta tal como está, ¡gracias!

Y cerró la puerta de un portazo en la cara de Abby.

Si Abby pensaba que ganaría puntos con Caitlin haciendo cambios, estaba equivocada. Vix deseaba hacerle entender que intentar complacerla no era la forma de conquistar su afecto. A Caitlin le repelía la gente que se esforzaba demasiado.

Un minuto después, Caitlin se quitó los zapatos de una patada y los estampó contra la pared. Golpeó sus almohadas enmohecidas contra los libros del estante hasta que una se abrió y salieron plumas volando en todas direcciones. Arremetió contra su colección de piedras, lanzándola al suelo. Lanzó raquetas de tenis y aletas de buceo por todo el cuarto; luego, agarró la silla de su escritorio y la estrelló contra la puerta del clóset. Maldijo y lloró mientras destruía todo lo que tenía al alcance.

Vix estaba impresionada. Nunca había visto a nadie comportarse así. Una vez, en cuarto grado, había llegado a casa llorando a gritos porque un niño de la clase la había llamado *puta*. No tenía idea de lo que significaba esa palabra. Él tampoco, pero en ese momento ella no lo sabía. *Puta*, *puta*, *puta*... cantaban los otros niños. Se burlaron de ella durante una semana entera.

Tawny no mostró la menor compasión.

—Guarda tus lágrimas para algo importante, Victoria. No hay necesidad de exhibir tus emociones en público. ¿Quieres que esos niños tengan poder sobre ti?

—No.

—Entonces recuerda lo que te digo. No muestres nunca tu decepción.

Esa fue la última vez que permitió que Tawny la viera llorar.

Mientras se acurrucaba entre las dos camas, protegiéndose la cabeza con las manos, pensó en el consejo de Tawny y se sintió orgullosa de saber controlar sus sentimientos. Evidentemente, a Caitlin nunca le habían enseñado a guardar las lágrimas para algo importante.

Por fin, Caitlin se dejó caer sobre la cama.

Vix no tenía nada que decir para consolarla. En cambio, le ofreció una caja de pañuelos y se sentó a su lado, acariciándole la espalda.

Caitlin se sonó la nariz.

—Eres la única en esta casa a la que no odio. Eres la única que de verdad se preocupa por mí.

Caitlin ni siquiera la odió cuando Vix tuvo su primer período, aunque Caitlin moría por ser la primera.

—¡Te garantizo que seré la primera en todo lo demás! —le prometió.

Quizá..., quizá no, pensó Vix. Esta era la primera cosa que ella tenía y Caitlin quería, y le gustaba cómo se sentía.

Caminaron las dos millas hasta el pueblo, sin avisarle a nadie, para comprarle toallas sanitarias a Vix y, luego, Caitlin la escoltó hasta el baño secreto detrás de la pastelería francesa de la calle principal. Ahí la ayudó a pegarse la toalla en la ropa interior.

Afuera, se toparon con Trisha, que estaba entregando *muffins* a la tienda *gourmet*.

—¡Virgen santa, miren quiénes están aquí!

Trisha dejó la bandeja sobre el capó de su camioneta y le dio a cada una un *muffin* de durazno. Llevaba unos *shorts* muy cortos y una camiseta naranja. Vix pensó en esos pechos gigantescos y les advirtió a los suyos que no crecieran tanto.

—¿Y cómo están los recién casados? —preguntó Trisha.

Caitlin hizo un sonido como de arcadas.

Trisha asintió.

—Una cree conocer bien a alguien y, de repente, va y hace algo tan escandaloso, tan completamente fuera de lugar...

—¡Él debió casarse contigo! —dijo Caitlin.

—Ay, cariño, no eres la única que piensa eso.

Solo cuando Caitlin decidió pedir un aventón para volver a casa, Vix se negó.

—No me dejan pedir un aventón —dijo, aunque la idea de volver caminando bajo ese sol, que le afectaba justo cuando ya se sentía medio mareada, le hacía desear hacerlo.

—Esto es Vineyard, Vix. Aquí todo el mundo se ayuda.

—No puedo. Es la única cosa que les prometí a mis papás que nunca haría, junto con las drogas y el sexo antes del matrimonio.

—Eso son tres cosas.

—Ya sabes a qué me refiero.

Pero segundos después un antiguo Camaro azul frenó de golpe. Había dos chicos en el carro, ambos con gorras de béisbol y lentes oscuros envolventes. Y el que manejaba era él, el tesoro nacional.

—¿Van al norte de la isla? —preguntó Von.

Caitlin miró a Vix.

—Tú puedes caminar si quieres, pero yo me subo.

El otro, Bru, echó el asiento hacia adelante para que Caitlin pudiera meterse en el asiento trasero.

—¿Te subes o no? —le preguntó Bru a Vix—. Porque, como verás, estamos obstruyendo el tráfico.

Ella siguió a Caitlin dentro del carro, pensando que toda promesa debía tener sus excepciones. Además, si las mataban, sería mejor morir juntas; de lo contrario, tendría que explicarle a Lamb por qué Caitlin había sido asesinada y ella no.

Caitlin le haló la coleta a Von.

Él bajó sus lentes y las miró a través del retrovisor.

—Sabía que hoy era mi día de suerte —dijo, haciéndose el encantador—. Oye, Bru, mira lo que pescamos.

—Ajá —respondió Bru, con el mismo entusiasmo que si hubieran pescado dos sardinas.

Iban saliendo del pueblo. Pasaron el puesto de vegetales Don Cebollín, pasaron el minigolf, pasaron el mirador de Tashmoo, hasta llegar a la carretera Lambert's Cove, donde Caitlin le dijo a Von que girara a la derecha.

—¿Hasta dónde? —preguntó él.

—Ya te aviso.

Cuando lo hizo, Von pisó el freno de golpe, haciendo que se inclinaran hacia adelante contra los asientos delanteros, lo cual le pareció gracioso.

—Gracias por el aventón —dijo Caitlin—. Nos vemos en el carrusel.

—No este año —respondió Von—. Este año estoy trabajando en la pescadería.

—¿Cuál de todas? —preguntó Caitlin.

—Eso lo sé yo… y tú lo averiguas —dijo Von.

—Ajá…, pues guárdame una cabeza de pescado —dijo Caitlin.

—Te voy a guardar algo mejor que eso —le respondió Von—. Ven a buscarlo en tres años.

—Mejor espera sentado —canturreó Caitlin, dando un portazo.

Escucharon a los chicos riéndose mientras se reincorporaban a la carretera y aceleraban.

Caitlin lo tomó como una señal de que no todo estaba perdido. Le echó un brazo por encima a Vix mientras caminaban la milla restante del camino de tierra hacia la casa.

—¿No estás feliz de que pidiéramos un aventón?

—Tal vez —dijo Vix.

Se preguntaba si los chicos habrían notado que tenía la regla, si se le había notado el bulto en sus *shorts* cuando bajó del carro.

—¿Solo tal vez? —preguntó Caitlin.

—Probablemente. ¿Eso es mejor?

—Sí, definitivamente mejor.

Esa noche se sentaron una frente a la otra en la vieja bañera con patas de garra que, de alguna manera, se había salvado de la renovación.

Caitlin había convencido a Vix de que no sangraría en la bañera, pero que si eso pasaba, no le importaría.

—Estás creciendo de verdad —dijo Caitlin, enfocándose en el pecho de Vix.

Vix sintió cómo se le enrojecía la cara.

—Lo sé.

No se habían visto desnudas desde el verano pasado. Caitlin seguía plana.

—¿Cómo se siente? —preguntó Caitlin.

—¿Cómo se siente qué?

—Tener pechos.

—No sé. No se siente como nada.

—¿Puedo tocarlas?

—Supongo.

Caitlin se inclinó y le rodeó los senos con las manos. Vix ya se había tocado antes, pero era la primera vez que lo hacía alguien más. Le produjo una sensación extraña, como si no pudiera respirar.

—¿Todavía tienes el Poder? —preguntó Caitlin.

Vix asintió.

—¿Lo usas?

—A veces. ¿Tú?

—A veces.

Caitlin le dedicó una sonrisa pícara y se sumergió por completo en el agua. Su cabello se abrió en forma de abanico y, por un momento, pareció muerta.

A Vix le había preocupado que Caitlin encontrara otra amiga de verano, alguien que la reemplazara. No fue hasta que abordaron el avión al final del verano pasado que Caitlin le dio la noticia. Iba a estudiar en Mountain Day, un colegio privado en Santa Fe. Vix se sintió completamente destrozada.

—¡Anímate! —dijo Caitlin—. Hasta donde sabemos, podríamos morir hoy. El avión puede estrellarse, cualquier cosa podría pasar.

Pero la idea de perder a Caitlin era incluso peor que la de que el avión se estrellara. Se preguntaba si Caitlin y sus nuevas amigas del colegio compartirían el Poder. Ella nunca lo compartía. A veces, en casa, después de que Lanie se dormía, usaba el Poder sola. La mayoría de las veces se desperdiciaba. Había muy poco tiempo y muy poca privacidad.

No esperaba que Caitlin la invitara de nuevo a Vineyard y, cuando lo hizo, Vix temió que su madre no la dejara ir. Había sido un año difícil para su familia. Nathan se enfermó varias veces durante el invierno y fue hospitalizado a causa de una neumonía en marzo. Unas semanas después, Lewis se rompió un brazo. El techo empezó a gotear con las intensas nevadas húmedas de la primavera y Tawny les dejó saber que estaba preocupada por la pila de facturas que se acumulaban en el escritorio de la sala. Se habló de vender la casa rodante, pero Ed decidió postergarlo. En vez de eso, empezó un segundo trabajo, conduciendo para UPS, pero lo despidieron a las pocas semanas.

Tawny la sorprendió. Parecía aliviada de tener a una persona menos en casa durante el verano, una preocupación menos de la cual ocuparse.

A mediados de mayo, Tawny comentó que Phoebe había sido invitada a la fiesta de la Condesa la noche anterior.

—Estaba con alguien al menos diez años menor —resopló Tawny.

—¿Y qué? —dijo Vix, intentando demostrar lo sofisticada que se había vuelto—. Phoebe tiene muchos amigos. Eso no significa necesariamente que sean amantes.

Por un segundo pensó que Tawny le iba a dar una bofetada y se echó hacia atrás. En cambio, Tawny gritó:

—¡Estoy harta de tu insolencia, Victoria!

La semana anterior la había llamado *impaciente*..., *impaciente* e *irritante*. Vix no tenía idea de por qué su madre estaba tan enojada con ella. La había escuchado por teléfono diciéndole a alguien que la Condesa estaba bebiendo otra vez y fumaba dos paquetes al día y que cuando el doctor le hizo una advertencia severa, la Condesa le dijo que se fuera al carajo.

—¡No tengo fuerzas para preocuparme por ella también, pero si se va... me quedo sin trabajo! —dijo Tawny.

¿Iba a morir la Condesa? ¿A eso se refería? Vix no preguntó. Intentaba mantenerse al margen, pero a medida que se acercaba el final del año escolar, Tawny se volvía más hostil y la culpaba de todo. Una noche, cuando el pollo que Vix debía rociar con salsa se le pasó en la parrilla, Tawny gritó:

—¡Miren esto! —Hundió un tenedor en una pieza y la agitó frente a los otros niños—. ¡Si Victoria no fuera tan egoísta, no comeríamos pollo quemado esta noche!

Vix corrió a su cuarto y no salió. Más tarde, mientras terminaba la tarea de matemáticas, Lanie le dijo:

—¿Sabes por qué te odia?

Vix levantó la vista de su cuaderno.

—Es porque tú puedes escapar —dijo Lanie, tratando de trenzar el cabello de su Barbie Malibu—. Todos te odiamos por eso.

Lanie lo dijo sin emoción y, de pronto, Vix lo entendió todo. Ella podía escapar; ellos, no.

Le entristecía dejar a Nathan, especialmente cuando él le acercó su títere de mapache a la cara.

—Quiero que él también vaya a Vineyard. Así me puede contar todo.

—Pero si yo te conté todo el verano pasado —dijo Vix.

Las historias que le había contado eran relatos genéricos sobre la isla: el océano, los pájaros, las tormentas.

—¿Cómo sé que no lo inventaste todo? —preguntó Nathan.

¿Podía verla con tanta claridad o era solo una broma?

—Muy bien, Rupert—le dijo al títere.

—Ya no se llama Rupert —dijo Nathan—. Ahora se llama Orlando.

—¿Orlando?

—Como Disney World —dijo Nathan.

Vix se arrodilló frente a la silla de Nathan.

—Algún día te voy a llevar a Disney World —dijo.

—¿Cuándo?

—Cuando gane suficiente dinero.

—¿Cuántos años va a tomar?

—No lo sé. No muchos.

Lo abrazó. Su cuerpo le pareció tan pequeño, tan frágil.

—Te extrañé el verano pasado —susurró—. Lewis y Lanie no se preocupan por mí como tú.

Ella sabía que era cierto y se sintió culpable, aunque no lo suficiente como para quedarse en casa. No es que Lanie y Lewis fueran crueles o malos con Nathan, sino que estaban metidos en sus asuntos y, a veces, se olvidaban de él. Sobre todo Lewis. Siempre le había guardado rencor a Nathan, por haber nacido, para empezar, y luego por haber nacido así. A veces Vix podía ver en su cara el pensamiento claro: *¿Por qué debían tenerlo? ¿Por qué no se detuvieron después de nosotros tres?* Sabía que todos se habían hecho esas mismas preguntas, incluso sus padres. Tawny solía decirles que Nathan era un regalo de Dios para enseñarles a ser fuertes, para enseñarles a contar sus bendiciones. Pero ¿y Nathan? ¿Qué clase de regalo le había dado Dios a él?

7

La segunda semana de julio, cuando las hortensias se tornaron de un azul intenso y se desbordaban por el porche, Lamb dio una fiesta para celebrar la maestría en administración de empresas de Abby.

—Le encanta presumir de su nuevo marido y de su casa de verano renovada —se burló Caitlin.

—¿Y de sus encantadores hijastros? —preguntó Vix.

—Oh, sin duda.

Las dos miraron hacia el jardín recién plantado de Abby, donde Sharkey se había convertido en un desconocido; había crecido siete pulgadas sin ganar una libra, lo que lo hacía parecerse a Lurch, con los brazos colgando como cañas de pescar desde los hombros y las manos suspendidas a los lados como si no supiera qué hacer con ellas.

—Es casi tan perfecto como su hijo —dijo Caitlin.

Daniel y Gus habían llegado el día anterior para quedarse tres semanas, lo que significaba que ella y Caitlin compartirían el baño no solo con Sharkey, sino con tres chicos adolescentes. Tres asquerosos chicos de quince años que dejaban la tapa del inodoro levantada, orinaban en el borde, se tiraban pedos donde fuera y cuando fuera. Y uno de ellos siempre se olvidaba de bajar la cadena o estaba tan orgulloso de lo que había hecho que lo compartía con todos los demás. Siempre había restos de pasta de dientes pegados a los bordes del lavabo donde escupían, toallas mojadas en el suelo y la bañera estaba llena de pelos de alguna parte del cuerpo que solo Dios sabía.

Escucharon a una invitada decirle a Abby que los niños eran muy atractivos y, luego, preguntarle si ya había encontrado trabajo.

—No, la verdad es que no he empezado a buscar —respondió Abby—. Me estoy dando un tiempo para disfrutar.

—Ahora que consiguió su cupón de comida, probablemente nunca trabaje —le susurró Caitlin a Vix.

¿Cupón de comida?

El día después de la fiesta, el clima se volvió lluvioso y ventoso, y se quedó así durante una semana. Vix y Caitlin compraron una pila de libros de bolsillo en Bunch of Grapes y, salvo para las comidas, pasaron la semana entera leyendo en cama. Abby les ofrecía cajas con viejos rompecabezas para intentar sacarlas. Sharkey seguía a Vix de cerca después de cenar, respirándole en la nuca mientras ella armaba las piezas.

—¿Cuál es tu secreto? —le preguntó después de completar una escena marina especialmente complicada.

—¿Secreto? —dijo ella—. No tengo ningún secreto.

Lo único que sabía era que se le daba bien juntar las piezas, armar la imagen completa.

Gus la llamaba *Pastillita*. Quizás Tawny tenía razón cuando le dijo: *Si hubiera querido nombrar a mi hija como un remedio para el resfriado, lo habría hecho*.

—¡Oye, Pastillita! —gritaba Gus—. ¿Qué cuentas?

Era la persona más irritante que había conocido. Caitlin no era la única que no soportaba a los chicaguenses. ¡Definitivamente no captaban nada!

Las chicas se encerraban en su cuarto por las noches para escapar, donde se convertían en Reinas del Disco y bailaban al ritmo de los Bee Gees. Habían visto *Fiebre de sábado por la noche* seis veces. Estaban enamoradas de John Travolta. Caitlin juraba que si te fijabas bien en esos pantalones blancos ajustados, podías ver el contorno de su paquete.

La noche que Gus apareció en la cena con un trapeador en la cabeza y pelotas de tenis dentro de la camisa, cantando *Ah, ha, ha, ha, stayin' alive, stayin' alive*… como si fuera capaz, como si fuera digno de imitarlas a ellas o a John Travolta, Caitlin lo apodó la *Pústula*.

—Está bueno —le dijo Gus, sin el menor rastro de ofensa—. Me gusta que mis mujeres sean inteligentes.

—¿Tus mujeres? —resopló Caitlin—. ¡Sigue soñando!

Ni siquiera a Caitlin le molestó que hubieran reemplazado el viejo espejo agrietado encima del lavabo. Ya no más caras cortadas. Empezó a cepillarse la lengua con pasta dental, metiéndose el cepillo hasta la mitad de la garganta, para estar lista cuando llegara el momento de la felación. Animó a Vix a hacer lo mismo, pero cada vez que Vix lo intentaba, le daban arcadas.

—Vas a ser un caso perdido para el sexo oral —le dijo Caitlin, negando con la cabeza.

—Tal vez no hay que meterlo tan adentro —sugirió Vix.

—Sí hay que hacerlo.

—¿Cómo lo sabes?

Caitlin se encogió de hombros.

—¿Has visto fotos? —preguntó Vix.

—He visto a Phoebe.

Vix abrió la boca, pero no le salió ninguna palabra. Caitlin la agarró por los hombros.

—¡Júrame que nunca se lo dirás a nadie!

—Lo juro.

—¿Tú alguna vez… ya sabes… has visto a tus padres?

Vix negó con la cabeza.

—Ya me lo imaginaba.

—Pero una vez —empezó, en parte para que Caitlin se sintiera mejor— vi a mi papá coqueteando. Fue insólito.

—¿Cuántos años tenías?

—Fue hace poco. Estaban sentados en la ventana de la sanduchería de La Fonda. Yo pasaba caminando por afuera.

Caitlin se quedó callada un momento.

—Eso no es exactamente tener sexo.

—Lo sé.

Vix no encontraba las palabras para explicar cómo se había sentido ese día, como si estuviera invadiendo la vida de su padre. Hasta esa noche, había logrado apartarlo de su mente.

—Tenía el pelo largo… —continuó—. Teñido. Se estaban riendo. La vi estirarse sobre la mesa para tocarle el brazo.

Caitlin le dio una palmada en el brazo.

—Seguramente no fue nada. No te preocupes. Coquetear no cuenta.

Caitlin coqueteaba sin rodeos. Si alguien le parecía atractivo, se lo hacía saber. No perdía el tiempo jugando a hacerse la difícil. El día del cumpleaños número trece de Vix, Lamb las dejó en el minigolf. Cuando ella y Caitlin entraron al local y encontraron a Bru tras la caja, casi se mueren. Bru, serio, preguntó:

—¿Cuántas partidas?

Ella y Caitlin se dieron codazos y trataron de no reírse. ¿Quién dijo que el trece no era un número de la suerte?

Aunque no era guapísimo como Von y no tenía esos labios que una querría chupar toda la noche —si es que a una le daba por chupar labios—, había algo en Bru que le gustaba aún más a Vix. Tenía los ojos de un cálido color marrón dorado y el cabello, del mismo tono, le caía por debajo de las orejas. Deseaba poder tocarlo. No sonreía todo el tiempo como Von, pero cuando lo hacía era una sonrisa lenta, de esas que llegan sin avisar y te atrapan desprevenida. No le costaba nada imaginarse entre esos brazos fibrosos.

—¿Cuántas partidas? —repitió él.

—Dos —dijo Caitlin, sacando el dinero del bolsillo de su vestido.

Él les dio dos tarjetas de puntuación y un lápiz, como si nunca las hubiera visto antes.

—¿Qué color de bolas?

Eso las hizo estallar en carcajadas.

—Okey, okey —dijo él—. Terminemos con esto. Rosa, naranja, amarillo, verde, azul…

Peor todavía. Al final, Caitlin señaló la rosa y Vix, la amarilla. Seguían temblando de risa cuando se alejaron caminando. Entonces Caitlin volvió en sí, se dio la vuelta y dijo:

—No puedo creer que no te acuerdes de nosotras.

Eso le llamó la atención. Pero después de mirarlas un buen rato, respondió:

—La verdad, no.

—Problema al cuadrado… —dijo Caitlin—. ¿Te suena?

Cuando todavía la miraba sin entender, agregó:

—Tú y Von nos dieron un aventón…

Él estaba atendiendo a otra persona en ese momento, una pareja joven con un niño pequeño. Pero se detuvo y les echó otra mirada, de arriba abajo.

—Problema al cuadrado… sí, tal vez…, pero se ven distintas.

¡Por supuesto que se veían distintas! Llevaban vestidos de verano a juego con sostenes sin tirantes debajo, sandalias que se ataban al tobillo, brillo labial con sabor a fresa y aretes colgantes de zorrillo —el aroma oficial de Martha's Vineyard, como decían los adhesivos de parachoques—, todo comprado con la tarjeta de crédito de Lamb, que Caitlin había tomado prestada para llevar a Vix de compras por su cumpleaños. Y también olían distinto, a Charlie, el perfume que se habían rociado por todas partes.

Caitlin ladeó la cabeza y le lanzó una sonrisa.

—Nos vemos luego —dijo.

—Si no me adelanto —contestó él.

El padre con el niño tamborileaba los dedos sobre el mostrador.

—¿Podemos avanzar con esto?

—Claro —dijo Bru—. ¿Qué color de bolas?

Y ellas estallaron de nuevo, riéndose aún más fuerte que la primera vez. Mientras esperaban para hacer el primer tiro, Caitlin dijo:

—Algún día se van a enamorar de mí.

—¿Quiénes? —preguntó Vix.

—Bru y Von.

—¿Por qué los dos? —dijo Vix—. ¿Por qué no solo uno?

—Porque es más interesante si son los dos —respondió Caitlin.

Pero eso a Vix no le parecía justo, así que presionó a Caitlin para que eligiera.

—Digamos que solo pudieras tener a uno. ¿Cuál sería?

—No sé.

—Digamos que tu vida dependiera de eso. Tienes que elegir o te mueres.

—¿Y tú cuál elegirías? —dijo Caitlin.

—Te pregunté primero.

—Está bien —dijo Caitlin—. Supongo que elegiría a Von.

Bien, pensó Vix, porque ella ya había elegido a Bru para sí misma.

Una semana después enterraron a Cassandra y a Vixen. Hicieron esculturas de arena de sí mismas en la playa, con pechos y todo. Vix los hizo redondos, Caitlin puntiagudos, y ambas se colocaron piedras moradas como pezones. Usaron piedras negras para los ojos, trozos de algas como cabello, pequeñas conchas blancas para las uñas de las manos y los pies, y finos hilos de hierba de playa como vello púbico. Alisaron la arena a su alrededor y escribieron: *Aquí yacen Vixen y Cassandra. Tuvieron una buena vida mientras duró.* Luego comenzaron a cantar y bailar alrededor de sus antiguos cuerpos.

Dos mujeres con un springer spaniel se detuvieron un momento, admirando su obra. Caitlin y Vix siguieron bailando, ignorándolas.

No era que ya no tuvieran el Poder, sino que no podían usarlo juntas. No sabían por qué. Había algo que ya no se sentía bien. Acordaron que, por ahora, podían usar el Poder por separado, pero Vixen y Cassandra estaban muertas. Muertas y enterradas.

8

A Vix no le habría llamado la atención la infancia de Lamb si Caitlin no hubiera dicho:

—Lamb fue criado por su abuela. Vendrá pronto. No recuerdo cuándo. Es una bruja. Pero ya lo verás tú misma.

Su interés aumentó aún más cuando Caitlin sacó una vieja foto de ocho por diez del cajón inferior de su cómoda.

—Los padres de Lamb —dijo Caitlin, señalando la imagen con el dedo—. Amanda y Lambert. Murieron en un accidente de auto en la isla cuando Lamb y su hermana eran apenas unos bebés. ¿Sabes cuántos años tenían cuando murieron? Veinticinco. ¿No es patético?

No esperó a que Vix respondiera.

—Los dos estaban borrachos la noche del accidente. Ella iba manejando. Por eso Lamb no bebe ni una gota. Se parece a mí, ¿no crees?

Vix cubrió con los dedos el peinado de los años treinta. Sí, se parecía a Caitlin.

—De todos modos, no habrían sido buenos padres —dijo Caitlin, guardando de nuevo la foto en un sobre de papel glasina.

—Podrían haber dejado de beber —dijo Vix.

—Lo dudo.

—Hay gente que lo hace.

—Bueno, da igual, ¿no? ¡Porque están muertos!

—¿Por qué te enojas conmigo?

—¿Quién está enojada? ¿Yo dije que estaba enojada?

—No, pero actúas como si lo estuvieras.

—Tú te tomas todo a pecho, ¿no?

—¡Solo algunas cosas! —contestó Vix.

Y ahora era ella la que empezaba a enfadarse. ¿Y por qué exactamente? Respiró hondo un par de veces y dijo:

—Lamb salió bien.

—Lamb era perfecto… hasta que se casó con ella.

Vix se preguntó si alguna vez Caitlin iba a superar lo de Abby.

La abuela Somers lucía elegante con su traje de lino blanco y su sombrero de ala ancha de paja. Su rostro seguía siendo hermoso y casi sin arrugas, aunque debía ser realmente vieja. Caitlin decía que la abuela se hacía una cirugía plástica como otras personas se hacen una limpieza dental.

—Tiene grapas en el cuero cabelludo.

—¿Grapas en el cuero cabelludo?

—Y quizá detrás de las orejas, no estoy segura.

Mientras Vix contemplaba la idea de tener grapas detrás de las orejas, Caitlin le presentó a Dorset, la hermana de Lamb, alta y musculosa, con el cabello largo color miel recogido con peinetas de carey. Había estado casada tres veces y había pasado dos veces por rehabilitación en Hazelden. Por el momento vivía con la abuela en la casa grande de Palm Beach. Caitlin decía que quien pudiera vivir con la abuela Somers se merecía una medalla. Dorset tenía un bronceado espectacular.

—No importa lo que diga la abuela —susurró Caitlin—, no le respondas mal.

—¿Yo, responderle mal a la abuela de alguien?

Vix tuvo que reír ante lo absurdo de la idea. Además, aún estaba impresionada porque el nombre, *Regina Mayhew Somers*, escrito con tinta verde dentro de los libros más caros de la casa, perteneciera a la abuela de alguien.

—¿Una abuela lee esos libros? —le preguntó a Caitlin.

—¿Y qué se supone que leen las abuelas? ¿La Biblia?

—No podría saberlo —dijo Vix—. No tengo abuelos.

La abuela Somers era tan educada, tan refinada, que Vix no podía creerlo cuando entró y, después de mirar rápidamente alrededor, dijo:

—Así que esto es lo que la judía le hizo a mi casa. Vaya, qué peculiar, ¿no? Todo un espectáculo.

Vix sintió escalofríos por la espalda, pero recordó la advertencia de Caitlin. *No le contestes*. Lamb se estremeció, pero tampoco dijo nada. Vix agradeció que Abby estuviera en la cocina y no hubiera escuchado el comentario de la abuela.

Regina Mayhew Somers

Ella intenta no dejar que sus recuerdos de esta isla se le metan en la cabeza. La policía en su puerta la noche del accidente. El funeral doble arreglado con premura. La realidad de que serían ella y el viejo Lamb quienes criarían a esos pequeños huérfanos, empezar de nuevo justo cuando planeaban celebrar su retiro con un crucero alrededor del mundo. Y el enojo de él hacia ella por entregarse a los bebés. Nunca pudo entender eso. ¿Qué se suponía que debía hacer? ¿Dejar sus responsabilidades a un lado? Para librarse de ello, él se desplomó una tarde de viernes en el club, en el hoyo diecisiete, echándoselo todo a ella encima: los niños, las responsabilidades y, sí, el dinero. No es que los Mayhew no tuvieran lo suyo. Ella había confiado en Charlie Wetheridge para que la asesorara hasta que Charlie también murió de súbito, literalmente, en la cama del Ritz. Se mantuvo cerca de Lucy, su viuda, quien nunca sospechó que Charlie significara para ella algo más que un asesor financiero.

No, no era fácil criar a dos niños sola en esos tiempos y tener que soportar esa música horrible, Elvis y, luego, esos chicos ingleses. Y las modas y peinados más inadecuados. En su opinión, podrían tirar esos años a la basura. ¿Revolución? ¡Por favor! *¡Haz el amor, no la guerra!* ¿A dónde los llevó eso?

¡Y ahora su casa! Él ha dejado que esta nueva mujer la cambie a su antojo. ¡Esta judía! Era demasiado para soportarlo. De verdad.

Dorset

Reza por la muerte de la abuela. Que pase pronto, mientras todos estén juntos, para que Lamb pueda encargarse de los detalles. No desea que sufra ni que le duela. Solo quiere un cierre. De ese modo, podrá tomar el control de su propia vida.

—¿Por qué tiene que morir ella para que tú crezcas y tomes el control de tu vida? —quiere saber su terapeuta.

—Dígame usted, Dr. Freud.

Hasta ahora, él no ha sabido responder.

Cuando Dorset pidió un voluntario para ayudarla con los recados, Vix se ofreció enseguida. La última parada en la lista era el mercado de pescados de John, para recoger el salmón pochado que Abby había encargado para el almuerzo.

Nada más entrar, Vix se detuvo en seco, porque ¿quién estaba trabajando detrás del mostrador con un delantal blanco largo? ¡Nada menos que el tesoro nacional en persona! ¡Menudo disgusto para Caitlin por no haber venido!

—Bueno, bueno —dijo cuando finalmente la vio—, mira lo que ha traído el gato.

Vix se sintió halagada de que la recordara, aunque su lealtad estaba con Bru. Aun así, la calidez de su sonrisa atravesó el mostrador y la hizo ponerse nerviosa. Pasó la mano sobre los limones que había en una cesta mientras Dorset preguntaba si el pedido de Abby estaba listo.

Von desapareció por la trastienda y volvió con el salmón dispuesto en una bandeja y decorado con flores. Lo presentó con un gesto teatral, canturreando:

—¡Tará!

—Flores… —dijo Dorset—. Qué bonito.

—Sí, y son comestibles —respondió él, mirando a Dorset de arriba abajo, aunque ella tuviera edad suficiente para ser su madre—. Nunca supe que se podían comer, ya sabes, las flores, hasta que empecé a trabajar aquí.

Dorset carraspeó y firmó tranquilamente el recibo. Luego, dijo:

—¿Puedes abrir la puerta, Victoria?

—¿Qué? —preguntó Vix, que ya estaba atrapada en un duelo de miradas con Von.

—La puerta —repitió Dorset.

—Ah, claro…

—Espera —llamó Von—. Tengo algo para tu amiga.

Se fue otra vez a la trastienda.

Vix vio a Dorset preguntándose qué demonios estaba pasando. Von volvió con una pequeña bolsa marrón y se la entregó.

—Dale esto con mis disculpas…, digo, saludos.

Cuando pensó que las cosas no podían ser mejores, salió, y allí, sentado en una camioneta aparcada, con los pies sobre el tablero, estaba Bru. *Dios*, *Dios*, *Dios*… No podía creer su suerte.

—Hola —dijo él al verla.

Estaba haciendo algo con una navaja de bolsillo, quizá sacándose una astilla del dedo.

—Hola —respondió ella.

—¿Qué tienes?

—¿Dónde?

—En la bolsa. Me muero de hambre.

—Oh. Dudo que quieras lo que hay dentro.

—Déjame ver.

—No creo que sea…

—¡Vix! —llamó Dorset—. Vámonos.

—Tengo que irme.

—Cuídate —dijo él.

—Sí, tú también.

—¿No es un poco mayor para ti? —preguntó Dorset camino a casa.

—Oh, no es nada de eso —explicó Vix. ¿Se refería a Von o a Bru?—. Solo somos amigos.

Dorset lo pensó un momento.

—Bien. Porque no me gusta ver a chicas jóvenes metiéndose en problemas. No es nada sensato.

Vix asintió, como si supiera exactamente a qué se refería Dorset.

Nada más llegar a casa, le entregó a Caitlin la bolsa del mercado. Por la manera en que Caitlin inhaló al abrirla, Vix supo que debía ser realmente una cabeza de pescado.

—¿Alguna de ustedes ha visto mi percocet? —preguntó Dorset, vaciando su bolso sobre la encimera de la cocina—. Estaba segura de que lo traía conmigo.

—Lo siento —dijo Caitlin, y ambas salieron corriendo, riendo a carcajadas mientras alimentaban con el regalo de Von a los cormoranes en la playa.

9

Hasta la noche anterior, Vix no se había dado cuenta de que el nombre completo de Lamb era Lambert Mayhew Somers III, ni que Sharkey se llamaba Lambert Mayhew Somers IV, como algún rey, algún rey que trabajaba como gasolinero en la estación Texaco de Beach Road.

Habían planeado llamarlo Bert, le dijo Caitlin, para distinguirlo de Lamb, pero cuando era pequeño se fascinó tanto con los tiburones que comenzaron a llamarlo Sharkey y el apodo se quedó.

—Cuando estrenaron *Tiburón*, Lamb lo llevó a la laguna para conocer a Steven Spielberg —contó Caitlin—, pero a Sharkey solo le importaba ese monstruo mecánico enorme. Luego, Lamb cometió el error de llevarlo a ver la película y Sharkey se volvió loco. Desde entonces no ha vuelto a nadar. ¿La viste?

—¿Al tiburón?

—La película.

Vix negó con la cabeza.

—Mis padres no me dejaron.

—Si la vuelven a proyectar, iremos juntas. A mí no me da miedo —dijo Caitlin—. ¿Sabes cómo se siente la mordida de un tiburón?

—No, ¿cómo?

De repente, Caitlin saltó sobre la cama de Vix y le mordió el trasero.

—¡Basta! —gritó Vix.

Cuando Sharkey se unió a ellos en casa para almorzar, la abuela le dio un golpe en la cabeza con su bolso.

—Enderézate, Bertie. Camina erguido. Eres un Mayhew.

Sharkey se desplomó sobre una silla en la mesa del porche, que estaba puesta para el almuerzo con la vajilla azul y blanca de Abby. Vix sentía que la tensión aumentaba y deseaba poder escaparse a la playa con un sándwich de mantequilla de maní y un libro. Quizá se topara con Bru y Von otra vez. ¡Eso sí que sería interesante!

Dorset estaba sentada frente a ella, con una expresión vacía en el rostro. Sus ojos estaban desenfocados, como si estuviera en otro lugar, probablemente de regreso en la pescadería con Von. Jugaba con las peinetas de su cabello, sacando una y colocándola de nuevo; luego, la otra.

La conversación en la mesa giraba en torno a la salud de la abuela.

—Pero usted se ve tan bien, señora Somers —dijo Abby.

—Oh, tonterías —respondió la abuela.

Vix tuvo que recordarse a sí misma que esa mujer era Regina Mayhew Somers, quien alguna vez había leído *El valle de las muñecas* y *Peyton Place*. Probablemente sabía todo sobre el *coitus interruptus*.

—No estoy bien en absoluto —continuó la abuela—. Y esos médicos de Florida no pueden descubrir el problema. Pero ya sabes qué tipo de doctores te encuentras allá abajo... Doctores que buscan el sol, doctores que quieren pescar todo el día o navegar en botes, y muchos de ellos son judíos. No es que no sean buenos doctores —añadió rápidamente.

—Ya, abuela —dijo Lamb, dejando el tenedor sobre el plato.

—¡Oh, sabía que lo tomarías a mal! —exclamó, como si fuera una niña traviesa—. Pero Abby entiende, ¿verdad, querida?

—Sí, entiendo completamente —dijo Abby.

—Todas lo entendemos, abuela —añadió Caitlin.

—Está bien, eso es bueno, ¿no? —preguntó la abuela con ligereza.

Regina Mayhew Somers

¡Oh, qué divertido hacerlos retorcerse en sus asientos! Pero si van a tratarla como una especie de reliquia, ella interpretará ese papel. No es que niegue sus años, para nada. Está orgullosa de ser una octogenaria. Por supuesto, no parece tener ni un día más de sesenta y cinco. Fácilmente la podrían confundir con la madre de Lamb, no con su abuela. Todavía tiene bastante chispa la vieja.

¿Caitlin es toda una belleza, verdad? Debería casarse bien. ¿Y qué hay del nieto de Charlie Wetheridge? Se dice que es banquero de inversiones. Pero Caitlin aún no está lista, ¿verdad? No, apenas tiene trece o catorce años.

Bertie es raro. Y ese ruido que hace. Incluso con su pérdida auditiva es obvio. ¿No se da cuenta Lamb? ¿No puede hacer algo al respecto?

Este salmón está bastante sabroso, en realidad. Quizás pida una segunda porción. Menos mal que la judía no se mete con esos platos étnicos. Ha escuchado que tienen hábitos alimenticios extraños.

Dorset

¡Qué personaje es la abuela con Abby, llamándola "la judía", poniéndola a prueba! Y esa historia de los doctores. ¿Qué doctores? No tiene nada malo. Probablemente los entierre a todos. ¡Ja!

¿Dónde carajos está su percocet? Lo había envuelto en un pañuelo y lo escondió en el bolsillo de sus pantalones. Si terminan rápido el almuerzo, todavía le dará tiempo para una escapada rápida al mercado de pescados. Quizás el chico del pescado pueda escaparse por una hora. Vaya, esa es una buena idea. Qué cuerpo. Y esos labios… Ya los siente sobre ella, en su boca, en su cuello, en sus pechos, entre sus piernas. Sí, piensa en eso, Dorset, eso te ayudará a sobrellevar esta comida. ¿Dónde está su vibrador? ¿En la bolsa de mano? Tal vez pueda excusarse. Si no puede tener al chico del pescado, al menos puede pensar en él mientras usa su varita mágica.

Sharkey

Qué chiste es su familia, sentados a la mesa con la vieja, todos deseando estar en cualquier otro lugar. ¿Y qué estará pensando Dorset con esa sonrisa rara en la cara? No está mal su tía. No cuesta imaginarla en ropa interior. Vestirá del tipo anticuado: bragas blancas de algodón, sostén puntiagudo, como los de ese viejo catálogo de Sears que guarda escondido en su armario, probablemente de la época de la vieja. ¿Y qué?

Se pregunta qué estará pensando Vix cuando se lame las migas en la comisura de sus labios, pensando que nadie la ve, como un gato.

Tiene que volver al trabajo. A Zach le va a encantar haberlo contratado. Puede hacer mucho más que cargar gasolina. Está casi seguro de que podrá convencer a Lamb de que la camioneta Datsun tiene sentido. Veinte mil millas. Casi nueva. Negro azabache. Parece algo que James Bond podría manejar si condujera una camioneta. Es perfecta para el próximo verano, cuando consiga su licencia. Con una placa VIP que diga SHRKY. Entonces Carly podrá escribir una canción sobre él. *Nobody does it better…*

Durante el almuerzo, Vix observó cómo Caitlin hervía por dentro. Esperaba la explosión y se sorprendió al no verla. No fue hasta después, cuando la abuela y Dorset se fueron, que Caitlin irrumpió en la cocina, donde Abby y Lamb estaban recogiendo.

—No entiendo cómo puedes soportarlo —le dijo Caitlin a Abby—. ¡Es una vieja prejuiciosa y odiosa!

Abby se quedó atónita. Lamb también.

—No permitiré que hables mal de la abuela —dijo Lamb, con un tono que Vix nunca le había oído usar.

—No tendría que hacerlo si tú mismo le dijeras que pare —respondió Caitlin.

—Si no fuera por la abuela… —empezó Lamb.

—¿Qué? ¿Te hubieran mandado en el tren de los huérfanos? —lo interrumpió Caitlin.

—Cuidado con lo que dices, Caitlin.

—Es despreciable que la dejes decir lo que sea, ¡sin pensar en cómo nos afecta a los demás!

—¡Ya basta! —dijo Lamb—. Ve a tu habitación.

—Por favor, ¿no estoy grandecita para que me mandes a mi habitación?

Abby tomó la mano de Caitlin.

—Gracias, Caitlin. Significa mucho para mí que te importe.

Caitlin se apartó.

—No te lo tomes personal —dijo—. Hablaba de los prejuicios en general. Y ahora, si me disculpas, creo que me están castigando.

Arriba, en su habitación, Vix se preguntaba por qué Lamb dejaba que la abuela Somers se saliera con la suya al decir esos comentarios groseros. No tuvo que preguntar. Caitlin le contó.

—¿Sabes de qué se trata todo esto? ¡Del dinero! No le dices nada a quien controla lo importante.

Oh, Lo Importante. No podía creer lo ingenua que había sido, pensando que Lamb luchaba por mantener a su familia, porque ¿quién creía que pagaba la casa lujosa, el velero nuevo, la cámara que Lamb y Abby le regalaron por su cumpleaños (un obsequio tan extravagante que nunca se lo mostraría a sus padres)? Había oído a Tawny decir —siempre con desprecio— que algunos amigos de la Condesa nacieron con cuchara de plata en la boca, pero hasta ahora no había conocido a ninguno personalmente.

—Quien maneja lo importante, tiene mucho poder —dijo Caitlin.

—No tengo idea —dijo Vix.

—Tienes suerte.

—No —replicó—. Tú la tienes.

—No tienes ni idea de lo que hablas.

Tenía razón, claro. Pero Vix sabía que sus padres harían cualquier cosa para tener mucho dinero. Bueno, no cualquier cosa, quizá, pero casi. Y no necesitarían tanto. No tanto como la abuela Somers, cuanto sea que tenga. Ni tanto como Lamb. Solo lo suficiente para no preocuparse nunca. Lo suficiente como para comprar una casa bonita, tal vez una de esas nuevas en la carretera vieja a Taos, y un par de vacaciones al año, quizás a Hawái, y mucha ayuda para Nathan.

Podía escuchar a Tawny recordándole: *Los ricos son diferentes, Victoria*.

Sí, claro, pensó. Tienen más dinero.

Abby

Así que Caitlin tiene conciencia social. ¡Pues qué bueno! Es una chica con carácter. Desafiante, pero con carácter. La semana pasada, cuando se unió a las chicas para dar un paseo en bicicleta, Caitlin se detuvo en el cementerio de la calle Spring para mostrarle a Vix la tumba de los padres de Lamb.

—Si hubieran vivido, serían mis abuelos —dijo Caitlin.

—Si hubieran vivido, serían mis suegros —le dijo Abby a Caitlin, colocando una piedra pequeña sobre la lápida doble.

Luego caminó por el cementerio mientras veía las tumbas de los Somers y los Mayhews, todos ancestros de Lamb. Caitlin y Vix la siguieron. Cuando llegaron a un arco de hierro forjado con las palabras "Cementerio hebreo de Martha's Vineyard", se detuvo.

—Podría estar enterrada aquí —dijo.

—¿De qué hablas? —preguntó Caitlin.

—Soy judía. Ya lo sabes.

—Pero si solo hay un Dios, ¿qué importa en qué parte del cementerio estés enterrada?

Miró a Caitlin un momento.

—Esa es una pregunta profunda.

—Soy una persona profunda —contestó Caitlin—, por si no te habías dado cuenta.

—Sí me he dado cuenta —dijo ella, tratando de mantener la seriedad.

10

VERANO, 1979

Vix soñaba alternadamente con hacerse rica o convertirse en la Madre Teresa. Si fuera rica, podría llevar a Nathan a Disney World. Lo llevaría a los mejores doctores, contrataría a los mejores fisioterapeutas, lo enviaría a las escuelas más finas. Construiría un jacuzzi en el patio trasero para que sus padres pudieran relajarse cuando llegaran del trabajo. Quizás le compraría a Lewis la bicicleta de diez velocidades que llevaba tiempo pidiéndole. Y Lanie…, no estaba tan segura de Lanie, porque ese año Lanie era un manojo de nervios, testaruda y salvaje, y ni siquiera tenía trece años.

Por otro lado, si optara por ser la Madre Teresa, no tendría que preocuparse por tener dinero. Tendría a Dios. Pasaría todo su tiempo rezando y atendiendo enfermos y necesitados. Y no tendría que preocuparse por que sus pechos crecieran demasiado, pues su hábito los cubriría. No es que tuviera tiempo para preocuparse por el tamaño de sus pechos, solo que a veces se preguntaba si no habría contraído alguna enfermedad rara de Trisha.

Con la llegada del verano, los problemas del mundo, o al menos los de su mundo, parecían levantarse mágicamente de sus hombros. Fue el mes de julio más caluroso que se haya registrado, con un aire tropical y húmedo que soplaba desde el sur. Las flores del jardín de Abby se marchitaban, las galletas y cereales en la despensa se ablandaban y un moho verde y desagradable crecía en todo lo que no estuviera completamente seco. Todos hablaban de una familia en Chilmark que había enfermado con un raro y contagioso tipo de neumonía. ¿Era legionelosis? Abby les insistía en lavarse las manos antes de las comidas y en mantenerse las uñas cortas y muy limpias. Lavaba con lejía su ropa de cama, las toallas y la ropa.

Dulce pasaba los largos y pegajosos días dormitando bajo los árboles. No tenía más energía ni apetito que el resto.

Qué suerte no estar en la ciudad, donde la gente cae como moscas por el calor, les recordaba Abby, mientras que ellos podían meterse en el agua todo el día si así lo querían. Incluso Sharkey, que jamás se mojaba, se echaba agua con la manguera del jardín.

Por las noches, la bocina del faro los arrullaba para dormir.

Era la primera vez que Vix se había ido sin sentir culpa, gracias al doctor de Nathan, que había conseguido que él pasara dos semanas en un campamento para niños discapacitados en las Montañas Rocosas de Colorado.

—Sin padres —dijo Nathan orgulloso—. Nadie que me diga qué hacer.

—¿Prometes que vas a cuidarte? —preguntó ella.

—¿Qué quieres decir?

—Ya sabes, cuidarte.

—Ya no soy un niño. Tengo nueve años. Así que no tienes que preocuparte por mí.

—No estoy preocupada.

—Bien, porque me voy a divertir. Será como la escuela, pero mejor. Sin Tawny.

Eso les dio risa.

—Vas a pasarlo genial —le aseguró ella y lo abrazó.

—Y si tienes suerte, te contaré todo.

Durante dos meses no tendría que planear su vida, cuidando niños todas las tardes y tantas noches como Tawny lo permitiera, decidida a hacer algo por su futuro y el de su familia. Durante dos meses podría simplemente relajarse y dejar que Abby se ocupara de ella.

No le molestaban la humedad pegajosa ni el calor. Había llegado a Vineyard ese verano con un secreto delicioso, uno que había estado saboreando por meses. Había visto un anuncio en el tablón de la biblioteca pública de Santa Fe: "Nadadores reacios. Nunca es demasiado tarde para aprender". Se inscribió en la piscina municipal sin decir nada a sus padres, y una noche le pasó la parte inferior del permiso a Tawny diciéndole que era para una excursión escolar gratuita. Tawny firmó sin siquiera leerlo. Vix pagó el curso con el dinero que había ganado cuidando niños y le alcanzó para comprarse un traje de baño amarillo neón, lo último en trajes de baño según la revista *Seventeen*.

¡Y qué buen momento! Es cierto, su estilo era tosco, claramente el de una principiante. Y no iba a ganar ninguna carrera. Pero la primera vez que marchó hasta el final del muelle, saltó al agua y nadó hasta el bote de Lamb, la expresión en el rostro de Caitlin hizo que todo valiera la pena.

—Pensé que no sabías nadar.

—No deberías sacar conclusiones tan rápido —respondió Vix.

—No me estaba apresurando. Este es tu tercer verano aquí y, hasta ahora, nunca había visto que el agua te llegara más arriba de las rodillas.

—No hacía suficiente calor como para nadar hasta ahora.

Caitlin se rio.

—Me encanta cómo funciona tu mente.

Se prepararon para la llegada de los chicaguenses instalando un pestillo con gancho en la puerta de su cuarto. Pero nada pudo haber preparado a Vix para el día en que Gus la tomó por sorpresa en el estanque, agarrándole el pie mientras nadaba hacia el bote de Lamb. Entró en pánico, se fue al fondo, salió a la superficie tosiendo, ahogándosc y manoteando para flotar. En cuanto sus pies tocaron el fondo, salió corriendo hacia la orilla.

Gus venía justo detrás.

—Oye, Pastillita —dijo, lanzándole una toalla—. Se te sale el moco por la nariz.

Daniel se encontraba al lado dándose golpes en el muslo, como si ella estuviera presentando un espectáculo de comedia privado. Para vengarse, ella y Caitlin invadieron el cuarto de los chicos. Caitlin encontró un suspensor atlético colgado de un gancho en la parte trasera de la puerta. Lo olfateó y declaró que el dueño era el ganador de este verano del Premio Pelotilla Fecal.

Debajo de un montón de ropa sucia, encontraron un catálogo de Victoria's Secret, lo que enfureció aún más a Vix. ¡Quién imaginaría un catálogo de ropa interior sexy con su nombre en la portada! Y uno o ambos chicaguenses habían anotado comentarios en las páginas: "mejores tetas", "mejor culo", "mejor para pasar la noche".

—¡Estos tipos no piensan en otra cosa! —dijo Vix.

Pero ella y Caitlin también pensaban en eso. Su Poder se había convertido en una picazón que nunca se iba. Pero al menos el de ellas era invisible, no colgaba entre las piernas para que todo el mundo lo viera.

Caitlin pegó una foto de Georgia O'Keeffe en la litera de los chicaguenses.

Queridos Baumer y Pústula:

¡Prueben hacerse una paja pensando en una mujer de verdad, aunque sea una vez!

Después de eso, Vix intentó ignorarlos, hasta la noche en que todos coincidieron en la fila del cine Strand para ver *Alien*. Mientras esperaban, un grupo del campamento Jabberwocky pasó. Iban de camino al carrusel.

—Retardados —Daniel le dijo a Gus, y ambos se pusieron a hacer una especie de espectáculo, fingiendo ser espásticos.

Ella explotó.

—¡Idiotas de mierda! No todas las personas con discapacidades físicas son retardadas. ¡Los retardados son ustedes si piensan eso!

Aunque algunos de los campistas de Jabberwocky sí tenían retraso mental, ellos no tenían derecho a burlarse. Dios, eran más que estúpidos… ¡irremediables!

Los dos chicos se quedaron pasmados. No podían creer que ella —quien nunca mostraba nada— se hubiera puesto a gritar así en público.

—¿Qué? —dijo Gus—. ¿Qué hicimos?

—Su hermano tiene distrofia muscular —dijo Caitlin—. Está en silla de ruedas. Pero es un millón de veces más inteligente que cualquiera de ustedes, par de babosos patéticos.

Eso calló a los chicaguenses. Ni siquiera Gus pudo responder. Vix estaba hirviendo. Dentro del cine tomaron caminos separados, y en cuanto terminó la película, ella subió por la calle hasta Murdick's Fudge y le mandó a Nathan una caja de una libra con sabores surtidos. Sabía que era una tontería, que en el campamento no le dejarían comer más de un pedacito al día —si acaso—, pero supuso que podría compartirlo con sus amigos y todos sabrían que ella había pensado en ellos.

Desde entonces, se negó a hablar con Daniel o Gus. Miraba hacia otro lado si se cruzaba con alguno en la casa. Dos días después, se le acercaron justo cuando salía del baño rumbo a su cuarto. Gus fue el que habló.

—No fue con mala intención. Solo estábamos bromeando. No sabíamos que tenías un hermano así.

—Él no es *así*. Es una persona que simplemente nació con algo que no puede controlar. Podría haberte pasado a ti. Podría haberle pasado a cualquiera. Así que, la próxima vez que veas a alguien en una silla, alguien espástico, ¡imagina que eres tú! El mismo tú que está aquí parado ahora, pero con tu mente atrapada en un cuerpo que no puedes controlar.

Hasta ella se sorprendió de sonar tan clara, tan firme, tan enojada. El corazón le latía tan rápido que podía sentir la sangre subiéndole a la cara.

—Nunca lo había pensado así —dijo Gus.

Le dio un codazo a Daniel, señalándole que le tocaba hablar. Pero Daniel simplemente se dio la vuelta y se fue.

—Él también tiene sus propios problemas —dijo Gus.

—¿Y quién no?

Sabía que el papá de Daniel estaba por casarse otra vez con alguien a quien Gus llamaba el Bombón. *Era una bomba, ni siquiera tenía treinta*, les había dicho, asegurándose de que captaran la idea.

—¿Tus padres también están divorciados? —preguntó Gus.

—No. No todos los padres están divorciados. Y no todos los problemas tienen que ver con los padres.

—No tienes por qué ponerte tan hostil. Ya dije que lo sentimos.

—En realidad, no lo dijiste.

—Bueno, pues lo sentimos.

—Está bien.

Entonces se dio cuenta de que estaba parada frente al baño con una camiseta enorme y calzones, con un cepillo de dientes en la mano, hablando con un chico de dieciséis años que ni siquiera le gustaba.

Y entonces Gus hizo algo rarísimo. Se inclinó y le dio un beso en la mejilla.

—De verdad lo siento, Pastillita —dijo—. Nos portamos como unos imbéciles. Buenas noches.

Y, con eso, la dejó completamente sin palabras.

Gus y Daniel le dieron a Vix un regalo de cumpleaños atrasado: un rompecabezas de quinientas piezas llamado *Visión roja*, todo de un solo color. Apostaron veinte dólares con Sharkey a que no podría terminarlo en una semana.

—¿Y qué gana ella con eso? —preguntó Caitlin—. ¿Por qué tendría que matarse por ustedes?

—¿Eres su representante o qué? —dijo Daniel.

—Así es —contestó Caitlin—. Soy su agente.

—Bueno —dijo Daniel—. Ella gana veinte si lo logra, lo que significa que nosotros ponemos cuarenta. ¿Ustedes dos van a igualar la apuesta si no lo consigue?

Caitlin le hizo un gesto a Sharkey, que miró a Vix en busca de confirmación. Ella levantó el pulgar.

—Hecho —dijo Sharkey a los chicaguenses.

Durante dos noches, los cuatro arrimaron sillas a la mesa de cartas y observaron a Vix como si fuera Bobby Fischer. Pero con todos mirándola, no podía concentrarse. Avanzaba casi nada. Daniel y Gus se lanzaban miradas satisfechas. Vix estaba decidida a demostrarles que se equivocaban. Al día siguiente se levantó al amanecer y también los dos días siguientes. Los demás la encontraban allí cuando bajaban a desayunar, estudiando las piezas, encajando los bordes, armando secciones por separado, hasta que al final del sexto día supo que lo tenía.

Esa noche dejó que la observaran, disfrutando cada paso hacia la victoria, y cuando colocó las piezas finales, Sharkey levantó el puño en el aire y gritó:

—¡Sí!

La levantó de la silla y, antes de que pudiera detenerlo, la hizo girar en el aire. Estaba completamente sorprendida. Pero cuando le sonrió, él la soltó sin decir una palabra, cobró su parte de la apuesta y desapareció.

Gus y Daniel se quedaron para celebrar con las chicas.

—¿Y un premio de consolación? —dijo Gus.

—¿Qué tienes en mente? —preguntó Caitlin.

Él sonrió y la miró de arriba abajo.

—Lo que tú estés dispuesta a dar.

—¡Sigue soñando! —dijo, y le lanzó la caja vacía del rompecabezas.

Él y Daniel se rieron y se fueron juntos.

11

Vix se preguntaba si Abby alguna vez habría adivinado que fantaseaba con ser su hija, que soñaba con ser hermosa y rica y vivir en la gran casa de Cambridge, aunque solo la había visto en fotos. Apenas unas semanas atrás, la noche del décimo cuarto cumpleaños de Vix, cuando ella y Caitlin se habían arreglado para cenar en The Black Dog, Abby había dicho:

—Están tan lindas las dos. Me recuerdan cuánto he deseado tener una hija.

—No te hagas ilusiones —respondió Caitlin—. Ya tenemos madres.

Vix había visto el dolor en los ojos de Abby, lo había oído en su voz.

—Solo quise decir que… —empezó a explicar Abby, pero luego apartó la mirada y dejó la frase inconclusa.

Una vez, Vix le preguntó a Caitlin si no extrañaba a Sharkey y a Lamb durante el año escolar, si no le daban ganas de vivir en Cambridge también.

—Los extraño —contestó Caitlin—. Pero Phoebe me necesita para demostrar que no fracasó como madre.

Vix pensó en las postales de Phoebe. El verano pasado solo había llegado una desde la Toscana.

Caros míos:

Espero que estén pasando un verano estupendo, como siempre.

Estoy a punto de irme unos días a Venecia.

¡Nos vemos pronto!

Con todo mi cariño,

Phoebe.

La tarjeta estaba dirigida a Caitlin y Sharkey Somers. Una sola tarjeta para dos hijos. Una tarjeta cada verano. Sharkey la desechó tan rápido como la leyó, diciéndole a Caitlin que podía sumarla a su colección. Caitlin la guardó en el cajón inferior de su cómoda, junto con todas las demás. Phoebe había escrito mal *míos*.

Vix no entendía por qué Lamb y Phoebe se habían repartido a los niños con el divorcio.

—Yo tenía solo dos años cuando se separaron —dijo Caitlin—. No tuve mucho que decir al respecto.

¿Y ahora qué?, se preguntaba Vix. Estaba casi segura de saber la respuesta. No siempre se nacía con los padres adecuados. Y los padres no siempre recibían a los hijos que estaban destinados a criar.

Cuando Vix se enteró de que Tawny venía a la isla, se enfermó del susto, convencida de que su madre había descubierto de algún modo sus fantasías y venía dispuesta a luchar por sus derechos como madre. Se imaginaba un juicio feroz, como el de Gloria Vanderbilt en el libro que estaba leyendo, *Little Gloria, Happy at Last*.

—Sabía que Lamb y la Condesa eran viejos amigos —le dijo Abby a Vix mientras trabajaban juntas en el jardín—, pero no tenía idea de que tu madre fuera su amanuense.

Cada vez que Caitlin salía a navegar, Vix pasaba el tiempo con Abby. En el jardín, Abby usaba un sombrero chino de paja, una camisa blanca de manga larga, pantalones ajustables con cordón, guantes y unos zuecos rojos de vinilo que había pedido por catálogo.

Si Lamb y la Condesa eran amigos desde hacía tiempo, ¿por qué nadie se lo había dicho? ¿Y qué era un *amanuense*? Sonaba como algo sexual.

Abby arrancó una alquimila, confundiéndola con una hierba mala.

—No puedo creer que hice eso —dijo, sosteniéndola con ternura, como si fuera una mascota.

En su jardín, a diferencia del mundo real, los enemigos de Abby podían identificarse y eliminarse. Los escarabajos japoneses se atrapaban en bolsas colgadas de los árboles, las babosas eran atraídas con platitos de cerveza y los ácaros se rociaban con agua jabonosa. Una cerca de estacas, forrada con alambre de gallinero, ayudaba a mantener alejados a los conejos.

—Ya sé que son adorables —solía decir Abby a sus invitados—, pero basta un conejito para destrozarte el jardín en una noche.

Los ciervos eran otro asunto. Para ahuyentarlos, Abby ataba barras de jabón Irish Spring a los postes de la cerca. Cuando eso no funcionaba, esparcía sangre seca. El verano anterior, Vix había visto a un ciervo atravesar corriendo el bosque, lanzarse al estanque y nadar hasta la otra orilla. Al llegar, miró a su alrededor como si se hubiera equivocado, luego dio media vuelta, volvió a cruzar nadando y desapareció entre los árboles. Vix se preguntó si tenía familia, si estaba huyendo y cambió de opinión en el último momento.

—Cuando llegue tu madre quizá podamos sentarnos a hablar sobre la escuela —dijo Abby.

Ya había abandonado la alquimila y ahora despuntaba las rosas de hadas. ¿A qué se refería con la escuela?

—Lamb y yo nos preguntábamos si te gustaría ir a Mountain Day con Caitlin.

—Mountain Day es una escuela privada.

—¿Y si tuvieras una beca?

—¿Una beca?

—Por supuesto, la escuela secundaria es solo el principio —dijo Abby—. ¿Has pensado en la universidad?

Nadie en su familia había ido a la universidad. Ella esperaba ir a la Universidad de Nuevo México, aunque Tawny quería que cursara un técnico en salud. *El futuro está en la salud, Victoria. Ahí es donde van a estar los empleos. Escúchame. Yo sé lo que digo.*

—Ya sé que parece lejano —siguió Abby—, pero en realidad está a la vuelta de la esquina. Hay que empezar a planear desde ahora. A lo mejor podemos hablar del panorama general cuando llegue tu madre.

Vix siguió desmalezando el mismo rincón incluso después de haber arrancado toda la hierba mala. ¿Y si Abby también tenía fantasías? Empezó a sentir que el sudor le bajaba por dentro del sostén; era un tipo nuevo de humedad que podía brotarle de los poros sin previo aviso, con un olor agrio, incluso si acababa de ducharse. Odiaba lo impredecible de su cuerpo. Odiaba tener catorce años. Se sentía como un castigo, aunque no sabía por qué.

—¿Te estoy incomodando? —le preguntó Abby.

—No —dijo Vix demasiado rápido, pasándose el brazo por la cara e intentando olfatearse las axilas—. Es solo que…

—Entiendo perfectamente —dijo Abby.

—¿De verdad?

—Por supuesto.

Por mucho que le aterrara la idea de que Tawny invadiera su espacio, Vix sintió alivio al descubrir que la visita no tenía nada que ver con Abby. Había venido porque la Condesa ya no podía viajar sola y tenía demasiados amigos en demasiados lugares como para quedarse en casa lamentándose por su enfisema y su vista cada vez peor.

Afortunadamente, la Condesa mantenía ocupada a Tawny. Todo el mundo en la isla quería un pedazo de ella. ¿Cómo se conocía entre sí toda esta gente rica? ¿Había algún tipo de club? Vix concluyó que la popularidad de la Condesa tenía que ver con las historias fantásticas que contaba: historias sobre haber huido para unirse al circo a los dieciséis, haber acabado en París a los dieciocho, haberse encontrado atrapada con el conde en un ascensor averiado en un hotel llamado George Sank y haberse casado con él una semana después. Aunque el matrimonio no duró más de seis meses, salió de ahí con una fortuna… o quizás siempre la había tenido.

Vix, tratando de imaginarse a la Condesa montada sobre un elefante bajo la carpa del circo, le preguntó una vez a su madre si esas historias eran ciertas.

—Todo lo que sé es por ella —respondió Tawny, lo cual no era ninguna respuesta.

Cuando Vix insistió, su madre añadió:

—No hago preguntas, Victoria. Por eso sigo empleada.

Con su corte de cabello tipo *pixie*, sus atuendos extravagantes y su risa contagiosa, la Condesa seguía siendo el centro de atención. Jamás aburría. Definitivamente no era ordinaria.

El último día completo de su visita fugaz, la Condesa le dio la tarde libre a Tawny para que la pasara con Vix, quien no recordaba haber estado ni una hora, mucho menos una tarde, a solas con su madre, y la idea la asustaba.

Condujeron en el descapotable rojo alquilado hacia el norte, hasta el mirador de Gay Head, y cuando Tawny se asomó por el telescopio —que costaba una moneda de diez centavos por minuto— y vio los colores de los acantilados, dijo:

—Pero esto es igualito a Nuevo México.

—Excepto que en Nuevo México no hay olas —le recordó Vix—. Apenas hay agua.

—Sí, pero tenemos montañas —dijo Tawny.

No sonó molesta, como solía hacerlo cuando Vix la contradecía. No la llamó imposible ni irritante, ni siquiera inmadura.

Almorzaron al aire libre, frente al mar, con el viento despeinándolas y el sol encegueciendo a Vix. Tawny pidió almejas fritas y se tomó una cerveza que había traído con ella.

—Ya veo por qué te gusta este lugar, Victoria —dijo—. Tiene algo mágico…, algo que no había sentido desde la primera vez que llegué a Santa Fe.

Soltó un suspiro profundo.

—Pero eso fue hace tanto…

Vix no podía creer lo distinta que se veía Tawny lejos de casa.

—Las cosas cambian, pasan cosas, cosas que ni te imaginas cuando eres joven y estás llena de esperanza —dijo Tawny, mirando al océano—. Siempre creí que iba a viajar, a ver el mundo. Pero esto… —añadió, golpeando la mesa con los nudillos—, esto es lo más lejos que he llegado.

¿Esa extraña bebiendo cerveza de una botella, esa extraña que le propuso quitarse los zapatos y caminar por la orilla para poder decir que no solo había visto el Atlántico, sino que había metido los pies en él…, era realmente su madre?

Tawny

Muy bien, admite. Solo por un minuto esta tarde, envidió la libertad de Victoria, incluso su juventud. Está contenta de que la Condesa la haya convencido de venir. No se había sentido tan relajada desde… no recuerda cuándo. La rabia que lleva casi todos los días, ese peso extra en sus hombros, se ha aligerado desde que está en la isla. Sí, se siente más como ella misma. Su vieja *yo*. Qué pena que Ed no pueda verla reír y hablar como si no tuviera ninguna preocupación en el mundo.

Solo desearía que Victoria no la mirara así. Igual que ella miraba a su madre, evaluando la situación, tratando de entender el estado de ánimo de Darlene. ¡Esa Abby sí que es una mujer afortunada! Lamb es un hombre atractivo y bien acomodado. ¿Cuánto tiempo hace que no se permite sentirse atraída por otro hombre que no sea Ed? Tampoco lo recuerda. Esta noche se va a arreglar para la cena en su casa. Se pondrá su nueva camisa blanca, ceñirá un poco más el cinturón, usará el pintalabios que vino gratis con su bloqueador solar. Sigue siendo mujer. Todavía tiene sentimientos y deseos.

12

La condesa se dirigió a Lamb como querido niño.

—¡Querido niño, ha pasado demasiado tiempo! —dijo, besándolo en los labios.

Él la llamaba *Charlotte*. A Vix nunca se le había ocurrido que la Condesa tuviera un nombre común.

Prepararon bebidas en el porche. La Condesa se bebió de un trago dos vodka con tónica. Cuando encendió un cigarrillo, Abby no dijo nada, aunque en la casa no se permitía fumar. Cuando comenzó a toser, Lamb y Abby mostraron preocupación. Pero no fue hasta que la tos le sacudió el cuerpo, haciéndola jadear, que Vix estuvo convencida de que iba a caer muerta. Probablemente Abby pensó lo mismo porque se levantó de un salto y tomó el teléfono, lista para marcar al 911. Pero Tawny se mantuvo tranquila, alejándolos con la mano y administrándole medicación a la Condesa.

Después, la Condesa se rio, lo que casi le provocó un segundo ataque.

—Cuando llegue mi hora, esparzan mis cenizas en las montañas, tómense una copa y díganse a ustedes mismos: "Vivió bien. Se rio bastante". Nada de tonterías religiosas para mí, querido niño. Recuerda eso. Tawny tiene mis instrucciones.

Unos minutos después, la Condesa decidió dar un paseo. Pero cuando Tawny se levantó, ella dijo:

—Lamb me acompañará. Tú quédate aquí con Abby.

Luego hizo señas a Vix.

—Victoria, ven con nosotros.

No se discutía con la Condesa. Vix hizo lo que le dijeron.

Lamb

Tiene una visión. A sus cuatro o cinco años, entra de golpe al baño para agarrar su barco de juguete porque la enfermera lo bañará en el fregadero de la cocina. Se sorprende al encontrar a alguien sumergido en su bañera, la misma donde suelen bañarlo a él y a Dorset. Recuerda demasiado tarde que debe tocar la puerta cuando está cerrada. La abuela lo regañará por olvidarlo. Pero a la señora en la bañera no le importa. Está sonriendo. Sabe su nombre, Charlotte, como su dulce favorito de la pastelería. Ella da una calada a su cigarrillo.

—Niño precioso —dice con una voz tan cálida y suave como su mantita—, ¿quieres entrar conmigo?

Él se quita los calzoncillos porque se supone que uno se desnuda antes de meterse en la bañera. Ella le toma de la mano mientras él pisa el borde y se sienta enfrente. Le ofrece su barco de juguete.

—Gracias —dice ella, y lo desliza en el agua.

Así sería tener una madre de verdad, piensa, alguien que disfrute jugar en la bañera. Alguien con una risa que burbujea como la soda que la enfermera trae cuando le duele el estómago.

Ella toma un sorbo del vaso que está en el suelo.

—¿Quieres un poco? —pregunta ella—. Sabe a jugo de uva.

Él sabe que no es jugo de uva. Es algo que beben los adultos.

—No, gracias —dice.

Sus pechos suben y bajan en el agua. Él los toca, buscando en sus ojos una señal de aprobación, preguntándose si le dará una palmada en las manos como hace la enfermera.

Pero no, ella se ríe.

—Tengo un buen par, ¿verdad?

Se atraganta por un momento al pensar en ella. Ella debía tener veinte años entonces. Una joven con largo cabello castaño recogido en lo alto de la cabeza. La mejor amiga de su madre. Le regaló un álbum de fotos lleno de imágenes de ambas. *Charlotte y Amanda*. Amigas de verano, como Caitlin y Vix. Es increíble pensar que su madre tendría ahora la misma edad que ella.

Afuera, la Condesa encendió otro cigarrillo, dio unas caladas y lanzó la colilla al bosque, donde chispeó. Lamb corrió tras ella y la aplastó antes de que se incendiara.

—Eso es peligroso, Charlotte, sobre todo en esta época del año, con todo tan seco —dijo.

—Siempre he vivido al extremo, querido —respondió ella.

—Bueno, Charlotte…, aunque me caigas muy bien, no puedo dejar que quemes la isla. Hay leyes…

—¡Que se jodan las leyes! ¡Que se joda la isla! —tomó la mano de Vix, la llevó a sus labios y la besó dos veces—. Recuerda esto, niña preciosa… Nada importa más que el momento. Puede que no haya un mañana y, aunque lo hubiera, a nadie le importa un comino.

Vix no entendía de qué hablaba ni si esperaba que le besaran la mano. Ojalá que no. Se alivió cuando la Condesa se echó a reír y regresó a la casa, donde pidió otro vodka con tónica.

Esta vez Tawny le tocó el brazo.

—Tawny es mi salvadora —dijo la Condesa—. No sé qué haría sin ella. Si tan solo no tuviera esa familia. Qué carga, qué estorbo. No entiendo por qué alguien tiene hijos cuando podría tener perros.

Dulce levantó la cabeza y bostezó como si entendiera perfectamente.

Vix se molestó. Hace dos minutos era niña preciosa y, ahora, una carga, un peso en los hombros de su madre.

—De un perro obtienes todo lo que obtendrías de un hijo —continuó la Condesa—, además de aceptación total y gratitud absoluta. Nunca he conocido a un niño agradecido, ¿verdad?

Abby tomó la mano de Lamb y se miraron con complicidad, probablemente deseando tener tres perros en vez de tres adolescentes. ¿Dónde estaban Caitlin y Sharkey? Habían prometido volver a tiempo para la cena.

Cuando Abby mencionó el tema de la beca, Vix contuvo la respiración. Aquí está, pensó, lo que realmente importa. Todavía no sabía bien qué era eso, pero Tawny había estado de tan buen humor todo el día que tal vez estaría bien.

Al mirar hacia arriba desde su posición en el suelo, vio a Tawny jugando con una servilleta de cóctel que decía: "Viaje en primera clase. Sus hijos lo harán". La dobló en cuartos; luego, en octavos, hasta que quedó lo suficientemente pequeña como para tragarla.

—Tenerla como invitada este verano es una cosa —dijo Tawny a Abby—, una beca para una escuela privada, es otra.

—Sí, pero queremos… —comenzó Abby.

—Victoria no necesita ir a una escuela privada —interrumpió Tawny—. Puede recibir una buena educación en la secundaria.

Lamb trató de explicar la Fundación Somers y cómo uno de sus programas otorgaba becas a estudiantes dignos. Pero Tawny no escuchaba.

—¿Quieres ir a la escuela Mountain Day, Victoria? —preguntó—. ¿De eso se trata todo esto?

—Fue idea nuestra, Tawny —dijo Lamb—. Mía y de Abby.

Abby le lanzó una mirada agradecida a Lamb, pero Tawny no cedía.

—Victoria —dijo, y ya no era una extraña, era la madre que Vix conocía de Santa Fe.

—Me gustaría ir —respondió Vix.

—¿Por qué? —preguntó Tawny.

¡Maldita sea! Podría haber dado un millón de razones si lo hubiera pensado. Podría haberle contado sobre Raymond Kurtis, que hacía sonidos feos y absorbentes al pasar junto a ella en los pasillos de la escuela y que tenía apuestas con sus asquerosos amigos para ver si alguno lograba tocarla o meter la mano bajo su falda. Podría haber dicho: *para obtener una mejor educación* o *para ser la mejor amiga de la chica más popular de la escuela*.

—Estamos esperando, Victoria —dijo Tawny.

La Condesa gritó:

—¡Por el amor de Dios, Tawny! ¿Por qué haces tanto escándalo? Cuatro mil niños en una escuela son demasiados niños en un solo lugar, si me preguntas.

—Tendré que discutirlo con mi esposo —dijo Tawny.

La Condesa volvió los ojos hacia el cielo y murmuró:

—Gracias a Dios que no tengo esposo.

13

VERANO, 1980

A veces Caitlin actuaba como si no entendiera nada. Cuando Vix sacó el tema de buscar trabajo, Caitlin no daba crédito.

—¿Un trabajo? Pero, ¿por qué? ¿Estás aburrida? —preguntó.

—No, no estoy aburrida.

—Entonces, ¿qué pasa?

—Necesito el dinero.

—Ah, el dinero.

A Caitlin le costaba recordar que no todo el mundo tenía un presupuesto ilimitado. No es que fuera una despilfarradora; como Lamb, minimizaba lo del dinero. No tenía idea de que la beca había provocado un alboroto en casa de Vix.

—El mundo ha cambiado desde que éramos jóvenes —le había dicho Ed a Tawny—. Esto le dará a Vix una…

Se guardó la última palabra.

—¿Una qué? —preguntó Tawny.

—Una ventaja —repitió su padre, esta vez para que Tawny la escuchara.

—Una ventaja para derrumbarse —se burló Tawny.

—Ella merece la oportunidad —insistió Ed—. Después de eso, es... —murmuró lo que quedaba, pero Vix, escuchando atentamente, estaba segura de que dijo: “Después de eso, es cosa suya”.

¡Sí!, pensó. ¡Será cosa suya!

Empezaba a ver a su padre como su campeón dentro de la familia. Solo deseaba que fuera más expresivo, más abierto en su amor, si es que de eso se trataba.

Otra cosa que Caitlin no entendía era que la amistad llevaba ciertas obligaciones. De lo contrario, nunca habría dicho:

—Aunque somos amigas de verano y siempre lo seremos, tengo otra vida en Mountain Day, una vida aparte de las dos.

Vix sintió que se estrellaba contra una pared de concreto. Le dolía la cabeza con los títulos de todos los artículos de autoayuda insípidos que había leído: “¡Cuando tu mejor amiga te traiciona!”, “¿Eres víctima de tus circunstancias?”, “Cómo manejar tu dolor”.

—Te estoy haciendo un verdadero favor —dijo Caitlin—. Lo entiendes, ¿verdad?

¿Entender? Se obligó a no llorar, a no permitir que Caitlin viera su dolor o decepción. Si Caitlin tenía miedo de que se aferrara a ella en la escuela, no tenía por qué preocuparse.

—Yo también tengo otra vida —dijo, sonando como si no le importara en absoluto.

—Lo sé —respondió Caitlin—. Y no me ofende..., de verdad.

Después de eso, Vix tuvo que recordarse que Caitlin podría haber invitado a cualquiera de sus amigas de Mountain Day para pasar el verano, pero no lo hizo, ¿verdad?

A veces, en la escuela, el comportamiento de Caitlin molestaba a Vix. Actuaba como si fuera otra persona, alguien que Vix ni siquiera conocía. Entonces Caitlin la miraba como diciendo: *Tú y yo sabemos que esto es solo un juego, pero los demás creen que es de verdad, así que no me delates…, ¿de acuerdo?*

Después de un mes en Mountain Day, Vix se enfermó. Era una infección de riñón. Le dolía al orinar. Tenía fiebre alta y dolor en la espalda. Necesitaba antibióticos. Se sentía fatal, peor que nunca en su vida.

Su madre culpó a la nueva escuela. *Solo porque es una escuela cara no significa que no necesites papel en el asiento del inodoro para protegerte.*

Le aseguró a su madre que había tenido cuidado y el médico juró que no era algo que hubiera contraído por el asiento del inodoro. Pero Tawny no le creyó.

—Gracias a Dios que el trabajo de tu padre tiene seguro médico —dijo Tawny—. ¿Sabes cuánto cuestan estos antibióticos?

No quiso saberlo.

La Condesa envió flores con una tarjeta que decía: "Querida niña, ¡mejórate pronto!" y estaba firmada con los nombres de sus cinco perros.

Nathan le ofreció a Orlando. Orlando tenía poderes mágicos. La haría mejorar. Pero si no lo hacía y ella moría, se enfadaría mucho.

—¿Sabes lo que significa estar enfadado? —le preguntó.

—Sí —respondió ella—, lo sé.

Su primera probada de libertad había cambiado a Nathan.

—Ya no seré más el niño bueno —anunció—. Que yo esté en una silla no significa que puedas mandarme.

Sus bromas sobre la silla de ruedas sacaban a Tawny de quicio.

—Nunca debimos dejar que fueras al campamento —dijo ella.

—Demasiado tarde. Ya fui.

Él exigía más libertad, privacidad, respeto. Incluso le gritó a Vix una noche cuando ella entró al baño sin tocar la puerta.

—¡Fuera… ahora mismo! Solo chicos.

—Está bien, perdón…

Ella estaba contenta de que él luchara por su independencia, pero eso no hacía que vivir juntos fuera más fácil.

En sus sueños febriles, Bru la visitaba todos los días, besándola con tanta pasión que le incendiaba el cuerpo. En esos sueños no decía ni una palabra, lo cual era mejor, porque la única vez que lo había visto en todo el verano, justo cuando salía del baño portátil en la feria agrícola y él esperaba su turno para entrar, la miró fijamente y dijo:

—Cuando tienes que ir, tienes que ir.

Ella se había sentido mortificada con la idea de que él supiera que acababa de usar el baño y no había podido responder.

Más tarde, él se acercó por detrás mientras ella hacía fila para el Tilt-A-Whirl. Le tocó el hombro y, cuando ella se volteó, le dio un oso panda gigante.

—Cuídalo bien por mí…, ¿okey?

Y luego se fue.

Caitlin no podía creerlo.

—¡Eres la persona más afortunada del mundo entero!

Ella dormía todas las noches abrazando al oso, con una pata peluda entre sus piernas, despertando su Poder.

Desde que se había enfermado, Caitlin iba a verla todos los días. Colocó una muñeca kachina en la repisa que estaba sobre la cama de Vix.

—Si tu medicina no aleja a los malos espíritus, esto lo hará.

Luego se sentó junto a la cama, tomando su mano.

—¿Sabes lo que te dije antes de que empezara la escuela... sobre tener otra vida en la escuela?

Vix asintió.

—Bueno, nunca quise..., es decir, no quería... lastimarte ni nada. Nunca te haría daño. Nunca. Comparadas contigo, mis amigas del colegio no significan nada para mí. Son menos que nada.

—Tú no eres la razón por la que me enfermé, si eso piensas.

—¿Quién dijo que pienso eso?

—Estás actuando como si tuvieras la culpa.

—¡No la tengo!

—Está bien..., está bien. —Vix se dio vuelta en la cama.

—Realmente lo haces difícil —dijo Caitlin—, ¿sabes?

—¿Qué hago difícil?

—No importa. Olvídalo. Volveré mañana. O tal vez no.

Si Vix no se hubiera enfermado, si Caitlin no se hubiera sentido culpable, ¿estarían ahora sentadas juntas en el viejo columpio de hierro, discutiendo sobre trabajos de verano? ¿Habría sobrevivido su amistad? Tawny decía: *Puedes llenar toda una vida con "y si..." o puedes seguir adelante. En nuestra familia, seguimos adelante.*

—Entonces... ¿qué tipo de trabajo tenías en mente? —preguntó Caitlin.

—Solo hay una cosa que podemos hacer hasta que seamos mayores.

—Por favor..., dime que no es lo que estoy pensando.

Vix se encogió de hombros.

—Ni siquiera me gustan los niños pequeños —se quejó Caitlin—. Son tan... exigentes.

—Hazme un favor. Guárdate eso si decides venir conmigo.

Caitlin decidió acompañarla. Fueron contratadas de inmediato por la primera persona que las entrevistó, una mujer llamada Kitty Sagus, cuyo nieto se quedaría por un mes. En cuanto escuchó que Caitlin era hija de Lamb Somers, quedó convencida.

En su primer día de trabajo descubrieron que la hija de Kitty y su esposo eran estrellas de televisión. A él lo reconocieron al instante. Era Tim Castellano. Y aunque ella estaba embarazada y se ocultaba tras unas enormes gafas de sol, era evidente que era Loren D'Aubergine.

Vix sabía que debía mostrarse indiferente, como si no le resultaran familiares, porque, después de todo, estaban en Vineyard y muchas celebridades iban para alejarse de todo.

De inmediato, Las Estrellas anunciaron que Max aún no sabía ir al baño.

—¿Quieres decir que todavía usa pañales... a los tres años? —preguntó Caitlin con tono de incredulidad.

Max la miró con sus enormes ojitos de bebé.

—Me gustan los pañales.

Se notaba que Tim y Loren estaban incómodos. Loren se sonrojó y dijo:

—Si logran que empiece a usar el orinal, hay una recompensa para ustedes.

—¿Una recompensa? —preguntó Vix.

—Sí, un buen premio en efectivo —explicó Tim.

—Siempre que no lo amenacen ni lo hagan sentir culpable —agregó Loren—. No queremos que el entrenamiento para usar el baño sea traumático de ninguna manera. Es muy importante que sea su decisión.

—Yo recibo chocolates M&M si voy al baño —dijo Max, chocando su camión volquete contra su excavadora—. Tres por hacer pipí, cinco por hacer popó. Los amarillos y los rojos son mis favoritos.

Una mañana, durante su segunda semana de trabajo, Tim los acompañó a la playa. Al principio, Vix pensó que venía a vigilarlos, aunque eso no le molestaba. La idea de que la vieran con Tim Castellano era bastante emocionante, aunque él usaba una gorra de béisbol y gafas oscuras para que nadie lo reconociera. Y quizá sí parecía un tipo cualquiera con su familia en la playa, pues nadie los miraba ni prestaba atención.

Vix trataba de armarse de valor para pedirle un autógrafo y llevárselo a Tawny, que nunca se perdía su programa. Pero cuando vio cómo miraba a Caitlin mientras se untaba protector solar, cambió de idea.

—¿Quieres que ayude con la espalda, Chispa? —preguntó él.

Ese era su apodo especial para Caitlin. A Vix no le decía nada.

—Oh, gracias —dijo Caitlin, bajándose las tiras de su bikini rojo.

Estaba creciendo a un ritmo alarmante, ya era más alta que Vix, quien había alcanzado su estatura definitiva de un cinco pies y cinco pulgadas un año antes, y aunque comía el doble que Vix, no ganaba ni un gramo. Sus pechos seguían siendo diminutos. Pero a Vix no le gustaba la forma en que Tim la miraba. Algo pasaba, algo que la incomodaba. Tampoco le gustó cuando preguntó cuántos años tenían.

—Quince —respondió Vix, fuerte y claro, aunque la pregunta no iba dirigida a ella—. ¿Cuántos tienes tú?

—Treinta y cinco —dijo él, riendo—. Suficiente para ser tu padre.

Pero no se comportaba como un padre. Especialmente cuando, justo antes de que se prepararan para recoger todo e ir a almorzar, sugirió que él y Caitlin se dieran un chapuzón.

—Claro —dijo Caitlin.

—¿Vas a cuidar a Max, verdad? —le preguntó Tim a Vix.

—Ese es mi trabajo —respondió ella.

—Ya vuelvo —dijo Caitlin.

Se quitó el cabello de la cara, le hizo una mueca a Vix y corrió hacia el agua. Se sumergió y comenzó a nadar con brazadas firmes y confiadas. Tim se había quitado la gorra y los lentes de sol, y se apresuraba a quitarse los *shorts* que llevaba sobre el traje de baño.

—¿A dónde va papá? —preguntó Max.

—A nadar —dijo Vix—. Vamos a verlo.

—Cárgame.

Ella lo cargó en brazos, respirando el dulce aroma de su cabello, mientras intentaba mantener la vista sobre Tim y

Caitlin. Cuando salieron, los labios de Caitlin estaban azules. Tim la envolvió con una toalla y la frotó, igual que hacían con Max cuando estaba mojado y frío.

Pero algo no se sentía bien. Cuando Tim le quitó la toalla, Vix pudo ver los pezones erectos de Caitlin a través de su traje mojado. Le dio miedo que Caitlin hiciera algo imprudente, como aquella vez del verano pasado en el bote inflable, cuando se había quitado la parte superior del mismo bikini solo para ver si alguien se daba cuenta. Una pareja mayor que pasaba en un canoa les saludó como si nada fuera extraño. Caitlin les contestó con la mano mientras Vix comenzaba a remar lo más rápido posible en dirección opuesta.

—Tal vez pensaron que yo era un chico —dijo Caitlin, indignada—. Apuesto a que se habrían dado cuenta si estuviera completamente desnuda.

—¿Por qué querrías que se dieran cuenta en primer lugar? —preguntó Vix.

—Para no sentirme invisible.

¿Cómo podía Caitlin sentirse invisible?

Esta vez, Vix le tiró su suéter a Caitlin y se alivió cuando se lo puso sin quitarse el traje de baño.

—Tu amiga nada muy bien —le dijo Tim.

—Sí, es una sirena.

Se agachó a recoger su gorra y sus lentes de sol y, mientras lo hacía, Vix paseó la vista por su cuerpo hasta llegar a los rizados vellos en el interior de sus muslos; luego, a su traje de baño empapado y diminuto y, finalmente, al bulto prominente en la parte delantera. Al enderezarse, la sorprendió mirándolo y sonrió, aunque ella ya había desviado la mirada.

Tim fue quien sugirió un camino diferente de regreso a casa. Había notado una casa en construcción justo al final de la calle desde la playa y sabía que a Max le encantaría. Empujó a Max en el cochecito mientras Vix y Caitlin se quedaban atrás. Un sentimiento desagradable crecía dentro de Vix, pero no podía expresarlo. Odiaba como Tim la hacía sentir, como si apenas existiera. *Compra uno, lleva el segundo gratis.*

Cuando llegaron a la casa en construcción, Tim levantó a Max del cochecito y se lo subió a los hombros para mirar más de cerca. Max dijo por milésima vez:

—¡Me encantan las construcciones!

Vix y Caitlin lo siguieron, aunque no habían intercambiado ni una palabra desde la playa. Al acercarse a la casa, Caitlin de repente la agarró del brazo.

—¿Qué pasa?

Caitlin señaló y Vix vio que Bru y Von formaban parte del equipo de construcción. Bru y Von, increíblemente sexis con *jeans* de tiro bajo, sus espaldas fuertes, delgadas y bronceadas, y sus brazos musculosos. Una ola de calor la golpeó, haciendo que su cara se sonrojara y sus rodillas temblaran. *¡Muérete de envidia, Tim Castellano, porque no eres nada junto a ellos!*

Un minuto después, los dos chicos se acercaban. Von reconoció a Tim.

—Oiga, usted es ese policía de la tele. No, espere…, no me diga… Sukovsky: algo así, ¿verdad?

En realidad era Wolkowsky, pero Tim no lo corrigió.

—¿Cómo está? —dijo Von y le extendió la mano a Tim—. Ese es un programa buenísimo.

—Gracias, amigo —dijo Tim, de repente uno más del grupo—. Y este es mi hijo, Max. Le gustan las construcciones.

—Hola, Max —dijo Von.

—Tengo un casco —dijo Max—. Es amarillo.

—Sí, ¿quieres trabajar? Nos hace falta un ayudante.

—Tengo que ir a la casa de Kitty —dijo Max—. Voy a almorzar mantequilla de maní. Siempre almuerzo mantequilla de maní con mermelada de uva.

—Me parece bien —dijo Von, luego se fijó en Caitlin.

—Estas son nuestras niñeras —dijo Tim—. Caitlin y... Vicky.

—Vix —dijo ella en voz baja, molesta con Tim por equivocarse.

—Ah, sí —dijo Von—. Las conocemos.

Bru simplemente estaba ahí, bebiendo Coca-Cola de una lata. Después de un silencio incómodo, Von preguntó:

—Entonces..., ¿dónde han estado escondidas ustedes dos?

—Ustedes son los que se han estado ocultando —respondió Caitlin.

—¿Cómo lo sabrías si no nos has estado buscando? —preguntó Von.

Caitlin le dio un puñetazo en el brazo, como en los viejos tiempos.

Pero esta vez él la agarró y la tiró sobre su hombro como un saco de ropa sucia. Ella se reía mientras le golpeaba la espalda desnuda.

—¡Déjame, idiota!

Max aplaudió y empezó a cantar *Upside Down*, imitando a Diana Ross a los tres años.

Vix podía sentir que Bru la miraba mientras ella los miraba.

—Bueno, eso es suficiente —dijo Tim, cambiando la expresión en su rostro—. Es hora del almuerzo de Max.

Von bajó a Caitlin. Ella brillaba.

—Hasta luego —le dijo.

—No si te veo antes —respondió él.

—Sí, nos vemos —dijo Bru a Vix.

—No si te veo primero —respondió ella, jugando su juego.

Oh, qué feliz estaba de haberle dado su sudadera a Caitlin. Feliz de llevar solo *shorts* sobre su traje amarillo. Feliz de estar bronceada, con su largo cabello oscuro moviéndose de un lado a otro, de que su piel estuviera clara ese día y, sobre todo, de que llenaba la parte de arriba de su traje, de que la llenaba muy bien.

Fueron a ver *Mi brillante carrera*, que trataba de una joven australiana decidida a tener una carrera como escritora y del hombre que la ama. Después tuvieron una discusión acalorada.

—Ella tomó la decisión correcta —dijo Caitlin—. Él era un idiota. Habría sido miserable el resto de su vida con él.

—No necesariamente —dijo Vix—. Ella podría haber tenido ambas cosas: él y su carrera.

—¡Por favor!

—Bueno, tal vez no en aquel entonces. Pero ahora…

—¿Ahora? ¿Crees que las cosas son diferentes ahora?

—Mira a Tim y Loren. Los dos tienen carreras brillantes.

—Oh, claro, pero ¿quién está embarazada?

—Entonces ella tendrá al bebé y, luego, volverá al trabajo.

—Supongo que quieres una docena de mocosos gritones. Supongo que tu brillante carrera será ser madre.

—Realmente odio cuando me dices lo que quiero. Solo porque me gustan los niños no significa que voy a tenerlos. Para que sepas, aún no he tomado esa decisión.

Tim preguntó si podían cuidar a Max una noche durante su última semana de vacaciones para que él y Loren pudieran llevar a Kitty a cenar. Max ya estaba en pijama cuando llegaron, listo para dormir. Loren se veía linda con un vestido blanco holgado, unos aretes llamativos y el cabello trenzado a la francesa. Tim hizo un gran alboroto de lo mucho que la admiraba.

—¿Tengo la esposa más hermosa del mundo occidental o no? —preguntó, besando a Loren frente a ellos mientras Max bailaba en círculo y abrazaba sus piernas.

Llegaron justo antes de las once. Loren bostezaba.

—Estoy agotada —dijo—. Estaré feliz cuando nazca este bebé.

—Somos dos —respondió Tim, dándole un beso de buenas noches.

Luego, se ofreció a llevarlas a casa porque Kitty tenía problemas con la visión nocturna. Caitlin se sentó delante junto a Tim y Vix se subió atrás, agradecida de que el viaje durara solo diez minutos. Tim sintonizó la radio en WMVY. De vez en cuando miraba a Caitlin, pero ella miraba al frente y solo le dirigió la palabra para decirle cuándo desviarse de la carretera principal y, luego, para indicarle que tomara el camino de tierra hacia su casa. Pero en vez de doblar a la derecha, hacia su entrada, siguió adelante, como si supiera que terminarían en la playa. Cuando llegó, apagó el motor. Se podían ver las luces de Woods Hole al otro lado del agua.

Reinaba el silencio. Vix era consciente del sonido de la respiración de Tim, de Caitlin, de la suya. Finalmente, Tim habló:

—No quiero que anden por ese sitio de construcción. No quiero que las niñeras de Max anden con tipos como esos. ¿Me entiendes?

—¿Disculpa? —dijo Vix—. Fue tu idea pasar por el sitio de construcción, no nuestra. Ni siquiera sabíamos que estaban trabajando ahí, ¿verdad, Caitlin?

Tuvo que darle un codazo a Caitlin para obtener una respuesta y, aun así, ella solo negó con la cabeza.

—Quiero que tengan mucho, mucho cuidado —dijo despacio y en voz baja, girándose en el asiento para mirar a Caitlin, y Vix notó que hablaba solo con ella. Sintió que él deseaba que ella no estuviera ahí. Y, a decir verdad, Vix deseaba lo mismo. Esto se estaba poniendo demasiado raro.

—No tienes pelos en la lengua, minina. Le das al tipo la idea equivocada.

No era asunto suyo hablarles de chicos, especialmente de noche, en un coche oscuro estacionado en la playa.

—Algunos tipos —continuó con esa voz seductora—, una vez que se excitan, no se controlan. No pueden pensar racionalmente. Algunos tipos siguen sus impulsos toda la vida. ¿Captas lo que digo?

Caitlin hizo un sonido extraño, casi una risa, pero no del todo.

—Creo que deberías llevarnos a casa ya —dijo Vix, inclinándose hacia adelante, con la mano en el hombro de Caitlin. No podía creer que les hablara así... ¡y sobre impulsos!

—Tranquila —dijo él—. Solo trato de hacer entrar en razón a tu amiga. Es por su propio bien.

A Vix no le gustó ese tono ronco en su voz. Quizá le gustaba hablarles de cosas atrevidas. Quizá eso lo excitaba. Se preguntó cómo se sentiría su madre si leyera esto en la revista *People*. Su estrella favorita de la televisión y su interés por chicas de quince años.

Luego, empezó a asustarse. ¿Y si era peligroso? ¿Y si..., ya sabes..., se sacaba su "puntero" de los pantalones? Las palmas de sus manos estaban sudorosas y sentía humedad bajo los brazos.

—Abre tu puerta —le dijo a Caitlin, inclinándose para que Tim notara que ella estaba ahí. Pero Caitlin solo se quedó sentada, hipnotizada. Entonces intentó abrir la puerta ella misma, pero estaba cerrada. Él las había bloqueado desde su panel de control.

¡Eso fue más que suficiente! Se lanzó sobre el asiento, cayendo en el regazo de Tim, tomándolo por sorpresa mientras le arrebataba las llaves del encendido. Él intentó detenerla, tratar de quitarle las llaves, pero ella no era tonta. De ninguna manera las iba a entregar.

—Vix, Vix —decía Caitlin una y otra vez—. ¿Qué haces?

¿Qué hacía? ¡La estaba salvando! Estaba lista para arrancarle los ojos a Tim si hacía falta. Había leído sobre situaciones así. Meter la llave hasta el fondo en su oreja... o en la nariz, para causarle el máximo dolor. Pero no pudo. No pudo meterle la llave en esa nariz perfecta de Tim Castellano.

Él le torció el brazo hasta hacerle daño y le arrebató las llaves.

—Dios —dijo—, ¿qué te pasa?

Arrancó el coche y retrocedió tan rápido que Vix se cayó sobre Caitlin. Frenó en seco en su entrada y desactivó el seguro automático de las puertas. Vix abrió la puerta del lado de Caitlin y casi la arrastró afuera.

—Corre —le dijo.

Pero Caitlin la sacudió y salió corriendo detrás del coche de Tim, llamándolo:

—Tim, espera...

Él debió ver que lo seguía porque paró el coche. Si Caitlin no podía protegerse sola, entonces Vix tendría que hacerlo por ella. Se dirigió hacia ellos. Pero al minuto, el coche de Tim arrancó y Caitlin gritó:

—Vix, ¿dónde estás?

—Aquí.

Caitlin siguió la voz.

—¡Es increíble! —le dijo, agarrándola—. Creo que se siente atraído por mí. Lo sentí.

—Yo también lo sentí —dijo Vix—. Cuando caí sobre su regazo. Dentro de sus pantalones, si sabes a qué me refiero.

—¿Estaba duro?

—Me niego a responder esa pregunta.

—Qué emocionante.

—¿Estás loca? Es un degenerado. Está enfermo.

—Él solo quería darnos un consejo. No es que nos haya tocado ni sugerido nada.

—¿Eso es lo que estabas esperando?

Ella se encogió de hombros.

—¡No lo puedo creer! —dijo Vix—. ¿Qué habría pasado si no hubiera estado aquí?

—No habría hecho nada. Quiero decir, quizá lo estaba pensando, pero...

—No debería ni estar pensándolo —dijo Vix—. Tenemos quince años y él treinta y cinco, ¿recuerdas?

—En realidad, creo que sería bueno para mi primera vez, ¿no crees?

—Está casado. Su esposa está embarazada. Tienen un niño de tres años. Así que no, no creo que sea bueno en absoluto.

¿Dónde quedó su juicio? Caitlin levantó dos billetes.

—Casi se olvida de pagarnos. Nos dio veinte dólares a cada una.

—¡No quiero su dinero!

Le dio un golpe a los billetes para que se le cayeran de la mano a Caitlin. Caitlin se agachó a recogerlos y metió uno en el bolsillo del *jean* de Vix.

—No volveré a esa casa —dijo Vix—. ¡Nunca volveré!

—Solo quedan tres días.

—Está bien. Puedes decirles que tengo gripe, o hiedra venenosa, o algo altamente contagioso. ¡Y si te violan, no digas que no te advertí!

—Ni siquiera va a estar. Él y Loren se van a Nantucket mañana por la mañana. Solo estarán Kitty y Max.

—¿Quién te dijo eso?

—Tim. Hace un momento. Por eso lo besé para despedirme. No volveremos a verlo.

—¿Lo besaste?

Asintió.

—Le metí la lengua en la boca.

—¿Estás completamente loca?

Caitlin se echó a reír.

—No sé. Quizá.

Vix no podía dejar que Caitlin fuera sola a la casa de Kitty. Quién iba a saber en qué problemas podría meterse sin su protección. Pero cuando llegaron a la mañana siguiente, Tim y Loren ya se habían ido.

—Una breve luna de miel —dijo Kitty—. Una escapada romántica.

Suspiró.

—Hay que esforzarse para mantener viva la pasión en el matrimonio. Recuerden eso cuando llegue su momento.

14

Todo lo que sabía sobre una relación amorosa lo había aprendido al ver a Abby y Lamb. Ellos sabían cómo mantener viva la pasión en el matrimonio. Eso era lo que ella recordaría cuando —y si— llegara su momento. Hasta el último sábado del verano, cuando todo pareció derrumbarse. Ella y Caitlin estaban discutiendo en la cocina con los chicaguenses sobre si debían mezclar o no la salsa de tomate con los espaguetis antes de servirlos. Ella y Caitlin querían la salsa aparte, con albahaca y perejil del jardín, pero Daniel dijo:

—¡Nada de cosas verdes en nuestra pasta! Échaselas a la tuya después, en el plato.

—No quiero que la mía se ahogue en tu Ragu —dijo Caitlin.

Sharkey, absorto en un crucigrama, preguntó:

—¿Cuál es una palabra de cuatro letras para *ondular*?

—¿*Rizo*? —dijo Vix—. ¿O tal vez *onda*?

—*Onda*… ¡esa es! —dijo Sharkey—. Gracias.

Afuera llovía, una lluvia suave, lenta.

Abby y Lamb habían estado fríos y distantes todo el día, pero ahora sus voces, que venían de la sala de estar, se alzaban, y a medida que lo hacían, el grupo de la cocina fue quedando en silencio.

—¡Ya te lo dije, no es para tanto! —se oyó decir a Lamb—. ¡Todo el mundo pide un aventón en la isla!

—¡Eres un inconsciente! —gritó Abby—. ¡Vives en otro mundo!

—Si aprendieras a no ser tan dura con ellas, Ab, no lo pasarías tan mal. Te lo buscas tú sola…, a eso me refiero.

Era culpa suya que discutieran, pensó Vix, suya y de Caitlin. Si Abby no se hubiera topado con un tipo que conocía en la sección de lácteos de Cronig's, tal vez nunca se habría enterado de que pedían aventones. No es que le hubieran dicho sus nombres, pero el tipo había reconocido a Caitlin.

—Apuesto a que eres hija de Lamb Somers —había dicho, orgulloso de sí mismo—. Tengo buen ojo para las caras y tú y Lamb son como dos gotas de agua.

Caitlin no lo confirmó ni lo negó.

Vix sintió una presión en el pecho que se fue haciendo más pesada mientras Abby le gritaba a Lamb:

—¡Tú crees que con quererlas basta, pero yo no! Tienen quince años. Necesitan orientación. Depende de nosotros animarlas a actuar con responsabilidad.

—Guárdate la charla para las chicas, Ab.

—¡Maldita sea, Lamb! ¿Cuándo fue la última vez que miraste bien a tu hija? Ya no es una niña. Y Vix tampoco…, por si no te has dado cuenta.

¡Dios mío! Qué vergüenza. Vix sintió que la cara le ardía y bajó la mirada al suelo.

—Abby tiene razón —dijo—. No encajo. Nunca voy a encajar. Ni siquiera sé si quiero encajar.

—No conviertas esto en algo de lo que te vayas a arrepentir —dijo Lamb.

—¿Que yo me arrepienta? ¡Tú tendrías mucho que lamentar si ese hombre hubiera metido a las chicas en el bosque! No quiero ni pensar en lo que podría haber pasado.

Vix rezó para que Abby nunca se enterara de su aventura con Tim Castellano.

—¡Te preocupas demasiado por cosas que nunca van a pasar!

—Me alegra que tengas a un dios especial cuidándote, mientras el resto de nosotros…

—¿Tienes la regla, Ab? ¿Es eso?

Debió lanzarle algo entonces, un libro o el bolso, porque se oyó un golpe sordo y después a Lamb exclamando:

—¡Cielos!

—No sé cuánto más puedo aguantar a esta familia —gritó Abby, antes de romper a llorar.

Daniel decapitó una lechuga con el cuchillo. Gus miró a Vix. Ella desvió la vista, avergonzada de haber tenido algo que ver. Para entonces se había acostumbrado tanto a pedir aventones que ya no le parecía gran cosa. ¿Qué otra forma había de ir a las playas, de ir al pueblo a curiosear, de llegar al sitio en construcción donde esperaban a que Von y Bru hicieran una pausa?

—Vamos, cariño —dijo Lamb—. Hablemos de esto en el coche. Ya vamos con media hora de retraso.

—¡No seas condescendiente conmigo! —dijo Abby con voz ronca—. Odio cuando me hablas así.

—Solo quise decir…

—Sé exactamente lo que quisiste decir.

Oyeron cómo Abby se sonaba la nariz; luego, nada. Unos minutos después, ambos pasaron por la cocina. Abby evitó cruzar miradas con ellos, agarró un poncho del perchero y se subió la capucha. Vix quiso correr a abrazarla, decirle que era una madre maravillosa, la mejor, que ella sí la valoraba aunque nadie más lo hiciera, que tenía razón al preocuparse por ellas, que lamentaba haber causado todo ese problema y que no volvería a hacerlo nunca.

—Estaremos en casa a las diez y media —dijo Lamb—. A más tardar a las once. Hablamos de esto mañana, ¿de acuerdo?

Mañana su mundo se vendría abajo. Adiós beca. Adiós veranos mágicos. Mañana todo se acabaría.

En cuanto se fueron, Gus soltó un silbido largo y bajo.

—Problemas en el paraíso.

—Seis meses. Le doy seis meses más y ella se irá —dijo Daniel.

—A mí me parece bien —dijo Caitlin.

—Escucha, zorrita… —Daniel la agarró y la hizo girar—. ¡Tú eres la razón por la que ella es miserable!

—¡Ni de broma!

—¡Quita tus sucias manos de mi hermana! —intervino Sharkey, acercándose por detrás de Daniel.

Daniel se tambaleó.

—¡No te metas en esto, Sharkólatra!

Gus se mantuvo cerca, listo para intervenir si era necesario. Por un momento, él y Vix se miraron a los ojos.

Daniel

Odia lo que esta familia le está haciendo a su madre. Si creen que él va a quedarse de brazos cruzados mientras la destruyen, ¡están equivocados! Mañana irá a verla, le jurará lealtad, le dirá que sin importar lo que decida hacer, la apoyará. Que no se preocupe. Estarán bien. No necesitan a Lamb ni a su dinero, ni a sus hijos repugnantes.

Sharkey

Tiene que sacarlas de ahí antes de que todo se descontrole. Antes de que Daniel pierda el control de verdad y corte algo más que lechuga. *Vamos*, *vamos*, les dice a las chicas, apurándolas fuera de la casa y hacia su camioneta. Conduce hasta Oak Bluffs. Por primera vez que recuerde, las parlanchinas se quedan calladas. Nadie quiere pensar en lo que esto podría significar. Ni siquiera su hermana. Tiene suerte y encuentra dónde estacionar en la avenida Circuit, y las lleva hasta la pizzería. Espera tener suficiente efectivo encima. Les dirá que pueden pedir una porción cada una. Solo eso. Una porción y refresco.

Antes de que siquiera hicieran su pedido, oyeron voces alteradas y se voltearon para ver a Bru sentado en una mesa pequeña al frente y discutiendo con una chica pelirroja. Ella empujó su silla lejos de la mesa.

—¡Eso es todo! —gritó entre lágrimas—. *Fini, finis, finito.* ¿Lo entiendes? ¡Se acabó en cualquier idioma!

—Cálmate, ¿quieres? —dijo Bru—. Todo el maldito lugar está escuchando.

Y era cierto.

La pelirroja agarró su jarra de cerveza, la alzó y se la arrojó a Bru en la cara.

—¡Madura! —gritó, antes de salir furiosa del restaurante.

Por el resto de su vida, cada pelea de amantes le recordaría a Vix esa noche, esa noche en la que la rabia chispeaba en el aire. Y juró, en ese mismo instante, que ningún chico la haría sentirse así de mal.

SEGUNDA PARTE

ÉXTASIS, 1982-1983

15

Toda su vida había soñado con tener diecisiete años, como la reina del baile. Y ahora los tenía, o muy pronto los cumpliría. El cuatro de julio, ella y Caitlin cantaban a todo pulmón con Debbie Harry mientras recorrían la isla en la vieja camioneta roja de Caitlin. Para cuando llegaron a Menemsha ya eran pasadas las cinco. Pensaban ver el atardecer allí y regresar a casa. Pero en cuanto pisaron la playa, vieron a Bru y Von lanzándose un frisbi.

Caitlin le dio su bolso de lona a Vix, se quitó las sandalias Teva de un puntapié y le dedicó una sonrisa pícara antes de salir corriendo por la arena, dar un salto y atrapar el frisbi en pleno vuelo. Vix se quedó atrás, observando, como si estuviera otra vez en sexto grado, estudiando a Caitlin para descubrir el secreto del éxito.

Caitlin deslumbraba a los diecisiete. Su cabello caía en cascada por la espalda, su piel era tersa y perfecta, y la expresión de su rostro desafiaba a cualquiera que intentara meterse con ella. Ese año había alcanzado su estatura definitiva, dejando a Vix tres pulgadas atrás. Tenía piernas larguísimas, como una Barbie, pero sin el pecho ridículo. Caitlin veía eso como un defecto, una jugarreta de la naturaleza.

Las chicas del colegio le animaban a mandar una foto a las revistas *Elle*, *Cosmo* o, incluso, *Seventeen*. Los chicos babeaban por ella. Hasta los profesores la encontraban irresistible... aunque irritante. Era muy lista. ¿Por qué no se esforzaba más? Podía ser lo que quisiera, hacer lo que quisiera, con solo ponerle un poco de ganas. Pero la mitad del tiempo no entregaba los trabajos y se negaba a estudiar para los exámenes.

—La escuela no tiene nada que ver con la vida —decía.

Había ido a esquiar con Phoebe en las vacaciones de primavera, a los Alpes italianos, y volvió con una gran noticia para Vix.

—Merezco una felicitación —anunció—. Ya no soy virgen.

Así que Caitlin había sido la primera, tal como lo había predicho. Bueno, Vix no se sorprendió. Ni siquiera se sintió decepcionada.

—¿Quién? —preguntó—. ¿Dónde?

—Un instructor de esquí —dijo Caitlin—. Italiano. Muy carnal. Ya conoces ese tipo.

Vix no tenía idea.

—Nos conocimos en el teleférico. Ya me tenía encima para cuando llegamos al pico de la montaña. Apenas si pudimos bajar esquiando de lo desesperados que estábamos.

Vix sintió que el corazón se le aceleraba.

—¿Y? —preguntó, sin estar del todo segura de cuánto quería saber.

—Simplemente pasó.

—Eso no puede simplemente pasar.

—Bueno, primero tuvimos que quitarnos la ropa de esquiar, si a eso te refieres.

No, no se refería a eso.

—¿Te dolió? ¿Sentiste el Poder? ¿Fue emocionante?

Caitlin rio.

—¿Emocionante? Sí, supongo..., durante dos minutos. Eso fue lo que tardó en acabar.

Vix también rio.

—¿Usó protección? —preguntó.

—Por supuesto. ¡No estoy completamente loca!

—¿Lo amas?

—¿Amarlo? Apenas lo conozco. Probablemente nunca lo vuelva a ver. Fue más que todo... curiosidad. Pero al menos ya sé cómo es.

Vix no tenía ninguna intención de hacerlo solo por salir del paso. Caitlin la llamaba *romántica imposible* y juraba que el sexo y el amor no solo podían separarse, sino que debían separarse.

—Lo que mete en líos a las mujeres es la forma en que confunden las dos cosas —decía—. Los hombres siempre han entendido la diferencia. Eso es algo que aprendí de Phoebe.

Y así, mientras Vix observaba a Caitlin pasándola en grande con los chicos en la playa, asumió que ese verano no habría contención. Cuando Caitlin gritó: *Vix, ¡atrápalo!*, y el frisbi voló por encima, Vix estiró el brazo y lo atrapó; luego, corrió en zigzag por la arena, tratando de esquivar a Bru, que iba directo hacia ella. Logró deshacerse del frisbi justo antes de caer al suelo. Oyó a Caitlin gritar y, de pronto, estaba boca abajo, con las muñecas inmovilizadas y Bru montado sobre ella.

—Prométeme que te portarás bien y te dejo levantar —le dijo.

—No pienso prometer nada —contestó, escupiendo arena.

—Entonces no puedes levantarte.

—Está bien.

Ojalá se hubiera dejado puesta la camiseta sobre el bikini, porque eventualmente tendría que ponerse de pie, y cuando lo hiciera, él tendría una muy buena vista. Nunca debió haber comprado ese estúpido traje con tiras finas en lugar de tirantes.

En cuanto él la soltó, Vix corrió hasta su bolso de playa y lo revolvió, pero no encontró la camiseta. En su lugar, sacó una toalla y rápidamente se la echó sobre los hombros, justo a tiempo, porque él ya estaba de vuelta, dejándose caer a su lado en la arena tibia y ofreciéndole una cerveza.

Todavía no le gustaba el sabor de la cerveza. No entendía por qué los chicaguenses se pasaban la vida debatiendo sobre sus virtudes, si era mejor el Ale o la Lager, en botella o de barril. Pero tenía sed, así que la aceptó e intentó beber de la lata. La cerveza le hizo toser y, al hacerlo, se le chorreó por la barbilla y le cayó en el pecho, recordándole aquella noche, dos veranos atrás, cuando la pelirroja le lanzó cerveza en la cara a Bru.

—Entonces, ¿qué hay detrás de esa máscara, Cuadradito? —le preguntó Bru, tirando de la toalla que tenía sobre los hombros. Ya no eran el equipo Problema al Cuadrado. A partir de ese día se habían convertido en individuos. Ella era Cuadradito y Caitlin era Problema.

—¿Máscara? —preguntó Vix.

—Sí, esa máscara que siempre llevas puesta.

—Tú eres el que lleva máscara —dijo, quitándole sus gafas de sol espejadas. Enseguida se arrepintió, porque ahora él la miraba directo a los ojos, haciéndola retorcerse. Rompió el hechizo mirando hacia otro lado.

—En cuanto a Problema… —dijo él, recostándose sobre los codos mientras observaba a Caitlin y Von revolcarse como cachorros—, ella la lleva como una insignia. Pero tú no necesitas anunciar nada, ¿cierto?

La parte de su cerebro que todavía podía pensar, que aún funcionaba, quedó impresionada por la observación. Él alzó la mano para agarrar un mechón de su cabello que tenía en medio de la cara, lo acomodó detrás de su oreja, dejando que sus dedos se deslizaran por su cuello, bajaran por su hombro y recorrieran su brazo, haciendo que los pechos le dolieran y que el Poder vibrara. Cuando llegó a su mano, la giró. Si la besaba como lo había hecho la Condesa, se desmayaría. Caería redonda. Le diría que fue por el sol, que siempre se desmayaba por el calor. Pero no pasó: solo le trazó una línea en la palma con el dedo. Apenas podía respirar. Así se sentía esto. Así era.

Él la soltó de pronto, carraspeó y bebió un buen trago de cerveza.

—¿Cuántos años tienes ahora? —preguntó.

—Diecisiete —susurró ella—. Cumplo este mes.

—Diecisiete —repitió él.

—Y me llamo Victoria.

No podía creer que acabara de decir eso. Nunca se había llamado así a sí misma.

—Victoria —repitió él.

—¿Y tú cuántos años tienes? —preguntó ella.

Eso le causó gracia.

—¿Cuántos crees?

—No sé…, quizás veinte…

—Veintiuno en septiembre.

—¿Ya los cumpliste o los vas a cumplir?

Él la miró y negó con la cabeza.

—¿Te preocupa si soy legal?

No, eso no era lo que la preocupaba. Volvió a meter la mano en su bolso, decidida a encontrar su camiseta. Esta vez sí la encontró.

—¿Tienes frío? —preguntó él, al verla empezar a ponérsela.

—No.

—Entonces no te la pongas.

Y no lo hizo.

Su mano volvió a posarse sobre su hombro. Vix trató de tragar, como si al hacerlo pudiera tragarse también los pensamientos. Su piel ardía. Solo oía los latidos de su corazón y a Pat Benatar advirtiéndole: *Heartbreaker… love taker…*

Finalmente, él dijo:

—No tienes miedo de mí, ¿verdad, Victoria?

—¿Miedo? —repitió ella, demasiado fuerte, como si fuera un loro que solo puede repetir lo que oye.

Se encogió de hombros, deseando poder decir: *No, no te tengo miedo. Me dan miedo estos sentimientos.*

—No tengas miedo —dijo, y le regaló esa sonrisa lenta, la misma que le había dado la primera vez, en el minigolf, la noche en que cumplió trece.

Más tarde, durante el famoso atardecer de Menemsha, Bru se recostó contra una roca con las piernas extendidas. Ella se acomodó en el espacio entre sus piernas, recostando la espalda en su pecho, con sus brazos rodeándola, aunque para entonces ya llevaba puesto una sudadera y en realidad no tenía frío.

No había fuegos pirotécnicos oficiales en esa parte de la isla, pero alguien en un yate se encargó de montar un espectáculo impresionante e iluminó el cielo durante quince minutos. Cuando acabó, Bru la acompañó de vuelta a la camioneta de Caitlin, le acarició la mejilla con el dorso de la mano y se despidió con un beso, un beso cálido pero breve, como si no quisiera empezar algo. Ella se sintió mareada, débil, con el traje de baño húmedo en la entrepierna. No quería que terminara ahí.

—No tienes miedo de mí, ¿verdad? —dijo con voz ronca, una voz que no reconocía como suya.

—Sí, sí que tengo —respondió él.

Y por la forma en que lo dijo, Vix estuvo casi segura de que era cierto.

16

Abby llevó a casa un par de Jack Russell y los llamó como sus abuelos: Irene y Jake. Caitlin estaba indignada.

—¿Cree que esos *roedores* pueden reemplazar a Dulce? ¿Y encima los llama como sus abuelos? ¿Te imaginas llamar a tus perros como tus abuelos? ¿Qué le pasa a esa mujer?

Dulce había envejecido el verano anterior. Apenas podía caminar. Aun así, cuando colapsó y, con un último estremecimiento, murió a los pies de Lamb, Caitlin quedó devastada. Todos lo estaban. Hicieron un servicio en la playa.

—Señor, te entregamos a nuestra Dulce —dijo Lamb—. No pidió nada, lo dio todo.

Caitlin, con el rostro empapado en lágrimas, corrió arriba y abajo del espigón, esparciendo las cenizas de Dulce. Más tarde, Vix la ayudó a construir un memorial de arena y conchas, pero cuando la primera tormenta lo arrasó, Caitlin le rogó a Lamb una lápida de verdad. La plantaron cerca de la casa, entre los pinos grandes.

Dulce
Compañera fiel
1970-1981

Después de eso, Caitlin se obsesionó con la muerte. Le preguntó a Vix si creía en vidas pasadas, porque Phoebe sí. Phoebe tenía su propio canalizador, el mismo que estaba ayudando a Shirley MacLaine a descubrir sus *yo* anteriores.

Pero Vix estaba más interesada en esta vida que en cualquier otra.

Caitlin le preguntó cuántas veces a la semana pensaba en la muerte, porque ella pensaba en eso todos los días, a veces más de una vez, como Woody Allen. Él estaba obsesionado con el tema. La mayoría de los genios creativos lo estaban.

—¿Estás planeando ser un genio creativo? —preguntó Vix.

—Absolutamente —dijo Caitlin—. ¿Qué otra cosa hay?

Luego se rio y le dio un codazo en las costillas.

—Te tomas todo tan en serio.

—A veces es difícil saber cuándo hablas en serio tú —dijo Vix.

—Seré una mujer misteriosa, ¿no crees?

—Eso o una esquizofrénica.

El rostro de Caitlin se congeló. Ahora fue Vix quien se rio.

—¿Quién se toma todo en serio?

Pero para demostrar que ella también podía hablar de lo innombrable, Vix dijo:

—Una vez vi a una persona muerta.

—¿De verdad? ¿Quién?

—Darlene.

—¿Quién es Darlene?

—Era amiga de mi madre… —Vaciló antes de soltar la verdad, antes de admitir que Darlene era su abuela, sabiendo que a Tawny no le gustaría. En lugar de eso, dijo—: Era una vieja amiga de la familia.

—¿Cómo se veía?

—Yo era muy joven. No me acuerdo mucho.

Se arrepintió de haber mencionado el tema.

—¿Estaba en un ataúd?

—No, estaba en el hospital.

—¿Estabas allí cuando realmente murió?

—No estaba en su habitación, si a eso te refieres.

Había estado en el pasillo con Lewis y Lanie, tratando de jugar cartas porque su madre le había dicho que los mantuviera tranquilos y ocupados. Pero no pudo hacer que Lewis dejara de llorar, ni siquiera al dejarlo empezar el juego. Cuando fue a buscar a su madre, encontró las cortinas corridas alrededor de la cama y a los médicos y enfermeros sobre Darlene. Su madre la agarró del brazo y la sacó.

Una semana después, Caitlin la despertó en plena noche.

—Vix…, ¿te da miedo morir?

—No me gusta pensar en la muerte.

—Pero todos vamos a morir, ¿no? O sea, nadie vive para siempre. Para llegar a nuestra próxima vida, o lo que sea que haya del otro lado, tenemos que morir de verdad.

—Supongo…

—Ojalá fuera un perro.

—También se mueren.

—Pero no se acuestan por las noches pensando en eso.

—Quizás sea como *Nuestro pueblo*** —dijo Vix, intentando calmarla—. Quizás después podamos quedarnos y observar.

** N. de la E.: La obra de teatro *Our Town* (Nuestro pueblo), escrita por Thornton Wilder, es un clásico del teatro estadounidense. En su tercer acto, los personajes fallecidos observan el mundo de los vivos desde la otra vida.

—Pero entonces seríamos invisibles.

A Vix le gustaba la idea de ser invisible, de poder mirar y escuchar sin que nadie lo supiera. Pero no lo dijo.

—¿Podemos terminar esta conversación en otro momento? Porque de verdad, de verdad tengo mucho sueño.

Caitlin no dijo nada más y Vix volvió a dormirse. No sabía cuánto tiempo había pasado cuando sintió la mano de Caitlin en su brazo.

—Vix —Caitlin estaba arrodillada junto a su cama—, he tomado una decisión. No voy a quedarme esperando a que suceda. Me voy a ir antes de que todo se venga abajo, antes de ser vieja y fea y que nadie me quiera.

Vix fingió estar dormida, incómoda con el rumbo que estaban tomando los pensamientos de Caitlin. Woody Allen era una cosa. Esto era otra.

—Prométeme que te vas a ir conmigo —dijo Caitlin—. Me daría demasiado miedo irme sola.

Como no respondió, Caitlin la sacudió.

—Vix, prométemelo.

Segundos después, Caitlin dijo:

—Vix, tengo miedo. ¿Puedo meterme contigo?

Vix se hizo a un lado y Caitlin se metió en su cama. Solo entonces, con los brazos de Vix envolviéndola, pudo dormirse.

El miedo de Caitlin descolocó a Vix. Casi sintió alivio cuando la obsesión del verano pasado con la muerte se transformó en una nueva obsesión con el sexo. Caitlin estaba ebria de su Poder. No le bastaba con que Von la deseara; lo mostraba también en casa, coqueteando con Gus y hasta con Daniel. La casa estaba cargada de vibras sexuales. Caitlin estaba viva y con ganas de demostrarlo.

Sharkey casi nunca coincidía con ellas, salvo una noche que salió del baño y encontró a Caitlin y Vix esperando en el pasillo. Caitlin llevaba una bata corta, mal ajustada, sin nada debajo.

—¡Tápate, por el amor de Dios! —gruñó Sharkey, tendiéndole su toalla.

—Shark —dijo Caitlin—, solíamos bañarnos juntos. ¿Cuál es el drama?

—El drama es que ya no tienes cuatro años.

Con la mirada fija en el suelo, pasó entre ambas y se fue. Un minuto después de que ella y Caitlin entraran al baño y cerraran la puerta, Gus golpeó.

—¿Ocupado?

Vix abrió un poco la puerta.

—¿Qué parece? —preguntó con el cepillo de dientes colgando de un lado de la boca.

Él estaba en pantalones cortos, sin camisa. En su pecho había un parche de vello oscuro y rizado. El pecho de Bru era liso, sin pelo. Por una fracción de segundo, Vix se preguntó cómo se sentiría presionar sus pechos desnudos contra Gus y, luego, apartó la vista, completamente avergonzada de haber tenido un pensamiento tan asqueroso.

Gus

¡Dios! Cuando abrió la puerta del baño y la vio con esa camiseta tan fina, y debajo el contorno de sus pechos, volvió de inmediato al lugar donde había estado dos años atrás, aquella noche en que Abby y Lamb casi lo arruinan todo. Algo le pasó esa noche, algo en lo que no quería pensar porque su padre siempre decía: *No cagues donde comes*. Pero esa noche, aunque fuera solo por un minuto, había querido abrazarla, sentir sus cuerpos juntos.

Se advirtió a sí mismo: *Cálmate, solo tiene quince años.*

Sí, ¿y qué?, se respondió. Conocía a chicas de su edad que lo hacían. Demonios, conocía a una de catorce que era experta con las manos.

Había mantenido la distancia desde entonces, con miedo de ceder a sus sentimientos. Pero ahora ella tiene diecisiete y eso ya es distinto, ¿no?

17

Caitlin lo llamó el verano de sus carreras brillantes. Trabajaban en equipo para Dynamo, un servicio de limpieza, ganaban buen dinero y Caitlin nunca se quejaba de las largas jornadas ni del estado repugnante de algunas casas. Estaba orgullosa de sí misma por aprender a limpiar un inodoro, por fregar una bañera hasta que no quedara ni un resto de suciedad, cosas que Phoebe nunca le había enseñado. Premiarían los baños más asquerosos con el Premio Pelotilla Fecal Nueva y Mejorada.

Nunca conocían ni veían a la mayoría de sus clientes, pero estaban al tanto de los detalles más íntimos de sus vidas. Sabían quién estaba estreñido por las cajas de enemas Fleet escondidas en los cajones del baño o por el jugo de ciruela y salvado crudo que guardaban en el refrigerador. Sabían qué medicamentos tomaban y por qué. Sabían qué leían, qué música escuchaban y quién veía cintas porno en el reproductor de videocasetes.

Sabían quién tenía sexo regularmente por los pelos púbicos y los pañuelos arrugados debajo de las mantas, los lubricantes sobre las mesitas de noche, los envoltorios de condones en la basura. A diferencia de algunas de las chicas que trabajaban en el servicio, ellas eran discretas. Nunca se probaban la ropa de sus clientes ni experimentaban con el maquillaje. Tenían sus estándares.

Sus clientes favoritos eran una pareja gay que vivía junto al estanque Squibnocket y les dejaba listas de tareas bellamente impresas y siempre alguna cosita junto a ellas: una caracola inusual o una rosa perfecta o una caja de muestra de chocolates Chilmark. Compensaban a los idiotas de Middle Road que rompían todos los platos de la casa y dejaban los pedazos por todo el piso. Cuando el sinvergüenza y su novia llegaron molestos esa tarde y encontraron a Caitlin y Vix todavía limpiando, escuchando a Stevie Nicks en la grabadora, él explotó. Vix quiso irse antes de que la cosa se pusiera seria, pero Caitlin lo miró directamente y dijo:

—Creo que usted es responsable del costo de reemplazar los platos.

Él metió la mano en el bolsillo y empezó a lanzar billetes de cien dólares mientras su novia le tiraba del brazo llorando:

—Cariño, para…, cariño, por favor…

Billetes de cien dólares, cinco en total, dos de los cuales ellas guardaron, mientras él gritaba:

—¡Reemplacen esos malditos platos y salgan de esta casa!

Abby

No puede dormir. La tensión de tener a los cinco en la casa le está pasando factura. Está preocupadísima, sobre todo por Caitlin y Vix. Tiene la sensación, por la forma en que se levantan en medio de la noche, de que hay chicos en el panorama este verano. Pero ¿quiénes son?, ¿qué hacen juntos?

Y solo porque Daniel terminó un año en Princeton y Gus en Northwestern, creen que son adultos, que están exentos de las reglas. Gus se ha convertido en un hombre de la noche a la mañana. El verano pasado todavía era un adolescente, el mejor amigo de su hijo. Ahora, cuando la mira, a veces siente que se sonroja. ¿Cómo podría decirle qué hacer? Supone que tendrá que aprender a soltar, como dice Lamb, aprender a vivir con hijos adultos. Pero ¿dónde está el manual para eso?

Está agradecida de que todos tengan trabajo. No es que le encante que Daniel y Gus trabajen de noche, limpiando mesas en el Harborview, que nunca lleguen a casa antes de la medianoche ni se levanten antes del mediodía. Las chicas son otro tema. Se van de la casa a las siete cada mañana, vuelven del trabajo para ducharse y picar algo, pero nunca se sientan a tener una comida decente. El único por el que no se preocupa es Sharkey. Al menos sabe dónde está —trabajando todo el día en el taller, encerrado en su cuarto por la noche con la computadora nueva—. Sharkey, que se fue a la Universidad Reed hace un año y nunca dijo ni una palabra al respecto, al menos no a ella. No le da ningún problema. ¡Quizá debería preocuparse por eso!

Abby invitó a Vix a probar su nuevo kayak amarillo. Lamb la había sorprendido al comienzo del verano. Lo habían bautizado con una botella de champán. Ahora Abby podía remar para ahogar su angustia en el estanque.

De camino al muelle, Abby dijo:

—Sabes, Vix, me gustaría pensar que si tuviera una hija, se parecería mucho a ti. —Se quitó las gafas de sol y limpió los cristales con la camiseta—. Eso es un cumplido. Espero que lo tomes como tal.

Vix tartamudeó.

—Lo tomo... absolutamente.

—Te considero una persona con valores y ética reales.

Hizo una pausa y agregó:

—Eso también es un cumplido.

¿Valores y ética reales? Se preguntó qué diría Abby si supiera que Vix solía soñar con ser Caitlin, con simplemente salir de su familia para vivir junto a ellos en Cambridge. Dios, ¿alguna vez había sido tan joven, tan ingenua?

Ahora Abby intentaba hablarle sobre el alcohol, las drogas, el sexo, el herpes. Vix escuchaba cortésmente y luego le aseguró que no le gustaba el sabor de la cerveza, ni hablar de las bebidas fuertes, que les había prometido a sus padres mantenerse alejada de las drogas, que eran más abundantes en Santa Fe que en Vineyard, y en cuanto al sexo, seguía siendo virgen y tenía la intención de seguir siéndolo. Simplemente no dijo por cuánto tiempo.

Abby le entregó un montón de catálogos universitarios que habían quedado de los chicaguenses y la instó a estudiarlos.

—Sabes que hay una beca esperándote.

Se sintió como si tuviera catorce años otra vez, con Abby animándola a planear su futuro. Pero esta vez, el único futuro que le interesaba era esa noche y la siguiente, y la siguiente, con Bru.

18

El paraíso era una choza que servía como oficina en el lugar del negocio de construcción de la familia de Bru. Tres de los tíos de Bru habían visto venir el auge inmobiliario de los ochenta y habían comprado un grupo de cabañas deterioradas en Menemsha Pond. Bru y Von formaban parte del equipo que renovaba el primer lugar, convirtiéndolo en una casa de cinco habitaciones. La choza no tenía agua ni electricidad, solo una mesa hecha con una tabla sobre caballetes y un par de sillas viejas. Pero ¿a quién le importaba?

Encendían velas, ponían sus cintas en el radiocasete. *¿Don't you want me, baby? Don't you want me, oh*. Y bailaban hasta calentar el lugar y a ellos mismos.

Luego, Bru llevó a Vix hasta su camioneta, dejando la choza a Caitlin y Von. La camioneta tenía una capota en la parte trasera y una alfombra naranja de pelo largo en el piso. La primera vez que Vix se acostó en ella sin camiseta se quemó la espalda con la alfombra. Después de eso, Bru extendió una vieja colcha de algodón para proteger su piel.

Esta vez fue Caitlin quien quiso saber detalles.

—¿Te muerde el lóbulo de la oreja? ¿Te chupa los pezones? ¿Lo aprieta contra ti como si lo estuvieran haciendo, pero sin hacerlo realmente?

La respuesta a todo eso era sí. *Sí, sí y sí.* Pero Vix no podía hablar de eso. No podía contarle a Caitlin cómo él bajaba despacio sus *jeans* y metía la mano dentro de sus bragas, tocándola suavemente, deslizando un dedo en el tejido húmedo y delicado donde solo habían estado los dedos de ella antes. ¡Y cómo le encantaba! Le encantaba el fuego dentro de ella, la explosión al final. Él sabía que ella era virgen y nunca intentó apresurarla, aunque dijo que hacía mucho que no estaba con una mujer de esa forma. *¡Una mujer!* Le enseñó cómo hacerlo acabar mojando los dedos de ella en el frasco de lubricante que convenientemente guardaba en la guantera; lo envolvía con la mano, deslizando arriba y abajo hasta que su paquete latía y chisporroteaba mientras sonaba Van Halen en el radiocasete.

No es que él no quisiera más, ni que ella no quisiera. Pero la decisión de esperar fue de él. Ella pensaba que realmente estaba nervioso por hacerlo con una chica de verano de diecisiete años de una familia prominente, porque para entonces él y Von sabían que Lamb Somers era el padre de Caitlin, que ella era la amiga de verano de Caitlin. Y ninguno de los dos buscaba problemas.

Le preguntó por sus novios en Santa Fe. Ella le dijo que no tenía y era verdad. Hasta entonces su experiencia sexual con chicos se limitaba a Mark Shulman, un compañero de clase alto y torpe en Mountain Day, cuya lengua se metía y salía de su boca cuando se besaban, como una rana cazando moscas. *Por favor, por favor,* gimoteaba él, agarrándole las nalgas por encima de los *jeans.*

Por favor, ¿qué? Ella quería que lo dijera, pero nunca lo hizo. Fue amable con ella la noche que se emborrachó con margaritas y vomitó por la ventana de su Bronco. Pero ella no se sentía realmente atraída por él y cuando decidieron que no iba a funcionar, él empezó a coquetearle a Lanie.

Vix preguntó por la pelirroja.

—*Fini finis finito.*

—Era mayor —dijo él—. Quería que hiciera promesas para las cuales yo no estaba listo.

Bru

Cielos, qué dulce es. Es tan dulce. Difícil de resistir. Y no parece tan joven cuando están juntos. No es demasiado joven para él. Tiene que recordarse a sí mismo ir despacio, no apresurarla. Hay algo en ser su primero, en enseñarle todo a su manera. Como entrenar a un cachorro, pero mejor. Ese cabello sedoso, esos pechos suaves y redondos, pezones que se ponen duros antes de que él siquiera los toque. Dice que nunca ha tenido un novio de verdad. Es difícil de creer. Pero ¿por qué mentiría? Él nunca ha conocido a una chica tan mojada, que llegue tan rápido. No como la pelirroja. Podría hacerle sexo oral toda la noche y aún nada. Victoria quiere saber qué pasó entre ellos. ¿Qué puede decir? Ella es cinco años mayor. Está lista para casarse. Quiere hijos. No, gracias. No todavía. Además, ahora tiene un chico nuevo. Tal vez él pueda hacerla acabar. Tal vez a ella no le importe si no lo hace.

Esa expresión en el rostro de Victoria la primera vez que le llevó la mano a su pene. *No puedo creer que estoy tocando un pene*, dijo ella. Luego se rio como una niña pequeña. Él le levantó la barbilla y la besó.

Von siempre le dice que Problema está buena. Él puede creerlo. Ha tenido un par de sueños en los que ambas se le insinúan al mismo tiempo. Esa es la cosa de Problema al Cuadrado.

—Hice lo de la felación —dijo Caitlin mientras ella y Vix manejaban a casa una noche en que los truenos retumbaban a lo lejos—. Le encantó. Lo volvió loco.

—¿Pero qué hay de… ya sabes?

—No fue tan malo, si no te importa un detergente de ropa caliente y pegajoso. Pero, para ser honesta, para entonces ya no le importaba un carajo. Podría haberlo escupido al suelo y ni se habría dado cuenta. Así de fuera de sí estaba. Deberías probarlo…, es decir, si no lo has hecho ya.

Vix sabía que Caitlin estaba pescando, pero no iba a morder el anzuelo.

—¡Ay, ahora te he puesto en aprietos! —dijo Caitlin.

—No estoy apenada.

—Sí lo estás. Lo puedo notar.

—Está bien, está bien. Sí estoy apenada.

Caitlin se rio, apretó el muslo de Vix y cantó todo el camino a casa.

Sharkey

Algo está pasando y no le gusta. Una noche los sigue hasta el lejano Menemsha Pond. Ve a Vix subir a la parte trasera de una camioneta con un tipo. ¿Qué hace ella con él? Podría meterse en un verdadero problema. ¿Y quién sabe qué estará haciendo Caitlin con el otro? ¿Debería decírselo a Lamb? Si lo hace y se enteran, lo van a acusar de raro, de no haber tenido sexo nunca salvo consigo mismo. El Portnoy de su generación. No puede dormirse sin masturbarse, imaginando cómo sería si ellas se subieran a la parte trasera de su camioneta, su hermana y su mejor amiga. Ya ni siquiera puede mirarlas sin tener miedo de excitarse. Lamb lo mataría si se enterara. Pero Lamb nunca se enterará. Nadie lo hará.

Daniel

Caitlin. ¡Esa perra! Hace un par de años hubiera querido volarle la cabeza. Ahora no le importaría que ella se la volara a él. No puede sacarla de su mente. La forma en que lo provoca cuando está en la ducha exterior, usando las manos, no una esponja. Sus manos en sus pechitos perfectos. Sus manos en su conchita jabonosa. Ella cierra los ojos, echa la cabeza hacia atrás y canta *Eye of the Tiger*. Una actuación impuesta. Sabe que él la está mirando. Lamb lo mataría si se enterara. Pero diablos, no es como si fueran parientes de sangre.

Es algo bueno que tenga a Bailey para distraer su mente de la perra. Bailey, que trabaja como *au pair* en Edgartown, empezará su segundo año en Smith. *Vas a venir a Northampton, ¿verdad, Daniel? ¿Lo prometes?* Claro que vendrá. En cualquier momento. ¿Y qué si tiene que decirle que la ama durante el acto? En ese momento, así lo siente.

Abby sospechaba cada vez más.

—¿A dónde van ustedes todas las noches? —les preguntó a Caitlin y a Vix.

—Salimos con amigos —dijo Caitlin, lo cual no era exactamente mentira, salvo que los amigos que Abby creía eran las otras chicas del servicio de limpieza.

—A veces vamos al cine —añadió Caitlin—. No podemos entrar a ningún club. Piden identificación a todos.

—Ojalá invitaran a sus amigos a nuestra casa —dijo Abby.

Vix se sentía como una embustera. Si dependiera de ella, con gusto habría traído a Bru a la casa. Pero Caitlin dijo: *Nunca*. Abby nunca iba a enterarse de Von ni de Bru.

Bueno, bueno. Vix tuvo que jurar que nunca los mencionaría, aunque no entendía la razón. Quería presumir de Bru ante todos. Quería enviar una carta sobre él a casa. Quería decirle al mundo que estaba enamorada de Joseph Brudegher y que él estaba enamorado de ella.

Cometió el error de confersárselo a Caitlin.

—Ay, por favor, todos dicen que te aman durante el sexo. Eso no significa nada.

—Bru no dice cosas que no siente —dijo Vix.

—Vix, no conviertas esto en algo más de lo que es. Quiero decir, ¿qué crees que pasa cuando nos vamos de aquí el Día del Trabajo? ¿Crees que se sientan a esperarnos? Es un romance de verano. Fin de la historia.

Todavía era julio. ¿Por qué tenía que pensar en el Día del Trabajo?

—Solo no quiero que salgas lastimada —dijo Caitlin.

Vix recordó a la pelirroja llorando a lágrima viva en la pizzería. *¡Ningún chico me hará sentir tan mal!* Y odiaba a Caitlin por recordárselo. ¿Y qué si solo era un romance de verano? ¿Eso significaba que no debía disfrutarlo?

Caitlin abrazó a Vix.

—Me alegra que seas feliz. De verdad. Me alegra que estés enamorada. Solo recuerda, no importa cuántos chicos vengan y se vayan, nosotras siempre estaremos juntas. Las amigas duran más que los amantes.

19

Abby las animó a hacer una fiesta para el decimoséptimo cumpleaños de Vix.

—Pueden invitar a las chicas del trabajo. Y Daniel y Gus traerán a sus amigos del Harborview —dijo como si fuera una idea brillante—. Podríamos hacer una barbacoa o incluso una fiesta de mariscos.

Pobre Abby. Quería tanto que las cosas funcionaran entre todos, quería hacer de madre para su grupo.

Pero Caitlin tenía sus propios planes y no incluían a Abby ni a los chicaguenses. Eligió una playa remota en Chappaquiddick para la fiesta de Vix y las únicas personas que invitó fueron Bru y Von.

Vix nunca había estado en Chappy, pero había oído mucho sobre el escándalo que involucraba al senador y a la joven asistente política, y cómo ella había quedado atrapada dentro del coche cuando se volcó desde el puente Dike y cayó en las oscuras aguas.

—¡Hablando de seguir tu brújula! —dijo Caitlin—. Y Dios sabe qué estaba siguiendo.

—Quizá pensó que estaba enamorada.

—Ese fue su primer error —dijo Caitlin.

—Y el último.

Vix no había tenido intención de hacer una broma, pero Caitlin se rio de todos modos.

En Edgartown, ella y Vix esperaron el pequeño ferry de autos que las llevó hasta Chappy y, luego, Caitlin condujo durante millas, como si supiera exactamente a dónde iba, como si hubiera estado allí un millón de veces antes, aunque Vix no podía imaginar cuándo. Finalmente apareció el océano, tan calmo y azul como Vix no lo había visto jamás, bordeado por una larga playa de arena blanca, casi desierta. Bru y Von ya estaban allí, esperando.

Aquel día Caitlin llevaba su bikini negro, el que tenía la parte de abajo cortada hasta la cintura. Se untó lentamente con crema bronceadora y le pidió a Von que le echara en la espalda. Él le levantó el cabello para alcanzar el cuello y los hombros, y mientras lo hacía, ella permaneció con la cara vuelta hacia el sol, los ojos cerrados. Algo en eso era tan sensual que Vix se sintió incómoda y se apartó, encontrándose con la mirada de Bru.

La ola de calor a mitad de verano estaba en los titulares y la temperatura del océano hacía que se sintiera como un estanque. Vix siempre mantenía ambos pies en el suelo del mar, temerosa no solo de que las olas la arrastraran y la ahogaran, sino de la corriente de resaca y, aún peor, de una corriente de retorno. Si te atrapaba una corriente de retorno y no podías nadar paralelo a la orilla, te podía arrastrar tan lejos que nunca volverías. Su peor pesadilla era quedar atrapada bajo el agua como Mary Jo, la amiga del senador. Pero ese día, sin olas y con apenas corriente, flotó boca arriba mientras el agua la levantaba y, luego, la soltaba suavemente, como un balancín. Con Bru mirando, no había razón para tener miedo.

A última hora del día, ella y Bru caminaron tomados de la mano por la orilla del agua, deteniéndose una vez para acostarse en la arena mojada, sus cuerpos pegados, la mano de él levantando la parte superior de su bikini mientras se daban besos calientes y salados. Cuando él le prometió una sorpresa por su cumpleaños, ella sonrió. Después de todo, ¿no era él lo que más quería en el mundo? Pero no allí, no entonces. Sucedería más tarde, después del anochecer, con las estrellas sobre ellos y Stevie Nicks cantando.

Para cuando regresaron, Caitlin y Von ya tenían la cena de picnic extendida sobre el mejor mantel azul y blanco de Abby.

—Sé que se decepcionarán —les dijo Von—, pero Caitlin olvidó el tofu.

Eso se había convertido en una broma recurrente entre ellos desde que Caitlin había convencido a Von de dejar sus Marlboros. Ella le dijo que odiaba el olor y el sabor del tabaco y, así de fácil, él dejó de fumar de golpe.

Oye, ¿qué hombre en su sano juicio no cambiaría sus Marlboros por Caitlin?, quería saber. Pero ¿dejar su pollo a la barbacoa, las hamburguesas grasientas y las papas fritas? *Dale un respiro al pobre hombre*. Hay un límite para su adoración.

Se acercó por detrás de Caitlin, rodeándole la cintura con los brazos, con la boca contra su cuello.

—Supongo que tendré que comérmela a ella —dijo, mordisqueando su camino hasta el hombro, mientras ella cerraba los ojos.

Era una noche rara y sensual en Vineyard, y Vix se puso la vieja camisa de Bru sobre el bikini, pero no se la abotonó. Después de que terminaran con las papas y la salsa, el cuscús y las verduras, el pan y la fruta; después de que los chicos se tomaran un par de cervezas cada uno, Caitlin sacó el pastel de cumpleaños con una bengala encendida en el centro. Le cantaron, haciéndola reír con su desafinada versión de *Cumpleaños feliz*; luego, Caitlin se arrodilló, tomó la cara de Vix entre sus manos como una amante y la besó directamente en los labios, avergonzando a los chicos y a Vix.

—¿Pediste un deseo? —preguntó.

—Sí.

—¿Qué pediste?

—No puedo decirlo. Si lo hago, no se cumplirá.

Pero miró a Bru y supo que su deseo iba a cumplirse.

Caitlin se rio y luego se dejó caer junto a Von.

—Y ahora... —dijo, sacando un porro grueso de una bolsita—, algo para ayudarnos a celebrar.

—¿Qué es eso? —preguntó Von, incrédulo—. ¿Desde cuándo la Reina del Tofu se da esos gustos?

—Oh, vamos —rio Caitlin—. No es tabaco. Es hierba casera, directamente de Santa Fe.

Prendió el porro, dio una calada y se lo pasó a Von, quien no protestó, cerró los ojos y aspiró profundamente antes de pasárselo a Vix.

En las fiestas del colegio siempre había alguien con un porro. Para entonces ya había asistido a varias, y eso era lo menos preocupante de todo lo que circulaba allí. Claro, lo había probado un par de veces, pero no lo suficiente para alegrarse de verdad. Más que atontarla, le daba sueño. Pero esa noche ya se sentía tan en las nubes —por la luz de la luna, por la música, por la promesa de lo que vendría— que cuando Von le pasó el porro, ella le dio una gran calada y, luego, se recostó con la cabeza en el regazo de Bru mirando las estrellas en el cielo. Si te concentrabas en el cielo durante una noche así, casi siempre podías avistar una estrella fugaz. En la radio portátil James sonaba *How Sweet It Is*; luego, Carly tomó las riendas con *Devoted to You*, lo que entristeció a Vix porque todos sabían que se habían separado. No tenía idea de cuánto tiempo había pasado ni cuántas caladas le había dado al porro cuando Caitlin saltó de repente.

—¡Espera! —exclamó—. ¡Se me olvidó darle su regalo a Vix!

Agarró una linterna y corrió hacia la camioneta, regresando con una caja grande y bellamente envuelta.

—Para ti, Vix —dijo.

—¿Para mí? —se sentó Vix.

—Sí, ábrelo.

—¿Abrirlo?

—Sí.

Vix rompió el papel y el lazo, levantó lentamente la tapa de la caja y sacó algo delicado y blanco. No estaba segura de qué era. Comenzó a reírse. ¿Era un camisón o un vestido de fiesta? ¿Y dónde pensaba Caitlin que alguna vez lo usaría?

—Pruébatelo —dijo Caitlin.

—¿Probármelo? ¿Ahora?

—Sí.

—Pero tengo citronela y protector solar…

—Se lava —dijo Caitlin, ahora riendo también—. Me aseguré antes de comprarlo de que pudiera…, ya sabes…, lavarse.

—¿Lavarse?

—Sí, lavarse.

Eso le pareció a Vix demasiado gracioso. Se preguntaba por qué Bru y Von no lo entendían, no captaban que este vestido, o lo que fuera, que era apropiado para una princesa en una fiesta de jardín, podía lavarse. La palabra misma, *lavarse*, era suficiente para hacerla estallar de la risa.

Caitlin le tendió una mano. Vix la tomó y Caitlin la ayudó a ponerse de pie, luego la condujo detrás de las dunas. Vix lanzó la camisa de Bru al aire, todavía riendo. Se desató el top del bikini y lo hizo a un lado también.

Caitlin le colocó el vestido sobre la cabeza. Cayó alrededor de ella, fresco y suave. Tenía un ajuste perfecto. Bueno, quizá estaba cortado peligrosamente bajo en la parte delantera, pero ¿qué importaba? ¿Quién iba a verlo aparte de Caitlin, Bru y tal vez Von? Pero él solo tenía ojos para Caitlin.

Caitlin acomodó la rosa de seda centrada entre los pechos de Vix.

—Así —dijo—, creo que va más o menos así…

Deslizó el vestido de sus hombros. Se echó un paso atrás para admirar su trabajo.

—Dios, Vix, ¡te ves tan hermosa!

Más tarde, estaban bailando en la playa, Caitlin y Vix, girando al ritmo de "Wild thing… you make my heart sing…". Vix nunca se había sentido más hermosa, más deseable. No podía esperar para estar con Bru. No podía esperar para hacer el amor de verdad, para sentirlo dentro de ella. ¿Estaba drogada? Quizá… Probablemente… ¿Y qué? Por una vez no se sentía acomplejada por su cuerpo. Estaba orgullosa de sus pechos exuberantes, de sus piernas esculpidas brillando con aceite, de su largo cabello oscuro balanceándose de un lado a otro mientras giraba, cada vez más mareada. Era su cumpleaños, tenía diecisiete años, bailaba en la playa a la luz de la luna mientras su amante la observaba, la observaba con deseo escrito en toda su cara. Esa noche ella era la fiera indómita. La tentadora.

Luego, estaban todos bailando juntos, los cuatro, y ella pensaba: *Esto no puede ponerse mejor… ¡nunca!* Se abrazaban y se besaban, tan llenos de amor. Este sería su mejor recuerdo de Vineyard. *Recordaré este momento toda mi vida.*

Los besos se hicieron más serios, más profundos, más hambrientos. Vix cerró los ojos y gimió suavemente, excitada por el aliento cálido, los labios suaves, las manos deslizándose por el vestido desde sus hombros, las manos sobre sus pechos desnudos. Sintió la dureza dentro de sus pantalones cortos y bajó la mano.

—Vix —susurró él—. Oh, nena…

¿Oh, nena, oh, nena? ¡Espera! Algo estaba mal en esta escena. Las manos sobre su cuerpo no eran las de Bru, los labios sobre sus labios no eran los suyos. Trató de mantener los ojos abiertos, pero todo estaba tan borroso.

De repente se sintió enferma. Se separó y corrió hacia el agua. Saltó en la marea baja, cada vez más lejos, hasta que el agua atrapó la falda de su vestido, haciéndola ondear a su alrededor como un paracaídas. Luego saltó como el ciervo que una vez vio en el estanque, hasta que el agua estuvo lo suficientemente profunda para cargarla.

Se acostó. Se acostó y dejó que el vaivén del mar la llevara. Podía oír la voz de Caitlin gritando:

—¡Dios mío, Vix!

Y a Bru gritando:

—¡Victoria! ¡Victoria!

Venían por ella, pero no le importaba. Ahora estaba nadando, nadando hacia lo hondo como una sirena, hasta China, o lo que fuera que estuviera del otro lado.

20

Estaba soñando con su propio funeral. Tawny se asomó al ataúd y le gritó: ¡Drogas, Victoria! Después de que prometiste…

¡Un solo porro!, replicó Vix, sentándose erguida dentro del ataúd. *Un porro entre cuatro personas.*

Tawny no aceptaba su excusa barata. *Ya ves, ahora entiendes por qué te hicimos prometerlo. ¡Pero rompiste tu promesa, verdad? Drogas y sexo y… ni siquiera quiero pensar en qué más. Debería haberte mandado a un colegio parroquial.*

Pero estoy muerta, madre. ¿De qué sirve que estés enojada?

¡Pues actúa como muerta! Tawny la empujó de nuevo hacia abajo y bajó la tapa del ataúd.

La escena cambió. Vix estaba en el océano y estaba oscuro. Muy oscuro. Ella seguía hundiéndose. No tenía sentido luchar. Más le valía rendirse. De repente alguien la agarró por detrás. Se revolvió, pateó, gritó. A continuación, la estaban llevando, más bien arrastrando, por la playa. Había otra persona también. Podía oírlos susurrar mientras tiraban su cuerpo en la parte trasera de una camioneta. Pero no era realmente una camioneta, era un coche fúnebre. Pensaban que estaba muerta. Gritó y golpeó el cristal que la separaba de ellos. Pero fue inútil. No podían oírla.

Se despertó y se incorporó de golpe, jadeando, empapada en sudor. Un sentimiento terrible la invadió, una sensación de fatalidad inminente. Al amanecer ya estaba vestida y metiendo su ropa en el bolso azul de lona que había comprado con su propio dinero para reemplazar la vieja maleta de Tawny. Tenía que escapar. Ahora, antes de que fuera demasiado tarde.

Cuando la luz del día iluminó la habitación, Caitlin se despertó. Vix se quedó absolutamente quieta, deseando que ella siguiera dormida. Pero Caitlin abrió los ojos, vio que la cama de Vix estaba perfectamente hecha, miró a su alrededor y luego se fijó en Vix y en su bolso.

—No hagas esto, Vix. No arruines todo.

Vix tuvo ganas de gritarle: *¡Yo no fui la que lo arruinó!* Aunque no recordaba todo de la noche anterior, sí recordaba lo suficiente. Podía haber sido otro desastre en Vineyard. Podía haber sido la próxima Mary Jo.

—Sí, nos drogamos un poco —dijo Caitlin—. Gran cosa. No pasó nada.

Se recogió el cabello con una mano y se apartó unos mechones de la cara. Cuando Vix no respondió, Caitlin se sentó y la señaló con un dedo.

—¿De dónde te crees que sacas tanta santurronería? ¡No es como si hubieras estado jugando a las muñecas con Von!

Las piernas de Vix empezaron a temblar.

—Mírate… —dijo Caitlin—. Tienes tanto miedo a esa parte de ti que huyes.

De repente, todo quedó claro para Vix.

—Lo planeaste, ¿verdad?

—No seas ridícula. Se suponía que iba a ser el mejor cumpleaños que hayas tenido. Quizás se salió un poco de control. Lo siento. ¿Eso es lo que quieres que diga?

—¿Bru estuvo metido en eso? Solo dime: ¿él fue parte de tu plan o solo fueron Von y tú?

—Estás paranoica si piensas eso —dijo Caitlin—. Nadie planeó nada. Simplemente pasó.

Se volvió a acostar con la manta hasta la barbilla. La cabeza de Vix latía con fuerza. *Si no se iba... Si no salía de aquí...* Abrochó el bolso, esperando que Caitlin saltara de la cama y le rogara que se quedara, recordándole que su amistad era lo más importante, más que cualquier cosa o persona.

—¿Sabes una cosa? —dijo Caitlin con un susurro de disgusto—. Eres un iceberg emocional, aterrada de tus propios sentimientos.

Guarda tus sentimientos para ti, Victoria. Nunca le muestres a nadie tu decepción.

Se echó el bolso al hombro.

—¡Y tú eres un desastre esperando a suceder! —le dijo a Caitlin.

—Está bien, vete —dijo Caitlin mientras se despedía con la mano—. Ten una vida mediocre llena de gente mediocre. Olvida NSO... Olvida nuestro pacto, porque hacia allá te diriges: directo a una vida ordinaria y aburrida.

—¡Sigue siendo mejor que adonde tú vas!

Vix deseaba dar un portazo. En cambio, cerró la puerta con cuidado, bajó las escaleras de puntillas, dejó una nota para Abby y Lamb en la mesa de la cocina y se fue. Solo entonces se le escapó un sollozo profundo. Pero también se lo tragó.

Había caminado hasta casi llegar a la carretera principal cuando escuchó que una camioneta se acercaba desde atrás. Cambió el bolso al otro hombro. Pero no se dio la vuelta, ni siquiera cuando la camioneta desaceleró.

Gus

¿De qué diablos estaban hablando al amanecer? Había intentado ponerse la almohada sobre la cabeza, pero así no podía respirar. Maldita sea. Había llegado tarde, después de las dos de la madrugada. No es que se estuviera quejando. Uno no se queja cuando una mujer atractiva te pasa un papelito con el número de su habitación mientras recoges los restos de su pez espada a la parrilla, aunque lleve un anillo de casada.

Tendrían que usar el baño, susurró ella cuando él tocó la puerta, por si su amiga volvía mientras lo hacían.

De acuerdo, claro, el baño. ¿A él qué le importaba? Ella había acolchado la bañera con una manta y toallas. Si por casualidad su amiga regresaba temprano, diría que se estaba dando un baño. Un baño, sí. Lo que ella quisiera. Llevaba puesta una parte de arriba de pijama de seda, sin nada debajo. Nada. Solo recordarlo lo ponía duro.

Se quitó los *jeans*, se metió en la bañera, se tumbó de espaldas. Ella se montó encima de él, se iba guiando sola con sus palabras. *Eso es, oh sí, sigue… Oh…, eres tan fuerte.* Le mordió el hombro, le tiró del cabello, le tapó la boca con una mano para que no gritara cuando acabó. *Gracias, muy rico*, dijo ella, echándolo apenas terminaron.

Ahora puede oír la puerta del otro lado del pasillo abriéndose y, luego, cerrándose. Escucha. *Pastillita.* Está seguro. Reconoce sus pasos. Se pone los *jeans*, baja a escondidas las escaleras, se mete en la camioneta y la sigue por el camino. Ella carga con su maldito bolso de tela al hombro como si fuera una recluta de la marina. ¿A dónde demonios cree que va?

21

Vix nunca supo cómo fue que Gus terminó conduciendo por ese camino tan temprano esa mañana ni cómo se enteró de que el Homeport estaba buscando reemplazos para mitad de temporada. Se subió a la camioneta y se quedó mirando al frente. Él no intentó iniciar una conversación trivial. Solo le hizo una pregunta y no fue sino hasta que pararon a comprar jugo y donas y comieron con vistas al cementerio en Chilmark.

—¿Quieres hablar de lo que pasó? —preguntó.

Ella negó con la cabeza.

—¿Estás segura de que no quieres irte a casa? —dijo Gus.

Pensó que se refería a Santa Fe y volvió a negar con la cabeza. Ni de broma podía enfrentarse a sus padres ahora.

La contrataron en Homeport así, sin más, sin siquiera revisar sus referencias. Significaba una gran reducción de salario, a menos que pudiera compensarlo con propinas. Pero, como le explicó por teléfono a Joanne, la dueña del servicio de limpieza, sus circunstancias habían cambiado y no podía volver.

—¿Y Caitlin? —preguntó Joanne.

—No puedo hablar por ella.

—Bueno, esto es muy decepcionante —dijo Joanne—. Ustedes dos eran el equipo perfecto. Confiaba en ustedes para terminar la temporada.

—Lo siento mucho. Fue un gran trabajo. Pero no tengo otra opción.

Joanne no lo entendía e intentó convencerla ofreciéndole más dinero.

—Lo siento —repitió, sintiéndose aún más tonta—. Ya acepté otro trabajo.

Joanne inhaló con fuerza.

—¿Con la competencia?

Joanne jamás se refería a los otros servicios de limpieza por su nombre.

—No, en Homeport.

—¿En Homeport? ¿Por qué querrías trabajar ahí?

—Es personal.

—Ya veo —dijo, haciendo una pausa. Vix se la imaginó masticando su lápiz, como hacía cuando hablaba con algún cliente insatisfecho—. Bueno, si cambias de opinión, llámame. Siempre tendré trabajo para ti.

—Gracias.

Vix arrastró su bolso de tela hasta la mitad del muelle largo, hasta el bote de Trisha, y la alcanzó justo antes de que se fuera a trabajar. Cuando le explicó que había dejado la casa de Lamb, que tenía un empleo de mesera en Homeport y que necesitaba un lugar barato donde quedarse, Trisha le dijo:

—Lo estás viendo, cariño.

Trisha le lanzó una llave del candado de la escotilla, le dijo que tomara cualquiera de las literas en la cabina principal y luego se fue rumbo a Vineyard Haven.

—Debería estar de regreso alrededor de las siete, a menos que me vea con Arthur, mi nuevo galán, para cenar.

En cuanto Vix se quedó sola, se vino abajo. Lloró, sollozó, empapó su camiseta con lágrimas, gimió hasta atragantarse. ¡No era un témpano emocional! Luego, se acostó en la litera diminuta y cayó en un sueño profundo.

Habría dormido todo el día de no ser por los golpes en la escotilla y unas voces que la llamaban por su nombre. Se incorporó de un salto, desorientada, necesitando un minuto para recordar dónde estaba y por qué. Cuando por fin abrió la escotilla y entrecerró los ojos ante la luz del sol, vio a Lamb y a Abby.

—Vix —empezó Abby—, ¡estábamos tan preocupados!

—¿No vieron mi nota?

—Sí, pero no decías a dónde ibas ni por qué.

—Lo siento. No estaba segura de a dónde iba cuando la escribí.

¿Cómo me encontraron? ¿Trisha los habría llamado ya?

—Mira —dijo Lamb—, fuera lo que fuera lo que pasó entre Caitlin y tú, sé que se arrepiente.

—Todas las amistades tienen desacuerdos de vez en cuando —añadió Abby—. Es completamente natural, como un matrimonio…

Miró a Lamb y luego a Vix.

—Ay, Vix, ningún chico merece que sufras de esta manera.

¿Cómo sabía que había un chico involucrado? ¿Qué tanto les había contado Caitlin?

Abby se acercó a ella, tratando de mantener el equilibrio mientras el barco se mecía con la brisa.

—Vuelve a casa —dijo, abrazando a Vix—. Somos familia. Tu lugar es con nosotros.

—No puedo, por favor…

No había manera de explicarlo. Finalmente Lamb dijo, más dirigido a Abby que a ella:

—Si Vix necesita un poco de tiempo y espacio, confío en su juicio.

—¿Cuánto tiempo? —preguntó Abby—. ¿Un día, dos días? Somos responsables de ti, Vix. No podemos simplemente dejarte vivir sola. Tus padres asumen que…

¡Sus padres!

—Por favor, no les digan que me fui. Todavía no… —y añadió—: Entenderé si quieren darle la beca a otra persona, a alguien más digno.

La voz se le quebró en esa última palabra. Esta vez no serían tan indulgentes como cuando descubrieron que ella y Caitlin pedían aventones. Unas cuantas palabras suaves, una promesa de no volver a hacerlo y eso había sido todo. Aunque tampoco importó porque al verano siguiente Caitlin ya tenía su licencia. Pero esta vez era diferente. Esta vez había mucho más en juego.

Lamb y Abby se miraron de nuevo. Entonces, Abby dijo:

—Esto no tiene nada que ver con la beca. Nadie te va a quitar nada.

Vix sintió unas ganas inmensas de llorar de alivio. Qué fácil habría sido volver con Abby.

No fue sino hasta más tarde que recordó cuando Abby dijo: *Me gusta pensar que, si tuviera una hija, sería como tú*. Sí, pero si llegaban a tener que tomar partido, por mucho que la quisieran, Caitlin siempre sería la primera. Siempre sería la hija. Y Vix siempre sería la amiga de la hija.

Cuando salió de Homeport, confundida y exhausta tras su primera noche de trabajo, Bru la estaba esperando.

—Tenemos que hablar —dijo él.

Caminaron hasta el final del muelle, donde se sentaron a espantar mosquitos.

—Sea lo que sea que pasó anoche, puedo vivir con ello —dijo Bru.

¿Había sido solo anoche?

—Sé que no significó nada —continuó.

Ella lo miró, desconcertada.

—¿Qué no significó nada?

—Von y tú.

—¿Von y yo? No hay ningún "Von y yo". ¿Hay un "Caitlin y tú"?

—¿Caitlin? —dijo él, como si no tuviera idea de qué hablaba.

Le tomó la mano, la giró hacia arriba y la observó igual que aquel primer día en la playa; luego, la cubrió con sus dos manos.

—Creo que deberíamos olvidarnos de anoche —dijo, y su voz se volvió suave—. Eres mi chica, Victoria. Lo supe desde el primer día. Siempre serás mi chica.

Y así, sin más, ella se derritió. Así, sin más, volvieron a estar juntos.

Se veían todas las noches y Vix no tenía toque de queda, nadie que le preguntara: *¿Él hace esto? ¿Hace aquello? ¿Cuándo van a…?*

Esta vez, fue ella quien tomó la iniciativa. Prácticamente le rogó. *Por favor*, susurró. *Por favor…*, *Bru*. ¿Qué chico podría resistirse? Se puso un condón allí mismo, entre las dunas donde habían extendido una manta y dejado la mitad de su ropa.

Trisha

Esto se estaba poniendo pesado, con Lamb llamando dos, a veces tres veces al día, y preguntando: *¿Puedes con esto?* ¿Con esto? ¿Qué se cree que está haciendo?

Después Abby se pone al teléfono. *Por favor, Trisha…, trata de convencerla de que vuelva.*

¡Dejen de preocuparse! Apenas ha pasado una semana. Denle un respiro a la chica. No la asfixien. Ella les dice que hará lo posible. Pero, bueno, si Vix y Caitlin tienen algún problema, Lamb debería intentar ayudar a que lo resuelvan. Él es el padre, después de todo. En cuanto a lo que pasó entre las chicas, Vix no quiere hablar del tema. Y a ella no le gusta meterse en asuntos ajenos. *Te metes con los que sueltan la plata y terminas durmiendo con los peces.* Vix aprenderá a la mala, igual que ella.

Además, Vix tiene novio. Es un buen tipo. Ella conoce a la familia. Pasó un par de noches con uno de los tíos hace unos años. ¿Y qué? Está soltera.

22

Homeport tenía un comedor grande y ruidoso, donde se servía comida al estilo familiar. Era popular tanto entre turistas como entre los locales, más por su ubicación con vistas al puerto —el mejor lugar para ver los espectaculares atardeceres de Menemsha— que por su comida. En esta época del año era imposible conseguir una reserva a menos que llamaras con, al menos, una semana de antelación.

El menú era simple y nunca cambiaba. Los dos platos más populares eran el pez espada y la langosta. Venían con papas horneadas, mazorcas de maíz y ensalada de col. De postre, pastel con helado. Los arándanos del pastel eran enlatados, no frescos. Si alguien preguntaba, Vix tenía que decir la verdad. Pero nadie preguntaba.

Como en todos los pueblos de la parte alta de la isla estaba prohibida la venta de alcohol, no había bar. Podías traer tu propia cerveza o vino si querías tomar algo con la comida, pero Vix no podía abrirlos porque era menor de edad. Las propinas variaban desde generosas hasta patéticas. Siempre intentaba adivinar, al principio de cada comida, cuánto dejaría cada mesa, pero más de la mitad del tiempo se equivocaba. Una noche estaba segura de haber visto a Barbra Streisand; otra, a Mary Steenburgen. Pero ninguna de las dos se sentó en las mesas que ella atendía. A quienes sí atendió fue a un grupo de *Saturday Night Live*. Eran escandalosos y desordenados, dejaban caparazones de langosta en el suelo, pero le dejaron dos billetes de veinte como compensación.

El personal podía comer gratis. Al principio le pareció un gran beneficio, pero después de la primera semana no podía ni ver otro trozo de pez espada, mucho menos comerlo. Vivía a base de maíz, papas horneadas, ensalada de col y los *muffins* de Trisha.

El gerente la consideraba una trabajadora responsable, pero la animaba a integrarse más con el equipo. Siempre era educada y eficiente, aunque no socializaba con los demás camareros y eso generaba cierto recelo. Cuando una de las chicas finalmente le preguntó adónde iba todas las noches después del trabajo, Vix le habló de Bru. Después de eso, las otras fueron más amables. Todo el mundo ama a una enamorada.

Probablemente nadie en Homeport creería que todavía era virgen, al menos técnicamente. Pero era cierto. La primera vez que lo intentaron no funcionó del todo. Bru le confesó que nunca había estado con una virgen. Tal vez siempre era así, pero tenía miedo de empujar demasiado y hacerle daño. Y él no quería hacerle daño.

¿Hacerle daño? A ella le encantaba así, no podía imaginar que pudiera sentirse mejor, hasta que una mañana ventosa, cuando el mal tiempo le impidió ir a trabajar, él fue a buscarla al barco. Ella lo invitó a subir. No había forma de que los dos cupieran en su estrecha litera, así que se fueron a proa, a la cabina de Trisha. Esperaba que Trisha no se molestara. Y allí, en el camarote triangular, con el aparejo crujiendo, las drizas golpeando el mástil por el viento, el barco meciéndose suavemente, allí, con un condón lubricado y yendo muy despacio, muy despacio, Bru logró entrar por completo en ella y no dolió tanto, no tanto después de ese primer dolor breve y punzante, porque ella estaba tan caliente, tan lista. Y cuando gritó, el dolor se mezcló con el placer. Pero no llegó al orgasmo, no ese día. Después, encontró algunas manchas de sangre, pero se limpiaron fácilmente de los cojines de vinilo.

Al día siguiente estaba adolorida, pero no tanto como para no querer volver a intentarlo. Cuando lo hizo, empezó a entender por qué todo el mundo hacía tanto escándalo.

Una mañana, Trisha le preguntó por Bru. Cuando Vix le contó que se gustaban, Trisha le apretó la mano y dijo:

—Ay, cariño, ¿estás teniendo cuidado? ¿Están usando condones o algo así?

—Sí —respondió ella, secretamente encantada de estar hablando de esto con una mujer con experiencia.

—Porque tienes que pensar a futuro. No quieres quedar embarazada ni contagiarte de alguna enfermedad.

—Somos cuidadosos.

—¿Y es placentero para ti?

Vix sintió cómo se le encendía el rostro.

—No tienes que contestar. Es solo que, al principio… bueno, algunos chicos no tienen ni idea de lo que hacen. Ni idea de cómo hacértelo bien.

Vix no le contó sobre los movimientos lentos de Bru, ni sobre cómo le encantaba sentirla estremecerse.

Lamb

¡Sigue preguntándole a Trisha si puede con esto, cuando ni siquiera él sabe cómo manejarlo! Abby insiste en que tome una postura, que exija que Vix regrese. No para de hablar de responsabilidad, hace que le duela la cabeza.

Puede ver por sí mismo que Caitlin es miserable sin Vix. Renunció a su trabajo. Solo navega todo el día en el *Sunfish*. Si él le pregunta algo, ella responde: *¿Qué es esto?*, *¿la Inquisición española?* ¿Qué se supone que deba hacer?

Trisha le dice que Vix está bien. Que ella está pendiente de todo. Que el chico viene de una buena familia. Que están usando anticonceptivos. *¡Anticonceptivos!* No quiere pensar en algún chico aprovechándose de Vix o de Caitlin. Y recuerda muy bien lo que buscan los chicos de esa edad…

A veces, a Vix le daba un vuelco el corazón al darse cuenta de que ya era mitad de agosto, de que el verano se acabaría en un par de semanas y estaría a miles de millas de Bru, que sería una estudiante de secundaria otra vez. Tal vez debería quedarse en la isla para su último año. Estaba segura de que Trisha le daría la bienvenida y si no, Bru y ella podrían alquilar una cabaña. Él había estado hablando de mudarse de la casa de su tío. Ella conseguiría un trabajo después de clases y ayudaría a pagar los gastos. Así no tendrían que separarse.

Pero nunca tuvo que tomar esa decisión, porque tres semanas después de haber hecho las maletas y haberse ido de casa de Caitlin, mientras acomodaba las mesas para la cena, el encargado se le acercó y le susurró que alguien estaba allí para verla, afuera.

Primero pensó en Bru. Pero no, era Caitlin y, unos pasos detrás, Lamb y Abby. Vix lo vio de inmediato en la expresión del rostro de Caitlin, en sus ojos.

—¿Qué pasa? —preguntó.

—Es Nathan —dijo Caitlin.

—No —dijo Vix.

—Vix, lo siento mucho. Murió esta mañana.

Vix gritó:

—¡No, por favor, Dios! ¡No Nathan!

Caitlin la sostuvo para que no se desplomara. Luego, Abby le acercó un vaso con algo, pero Vix lo apartó de un manotazo.

—¡Ni siquiera me dijeron que estaba enfermo!

—Fue muy rápido —dijo Abby.

—Tengo que ir a casa —dijo Vix, apartándose—. Tengo que verlo.

—Ya reservamos un vuelo, jovencita —dijo Lamb, pasándole un brazo por los hombros y sosteniéndola con fuerza.

Caitlin se deslizó en el asiento trasero del Volvo junto a Vix.

—Voy contigo.

Vix negó con la cabeza.

—Sé cuánto significaba para ti —dijo Caitlin, tomándole la mano—. Por favor, Vix, déjame ser tu amiga.

Nunca tuvo la oportunidad de despedirse de Nathan, nunca pudo cumplirle su promesa. En su lugar, metió el folleto de Disney World en el ataúd, junto con Orlando y una carta donde le decía que lo quería, que lamentaba haber pensado solo en ella ese verano, por estar demasiado enamorada.

Cuando preguntó a su familia por qué nadie la había llamado para avisarle que estaba enfermo, Lanie respondió:

—No estaba tan enfermo. Era solo un resfriado de verano. Dos días después tenía neumonía. No sabíamos que iba a morir.

23

Después de la muerte de Nathan, nada volvió a ser igual.

Se sentía una extraña dentro de su propia familia más que nunca. Tawny permanecía con el rostro imperturbable en la sala, repitiendo una y otra vez, como un mantra:

—Su sufrimiento ha terminado. Ahora está con el Señor.

Su padre yacía en la cama de Nathan, absorto en sí mismo; la excluía, la dejaba sola con sus sentimientos, sola con su dolor.

—Vuelve conmigo a Vineyard —le propuso Caitlin.

Vix negó con la cabeza.

—Es solo por una semana, hasta el Día del Trabajo. Te haría bien.

Por mucho que deseaba ver a Bru, sentir sus brazos, que la consolara, se sentía culpable por haber hecho el amor mientras Nathan agonizaba. Se le cruzó por la mente que quizás aquello era un castigo por haber disfrutado del sexo, por haber desafiado a su madre. Trató de desechar ese pensamiento. ¿Qué clase de dios le arrebataría la vida a Nathan solo porque ella había tenido sexo con alguien a quien amaba?

—No puedo dejar a mi familia —le dijo a Caitlin—. No ahora.

Semanas antes, Vix estaba convencida de que su amistad con Caitlin había terminado. Qué infantil le parecía ahora. Si una amiga es alguien en quien puedes apoyarte cuando la vida se pone difícil, entonces Caitlin sí era su amiga: viajó con ella de regreso, le sostuvo la mano durante el funeral e incluso se quedó en la casa después, ayudando a limpiar la cocina cuando todos los que habían ido a presentar sus respetos se marcharon.

Comenzó a escribir una carta para Bru, pero no logró que las palabras fluyeran. Así que le pidió a Caitlin que le diera el mensaje por ella.

—Cuéntale lo de Nathan y explícale…

—¿Por qué no pudiste volver? —dijo Caitlin.

—Sí…, y también…

—¿Que lo extrañas?

Vix asintió.

—¿Y el amor? ¿Quieres que le diga que lo amas?

No, pensó, negando con la cabeza. Eso era demasiado íntimo. Eso tendría que esperar hasta que estuvieran juntos de nuevo.

Vix ayudó a su padre a deshacerse de la ropa de Nathan, de sus juguetes, del aparato para bañarlo, de su silla de ruedas. Cuando dijo que quería quedarse con los libros de Nathan —*Huevos verdes con jamón*, *Stuart Little*, los cuentos de John

D. Fitzgerald—, su padre se echó a llorar desconsoladamente. Fue la única vez que Vix lo había visto llorar. Trató de consolarlo, pero él salió corriendo, incapaz de compartir sus emociones.

Si Lewis o Lanie estaban tristes por la muerte de Nathan, no lo demostraron. Siguieron con sus vidas como si nada hubiese ocurrido. A veces, Vix pensaba que se sentían aliviados. ¿Qué clase de familia eran?, se preguntaba. ¿Qué clase de familia no es capaz de consolarse entre sí?

Cuando Caitlin volvió de Vineyard, le entregó una tarjeta de pésame de parte de Bru, rígida, formal, con algún mensaje trillado que comenzaba con: *En estos momentos difíciles…* Estaba firmada: *Lo siento. Bru*. Ella respondió con una tarjeta igual de formal, agradeciendo su expresión de condolencias y la firmó: *Victoria*.

En Navidad, él le envió una postal con una escena nevada de Vineyard. *Espero verte el próximo verano. Bru.* Ella le respondió con una postal de Santa Fe. *Yo también espero verte. Victoria.*

La Condesa le pidió a Tawny que la acompañara en un viaje por Europa. Tawny aceptó y se quedó fuera casi tres meses. Cuando regresó, tenía muy poco interés en cualquier cosa o persona. Lanie estaba completamente fuera de control y Lewis se mostraba hosco en casa —cuando estaba en casa, que no era muy seguido.

Caitlin decidió que los hombres eran demasiado problemáticos.

—Voy a postularme a la Universidad Wellesley —le dijo a Vix en la escuela—. Creo que me irá mejor sin hombres rondando para distraerme. Además, estoy pensando en hacerme lesbiana… como una declaración. ¿Te interesa?

—Esto es una broma, ¿verdad?

—Es lo que tú quieras que sea.

Vix se rio con incomodidad.

—¿Eso significa que no?

—Vamos, Caitlin.

—¿Dónde quedó tu sentido de la aventura, tu curiosidad?

—¡Obviamente en un sitio distinto de donde está el tuyo!

Caitlin suspiró.

—Además —dijo Vix—, si de verdad eres lesbiana, vas a estar más distraída en Wellesley que en una universidad mixta.

—Buen punto —respondió Caitlin.

Aun así, no envió solicitudes a ninguna otra universidad y, a pesar de sus hábitos de estudio, la aceptaron.

Abby convenció a Vix de postularse a Harvard.

—Es el alma máter de Lamb. Él puede escribirte una carta de recomendación.

¿Harvard? Nunca lo había considerado, solo pensaba en la Universidad de Nuevo México. Pero Harvard estaba en Cambridge, lo suficientemente cerca de Vineyard como para ir y venir, si no todos los días, al menos una vez por semana. Y Abby y Lamb vivían allí. Tendría familia. Tal vez no eran las mejores razones para escoger una universidad, pero ¿a quién le importaba? Ni siquiera creía tener una posibilidad real de entrar; no obstante, llenó la solicitud de todos modos.

Cuando llegó a la sección de talentos especiales, lo único que se le ocurrió fue: *Victoria sabe escuchar*. Su profesora de inglés de séptimo grado había escrito eso en su boleta final. ¿Había alguna forma de traducir "saber escuchar" como un talento? Y si la había, ¿cómo lo describiría? *Caitlin Somers me eligió como su amiga de verano porque soy lista, pero callada. Sabía que no haría un millón de preguntas ni me interpondría en su camino.*

Recordó el día en que ella y Caitlin fueron a ver *Momento de decisión*, sobre dos mejores amigas bailarinas que eligen caminos distintos: una renunciaba a su carrera para casarse y tener hijos; la otra renunciaba a todo por seguir bailando.

—No puedo imaginarme desperdiciando tanto talento —dijo Caitlin, identificándose con el personaje de Anne Bancroft.

—¿Y si no se tiene ese tipo de talento? —preguntó Vix.

—¿Estás diciendo que yo no lo tengo?

—Solo digo que no todo el mundo tiene ese tipo de talento.

—Pero nosotras sí.

—¿De verdad?

—Sí —dijo Caitlin—. Yo puedo hacer malabares y tú puedes... armar rompecabezas.

—¡Eso nos va a llevar lejos!

Estallaron en risas y se revolcaron por el suelo hasta que les dolieron los costados.

Omitió la pregunta sobre talentos y centró todos sus esfuerzos en el ensayo obligatorio, eligiendo como tema *La persona más influyente en mi vida*. En lugar de escribir sobre un padre, una maestra o una superestrella —como harían otros estudiantes de último año—, Vix escribió sobre Caitlin.

Comparó su amistad con un tapiz finamente tejido. Llevaban años tirando de los hilos, uno aquí, otro allá. Hasta ahora, el tapiz todavía podía remendarse, y cada vez que lo hacían se volvía más fuerte. Pero ¿qué pasaría si tiraban del hilo equivocado? ¿Se desharía toda la pieza? ¿Habrían vuelto a encontrarse ella y Caitlin esta vez si no hubiera sido por Nathan?

Tuvo una entrevista local con un exalumno de Harvard, Matt Sonnenblick. Hablaron de energía, karma, estilos de vida alternativos, metas. Él sacó su anuario y le mostró a Vix su foto de graduación.

—Me gradué a los veinte y ya había triunfado antes de los cuarenta. Lo tuve todo, tal vez demasiado pronto. Por eso me vine aquí, para pensar, para reflexionar.

Pero esta vez Vix no lo escuchaba, porque justo encima de su foto estaba Lambert Mayhew Somers III. Había jugado fútbol y pertenecido al Hasty Pudding Club, lo que le hizo pensar a Vix en pudín instantáneo de tapioca. ¿Qué decía realmente su foto de graduación? Nada, excepto que era guapo. No contaba cómo sus padres habían muerto cuando él era un bebé ni que lo había criado su abuela, ni que una vez había amado a Trisha pero se había casado con Phoebe y, luego, con Abby.

Para cuando su madre regresó de Europa, Vix ya había enviado su solicitud.

—No me gusta cómo están tomando el control de tu vida —dijo Tawny—. Primero la escuela Mountain Day y ahora Harvard. Te están convirtiendo en su obra de caridad personal.

—No están tomando el control de mi vida. Están interesados en mi futuro, ¡más de lo que puedo decir de ti!

Tawny echó el brazo hacia atrás y la abofeteó.

Vix se quedó atónita.

—No olvides de dónde vienes, Victoria, a dónde perteneces. ¿Crees que puedes ser uno de ellos solo por ir a sus escuelas elegantes? Perfecto. Ve. A ver si encajas. A ver si te aceptan. Los ricos son distintos. Créeme, sé de lo que hablo. Gente que nunca ha tenido que preocuparse por el dinero.

—Bueno, yo nunca voy a ser así —la interrumpió Vix antes de que terminara—. Yo sí sé lo que es preocuparse por el dinero.

Se alejó, con la mano en la mejilla. Una cosa sabía con certeza: no iba a terminar como su madre, decepcionada y enfadada con el mundo.

Tawny

Se parecía cada vez más a Darlene. Amargada y dura. ¡Abofetear así a Victoria! ¿Estaba perdiendo el control otra vez? La Condesa había reconocido las señales. Se la había llevado antes de que hiciera algo contra sí misma o contra uno de los niños.

Ed le había dado su bendición. *Solo recupérate allá*, le había dicho. *Solo supera… lo que pasó. Siempre supimos que no lo tendríamos por mucho tiempo. Da gracias de que no sufrió al final.*

¿Ed era Dios? ¿Acaso no había estado justo allí, en la habitación del hospital? ¿A eso llamaba *no sufrir*? *Los otros niños te necesitan, Tawny*, le había dicho.

No, no la necesitaban. Nunca la habían necesitado. Lo tenían a él. Él era en quien confiaban. Ni siquiera notarían que se había ido.

Yo te necesito, le había dicho.

También lo dudaba.

A veces sentía que su madre intentaba apoderarse de su mente. Tenía que luchar contra ella todos los días. *¡Déjame en paz, Darlene!*, quería gritar. Pero ella no era de las que gritaban.

Debería disculparse con Victoria. No había querido abofetearla. Pero si la dejaban tomar ese rumbo… ¿cuál era el punto? Victoria se había convertido en la misma chica inquieta que ella misma había sido, contando las horas hasta poder escapar. Más valía darla por perdida de una vez.

Al día siguiente Tawny se acercó a Vix.

—Ya que estás en eso, bien podrías casarte con alguien de esa clase. Así podrás cuidar de tu padre y de mí cuando seamos viejos.

Vix trataba de encontrar alguna respuesta ingeniosa, algo que quizá le valiera otra bofetada, cuando Tawny preguntó:

—¿Y el hermano?

—¿El hermano?

—Ya sabes a quién me refiero.

—¿Sharkey…? ¿Quieres decir Sharkey?

Vix empezó a reír.

—¿Por qué te da risa? ¿No es así como es él?

—¿Cómo así? —preguntó ella, pero Tawny no quiso decir más.

A veces pensaba que su madre deseaba que fracasara para poder decirle: *Te lo dije. Te dije que no pertenecías a su mundo.*

Su padre discutió con Tawny a su favor.

—Una buena educación abre puertas.

—Si quiere estudiar tanto, que vaya a la UNM —dijo Tawny—. No necesita Harvard.

—¡Esta discusión no tiene sentido! —gritó Vix—. ¿Quién sabe siquiera si me aceptarán?

Pero sí la aceptaron. Y mientras ella celebraba en silencio, guardando su orgullo y emoción para sí misma, Lanie anunció su embarazo.

Abby

Es su primer viaje a Santa Fe y está nerviosa por encontrarse con Phoebe en la graduación. Lleva su Armani color marrón topo, un collar de perlas, tacones bajos. Busca un conjunto elegante y discreto. Pero de inmediato se da cuenta de que ha errado por completo. Las otras mujeres reunidas en el patio de la escuela Mountain Day están vestidas como vaqueras.

—En el mejor de los casos, Linda Evans en *The Big Valley* —piensa—, y en el peor, Dale Evans siendo ella misma.

Desea que Lamb no la hubiera dejado sola mientras él iba a buscar dónde estacionar.

La Condesa se apresura a llegar a su lado. *Chica preciosa*, la llama, tomando su brazo y llevándola hacia una mujer impactante vestida de cuero con flecos, joyería de plata y turquesa, el cabello trenzado. *Queridas…*, murmura la Condesa, *realmente deben conocerse. Después de todo, han tenido al mismo marido, comparten a los mismos hijos*.

Su instinto le dice que huya, pero no puede mover los pies. No puede tragar. Phoebe rompe el hielo primero. *¡Qué niña tan malvada eres!*, le dice a la Condesa, que ríe con ganas y luego se excusa para saludar a otra persona, como si fuera la anfitriona en una fiesta de jardín. La deja sola con Phoebe, quien se acerca y susurra: *No la llaman la Condesa por nada*.

Se imagina a Phoebe y Lamb en la cama juntos, pero cierra los ojos con fuerza, tratando de borrar esa imagen. No esperaba que Phoebe fuera tan exótica y hermosa: el cabello largo, los ojos verdes. Todos los hombres en el patio, al menos los heterosexuales, la están mirando. Y Phoebe lo sabe.

Phoebe

Bueno, bueno, bueno… ¡Pero mírala nada más! Tan elegante, tan sofisticada a la manera de la Costa Este. En Armani, por Dios. Y todo este tiempo había estado segura de que sería Trisha. Trata de contener la risa.

Escucha a Caity advirtiéndole: *Sé amable en la graduación, Phoebs, ¿de acuerdo?* Qué dulce que Caity intente proteger a la nueva esposa de Lamb, aunque no sabe si le gusta la idea. ¿No debería Caity protegerla a ella?

Intenta imaginar a Lamb y a su novia juntos en la cama, pero la imagen de él sosteniendo a esa mujer como alguna vez la sostuvo a ella la incomoda. ¿Tiene ella arrepentimientos? Digamos que tiene recuerdos cariñosos. Tal vez si él hubiera estado dispuesto a hacer la vida en Aspen, o en Santa Fe, pero Boston… ¡Dios la ayude! No iba a acabar convertida en una esposa típica y respetable del Norte. ¡Qué común, qué aburrido!

Tawny

Se agarra del brazo de Ed, sintiéndose fuera de lugar. No es que no reconozca las caras reunidas aquí. La mayoría han sido invitados en las cenas que ella ha organizado para la Condesa. ¡Y vaya que está haciendo su papel hoy, llevando a los perros a la graduación! Al menos ha traído a un paseador de perros. Un joven apuesto. No lo reconoce. La Condesa está llena de sorpresas. *Oh, Señor*, está presentando a Phoebe y Abby. Bueno, eso promete ser interesante. No confía en Abby. Ed piensa que ella está loca. *Eres demasiado desconfiada*, le dice. *Esa mujer no tiene ninguna intención oculta*. Le gustaría saber cómo puede estar tan seguro. Y ahora viene Abby, saludándola como si fueran viejas amigas. Al menos Phoebe entiende las reglas.

Lamb

¡Qué orgulloso está de su hija! Se le humedecen los ojos mientras ella avanza al son de "Pompa y circunstancia". Y esa sonrisa al recibir su diploma. *Caitlin Mayhew Somers*. Está seguro de que el público queda tan impresionado por su encanto y belleza como él. Sostiene fuerte la mano de Abby. Sharkey está sentado a su otro lado y, al lado de él, Phoebe. Sharkey no le había enviado una invitación a Phoebe para su graduación en Choate. *Dos padres en la graduación son suficientes*, había dicho. Y hasta donde sabe, Phoebe nunca notó el desplante.

Ahora Phoebe se inclina sobre Sharkey y le susurra algo. Él percibe el aroma de su perfume, el mismo que solía volverlo loco. Se acerca a Abby y sonríe, dejándole saber que está ahí para ella.

Luego el director llama: *Victoria Leonard*. Vix acepta su diploma y un premio de quinientos dólares por excelencia académica. El público aplaude cortésmente. *Muchas gracias*, dice ella. *No lo habría logrado sin el apoyo de mi familia*. Vix los encuentra a él y Abby entre el público, sonríe, luego mira a sus padres. Abby aprieta la mano de él, gimotea y saca un pañuelo. Su hija de verano. Qué suerte tienen.

24

Cada vez que se daba vuelta, Abby y Lamb le ponían otra oportunidad en bandeja de plata.

—Vamos, chiquilla —decía Lamb—. Ve con Caitlin. Conoce el mundo. Velo como un regalo de graduación.

Ella y Caitlin estaban bajo la sombra de un árbol de algodón, ambas con vestidos blancos de verano, sujetando sus diplomas recién obtenidos. Vix no sabía hasta entonces que Caitlin no regresaría a la isla. Que había optado por un viaje a Europa en su lugar.

—¿Qué dices? —preguntó Lamb.

—No puedo —le dijo Vix.

—Lo que quiere decir es que no puede dejar a su novio —dijo Caitlin—. ¿No es cierto, Vix?

—No.

Ni siquiera estaba segura de si todavía tenía novio. Miraba a sus padres al otro lado del patio, parados solos y visiblemente incómodos, mientras Lewis y Lanie se sentaban en las escaleras, aburridos hasta morir. No se notaba que Lanie estaba embarazada. Vix esperaba que no tuviera un ataque repentino de náuseas y vomitara en el campus. No le había dicho a nadie sobre el embarazo, ni siquiera a Caitlin, por miedo a que Tawny la acusara de secar los trapitos al sol.

Vio a Sharkey echándole un vistazo al nuevo edificio de artes, un regalo de algún magnate de Hollywood que se había mudado recientemente y matriculado a sus hijos en Mountain Day.

—Será una experiencia inolvidable —dijo Lamb.

Cada experiencia con Caitlin era inolvidable. Ese no era el punto.

—No puedo —les dijo, mientras sentía que la presión aumentaba.

—Es su novio —repitió Caitlin—. No importa la diversión que podríamos tener. Ella se preocupa más por él que por ver el mundo conmigo.

—No es eso —dijo Vix.

—Vix tiene que escuchar a su corazón —dijo Abby.

—No creo que su corazón esté tomando esta decisión —dijo Caitlin.

—¡Deja de hablar por mí! —exclamó Vix.

—Perdón —dijo Caitlin—. Es que sé que vas a arrepentirte.

—Pero es su decisión —dijo Abby.

Caitlin puso los ojos en blanco.

¿No entendían? La beca era una cosa. Venía de la fundación y la había ganado, graduándose segunda en su clase de treinta y dos, con un puntaje cercano a los mil cuatrocientos en el SAT. La beca no era exactamente caridad. Pero un viaje a Europa… Ella no era su hija. Además, ya había firmado contrato a tiempo completo con el servicio de limpieza en la isla y tenía un segundo trabajo asegurado, como anfitriona dos noches a la semana en Homeport, decidida a ganar su propio dinero para gastar en la universidad.

Tawny y Ed se dirigían hacia ella. Llevarían a Vix a almorzar al restaurante de Tesuque donde su padre había conseguido un nuevo trabajo como gerente. El restaurante fue descrito en *The New Mexican* como un lugar que servía "comida tradicional del suroeste en un ambiente encantador". Su padre quería hacer una fiesta e invitar a Caitlin y a su familia, pero Tawny vetó la idea.

—No tenemos que fingir que podemos jugar en su liga —dijo.

25

Fue ella quien sugirió encontrarse con Bru en el carrusel. Después de todo, ahí había comenzado todo. Llegó temprano y, por impulso, compró un boleto y montó un caballo exterior. Había estado preocupada durante semanas sobre cómo sería cuando se vieran de nuevo. ¿Seguirían existiendo los mismos sentimientos o se mirarían, se darían la vuelta y correrían en direcciones opuestas? No era la misma persona que el verano pasado. Nunca volvería a serlo. Se sorprendía, al pensarlo, de que todavía pudiera comer, dormir por la noche, levantarse, cepillarse los dientes, incluso reír con amigos, cuando en realidad había un vacío insensible en algún lugar dentro de ella.

El chico que recogía los anillos era un adolescente delgado con el cabello sucio y piel maltratada, nada que ver con el tesoro nacional de su primer verano en la isla, con su coleta bañada por el sol y sus brazos musculosos. Una niña pequeña con overol de mezclilla montaba el caballo junto al suyo y, cuando el carrusel empezó a girar, se agarró fuertemente al poste con ambas manos y gritó.

Mientras giraban a toda velocidad, ella vio a Bru moviéndose entre la multitud. Resistió la urgencia de llamarlo y, en cambio, observó cómo exploraba el área, con los pulgares metidos en los bolsillos de sus *jeans*. No reconoció su camisa. Ella también llevaba algo nuevo: un suéter de algodón blanco con un escote en V pronunciado. Había dejado su cabello suelto, tal como a él le gustaba, y se había puesto *Love's Baby Soft* en todos sus lugares favoritos.

Cuando él la vio, saltó al carrusel en movimiento. Ella contuvo la respiración mientras él se acercaba, esa sonrisa lenta iluminando su rostro. Ahora, él estaba junto a ella. Ella se humedeció los labios porque, de pronto, la boca se le secó. Él tocó su hombro desnudo, haciendo que sus rodillas se debilitaran y su estómago diera un vuelco.

—¿Cómo estás? —preguntó él.

—Estoy bien. ¿Y tú?

—Bastante bien.

La vio fijamente y ella pudo sentir el calor entre sus piernas. Así que esa parte de ella no había muerto.

—¿Cómo está Caitlin?

No quería pensar en Caitlin.

—Está en Europa.

—Sí, Von está decepcionado. ¿Por qué se fue así sin avisarle?

—Supongo que no era tan importante para ella.

—No como tú y yo.

—No. No como tú y yo.

Bru

¿Qué decir? ¡Maldita sea! Nunca puede encontrar las palabras correctas cuando más las necesita. Pero ella espera que diga algo. Él lo siente. Algo sobre la muerte de su hermano. Algo sobre cuánto lo siente. Cómo lo comprende.

Y sí, lo entiende. De verdad. Él también lo ha vivido. No es lo mismo, exactamente, pero lo suficientemente parecido. Su madre…

¿Contarle a ella sobre su madre? Ni pensarlo, olvídalo. Nunca habla de su madre, de esos dos años que estuvo enferma. No hay palabras para describir lo que pasó. Ah, sí, está la palabra con *c*. La gran palabra prohibida. Existe ese tema. Pero eso no quiere decir una mierda. No transmite cómo ella gritaba y lloraba de dolor. No transmite cómo la maldita quimioterapia la dejó tan enferma que le rogó que le pusieran una bolsa de plástico en la cabeza. O cómo, cuando todo terminó, él intentó acabar con todo también. Se tragó un frasco de aspirinas. Tuvieron que hacerle un lavado de estómago. ¿Qué carajo? Él solo era un niño. Quince años. ¿Cómo le puede contar eso?

En cambio, la besa, esperando que su beso diga todo: cómo ha pensado en ella durante todo el invierno, cómo quiere estar con ella, quiere hacer el amor con ella. No tiene que ser esa noche. Puede esperar hasta que ella esté lista. Pero espera que sea pronto. Muy pronto.

Desde esa noche, nada más importaba. Contaba los minutos para poder estar con él, repetía su nombre cien veces al día, sonreía solo con pensar en él. Cada canción de amor parecía hablarle directamente. Después de meses sintiéndose vacía, tenía energía para dar y regalar. Podía trabajar todo el día y aún quedarse despierta hasta la madrugada haciendo el amor. Cuando estaba con él, se detenía el tiempo. Todos los clichés sobre el amor tenían completo sentido.

—No quiero entrometerme, Vix —dijo Abby—, pero ¿qué tan serio es lo tuyo con Bru?

¿*Serio*? ¿Se refería a si hacían planes? Nunca hablaban del futuro. ¿No era suficiente estar enamorados? Total, completa, desesperadamente enamorados.

—Solo quiero que te des todas las oportunidades —dijo Abby—. No confundas atracción física con amor. Yo lo hice cuando tenía tu edad y me costó. Y al final, también a Daniel. Estuve comprometida con el padre de Daniel cuando tenía apenas diecinueve años. Diecinueve, Vix. ¿Qué sabía yo a los diecinueve? Y nadie trató de detenerme. A mi madre le agradaba porque él era estudiante de Derecho, alguien que podría proveer para mí. Nunca pensó que yo debería aprender a proveer para mí misma.

—No te preocupes —respondió Vix—. Yo voy a proveer para mí misma. Tengo metas.

¿No era ese el lema que había elegido para su página del anuario de último año en Mountain Day?

Una vida sin metas no vale la pena ser vivida.

—¿Qué carajo se supone que significa eso? —preguntó Caitlin cuando vio el anuario de Vix.

—Metas. ¿Nunca has oído hablar de las metas?

—¿De qué metas estamos hablando? Yo diría que una vida sin aventura no vale la pena, una vida sin aprender, una vida sin sexo, incluso...

—Es solo una cita —dijo Vix—. No tiene ningún significado oculto.

No podía admitir que sus metas incluían escapar de su familia, descubrir qué más había allá afuera, probar la vida por su cuenta, aunque sabía que Caitlin lo habría aplaudido. En cambio, le preguntó:

—¿Qué significa tu cita?

—¿Qué significa?

—Sí, ya que haces tanto lío con la mía. ¿Qué significa exactamente "Tigre, tigre, ardiendo brillantemente" para ti?

—Eso soy yo —dijo Caitlin—. Es como me defino.

—¿De verdad?

—Sí, de verdad —respondió Caitlin y, luego, la miró fijamente y dijo—: ¿Por qué tenemos esta conversación? ¿Por qué actuamos como si estuviéramos enojadas? ¿Estamos enojadas?

—Yo no estoy enojada —dijo Vix.

—Bien, porque yo tampoco.

—Quizá tenemos miedo —dijo Vix.

—¿Miedo?

—De estar separadas. De perdernos.

—Nunca nos vamos a perder —dijo Caitlin, abrazando a Vix.

Era extraño quedarse en la casa sin Caitlin. Su dormitorio, con todos esos recuerdos de veranos pasados, se sentía vacío. Vix puso una cinta que habían grabado cantando "Dancing Queen" y se rio de lo jóvenes que sonaban. Se quedó despierta en su cama repasando los detalles de cada verano, pero también podía sentir el pánico de su última mañana en esa habitación, la mañana en que empacó y se fue al amanecer, hace ya un año, sin volver jamás.

—¿Prefieres quedarte en el cuarto de los chicos? —preguntó Abby cuando llegó, anticipando cómo se sentiría.

Ni Sharkey ni los chicaguenses volverían ese verano. Estaban ocupados con sus propios asuntos. Por fin tendría la oportunidad de ser hija única, el centro de atención de Abby y Lamb, aunque ahora no lo quería porque tenía a Bru. Se sintió agradecida cuando Abby comenzó a llenar la casa de invitados: su compañera de universidad, que vivía en San Francisco; sus padres, a quienes Vix nunca había conocido; viejos amigos de Chicago; nuevos amigos de Cambridge. Cenaban tarde y Vix podía unirse cuando quisiera, pero después del trabajo iba directo a la cabaña de Bru en Gay Head.

Él se había mudado a mediados de julio a una habitación con estufa de leña, sin plomería ni electricidad, pero acogedora, con una cama de verdad y cortinas hechas por su tía. A veces, mientras dormía en sus brazos después de hacer el amor, soñaba con Nathan. Una noche Nathan, con el cuerpo recto y alto, la empujaba en un cochecito por el bosque. Cuando llegaron a su destino, una hermosa vista en la cima de una montaña, inclinó el coche para que ella pudiera ver.

Pero no estaba sujeta y se deslizó, luego cayó rodando por el espacio, con los brazos y las piernas extendidos, con una expresión de terror en el rostro. Gritó en su sueño, despertándose a sí misma y a Bru.

—¿Qué pasa? —preguntó él.

—Mal sueño —dijo ella, hundiéndose en su pecho.

—Está bien —dijo, abrazándola—. Estoy aquí. No dejaré que te pase nada malo.

Nunca se permitió pasar la noche en su cabaña. Se obligaba a levantarse de la cama, noche tras noche, ponerse la ropa y manejar de regreso por Old County Road, la carretera donde murieron los padres de Lamb.

Una noche, el teléfono sonó tarde en la casa, despertándolos a todos. Lamb o Abby debieron contestar y Vix se volvió a dormir hasta que Lamb tocó su puerta y dijo:

—Vix..., si estás despierta, es Caitlin. Quiere hablar contigo.

Descolgó el teléfono de la mesita de noche, que habían instalado para Caitlin el verano anterior.

—¿Hola?

—Vix, estoy en Arlés... ¿sabes? El lugar donde Van Gogh se cortó la oreja. ¡Y es tan fantástico...! ¡Los colores del cielo, los campos, el pueblo! Tienes que venir... solo por una semana. Y no me digas que no puedes. Si quieres, puedes. ¡Eso es todo!

—Es medianoche —dijo Vix, todavía medio dormida.

—Lo sé. Por eso pensé en ti. No quiero que te lo pierdas. Joanne te dará una semana libre. Sabes que sí.

Hizo una pausa, y luego agregó:

—Y Bru también..., si de verdad te ama.

Ojalá Caitlin dejara de tentarla, de decirle todo lo que se estaba perdiendo. Ya iría ella... algún día. Por su cuenta.

—Solo tenía la esperanza... —dijo Caitlin, apenas audible— porque no voy a volver en septiembre...

—¿Cómo que no vas a volver?

—Voy a tomarme un año sabático antes de Wellesley, para viajar y estudiar fuera.

—¿Cuándo decidiste eso?

—Justo ahora —dijo—. Pero siempre fue una posibilidad.

Caitlin comenzó a enviar postales, una serie de ellas, cada una desde un lugar distinto, con unas pocas palabras crípticas escritas al reverso.

Soy la más...
Tú eres mi...
En todo el mundo...
Podríamos ser...
Si tan solo...

Le recordaban a Vix los mensajes impresos en los pequeños caramelos con forma de corazón, de esos que su padre solía llevarle el Día de San Valentín. Al final de la semana, los puso todos sobre la mesa, tratando de encontrar el mensaje oculto, pero había demasiadas posibilidades.

Abby la convenció de llevar a Bru a cenar a casa.

—De verdad, Vix, esto ya es ridículo. No puedes guardártelo para ti sola por siempre.

Sabía que Abby tenía razón, pero estaba nerviosa, ¿temerosa de que ellos qué? ¿Lo juzgaran y lo encontraran insuficiente? Pero no tenía de qué preocuparse. Él llegó puntual, con un ramo de cosmos para Abby. Fue educado, casi tímido, entrañable.

Abby sirvió una comida veraniega sencilla: pez espada a la parrilla, maíz de la isla, ensalada, tarta de arándanos.

—Nosotros consideramos a Vix como nuestra hija —dijo Lamb durante el postre—. Somos su familia en Vineyard.

—Sí, señor. Lo sé.

—Y estamos muy orgullosos de que vaya a Harvard en septiembre —añadió Abby.

—Eso también lo sé.

Le apretó el muslo a Vix debajo de la mesa, haciéndole saber que había captado el mensaje, un gesto que Abby ni Lamb pasaron por alto.

—¿Cuáles son tus planes? —preguntó Abby a Bru—. ¿Crees que te quedarás aquí, en Vineyard?

—Soy un isleño. Tengo un buen trabajo con la empresa constructora de mis tíos. Mientras se mantenga el mercado de residencias secundarias, no tenemos de qué preocuparnos.

—Parece un tipo muy decente —dijo Lamb esa noche, después de que Bru se fue—, con un futuro prometedor.

—Pero Vix es tan joven —objetó Abby—, y también tiene un futuro brillante.

—Vix no hará ninguna tontería, ¿verdad? —preguntó Lamb, para calmar los temores de Abby.

Antes de que Vix pudiera responder, Abby dijo:

—Pero está enamorada. Cualquiera con ojos lo puede ver.

A mediados de agosto, Vix estaba agotada. La energía inagotable del comienzo del verano se había desvanecido. Sentía como si pudiera dormir durante semanas.

—No me gusta la idea de que empieces la universidad en este estado tan decaído —dijo Abby—. ¿Por qué no dejas el trabajo ya y te tomas un tiempo para descansar?

—Estaré bien —dijo Vix. Pero no estaba tan segura. Se sentía tan decaída, tan deprimida.

Bru dijo:

—Tal vez necesitas vitaminas.

—Tal vez solo necesito dormir más.

—Entonces, ¿cuál es el punto de manejar hasta el otro lado de la isla todas las noches? —preguntó—. ¿Qué sentido tiene dormir en la casa del papá de Caitlin cuando podrías dormir aquí conmigo?

No supo qué responder. En realidad, ni ella misma lo entendía del todo. Solo sabía que necesitaba a Abby y a Lamb. Necesitaba sentirse conectada. Con ellos se sentía a salvo. Pero cada vez que intentaba explicárselo a Bru, él se ponía a la defensiva.

—¿Te sientes a salvo con ellos, pero no conmigo?

—No es una competencia. No eres tú contra ellos.

—A veces siento que sí lo es. Y no hay forma de que pueda ganar.

—Lo estás viendo al revés —dijo ella.

La última noche en la isla hicieron el amor hasta el amanecer.

—¿Crees que eso te aguantará hasta que volvamos a vernos? —preguntó Bru.

—No te preocupes —dijo ella—. ¿Qué hay de ti?

—Solo voy a pensar en esta noche. Y si eso no basta, siempre queda el teléfono.

Pero cuando llegó el momento, cuando intentó levantarse de la cama, él la rodeó con los brazos y susurró:

—Quédate conmigo, Victoria. Te necesito aquí, entre mis brazos. Por favor, no te vayas.

Y en ese momento, sintió que nada, nada en el mundo importaría tanto como eso.

TERCERA PARTE

SOMOS EL MUNDO 1983-1987

26

En Harvard se hacía llamar Victoria.

Maia, su compañera de cuarto en primer año, una especie de princesa élfica de Nueva Jersey con *brackets* transparentes en los dientes —*Ni preguntes. Es mi segundo tratamiento de ortodoncia. Mis padres están pensando en demandar*—, echó un vistazo a la foto de Bru y dijo:

—Dios, qué chico tan guapo. Me encantan esos tipos rústicos, así como aventureros. ¿Dónde estudia?

—Ya no estudia.

—¿En serio? ¿Y a qué se dedica?

—Trabaja en construcción.

—¿Construcción?

—Trabaja con sus tíos. Construyen casas en Vineyard.

—Oh, cielos, Vineyard. Dicen que es un lugar increíble. ¿Y dónde estudió?

—En la isla.

—¿En serio? ¿Hay como una universidad en la isla?

Ya la odiaba. Y apenas se acababan de conocer.

La clase de primer año estaba llena de estudiantes que habían sido los mejores de su secundaria, personas que habían sacado más de mil quinientos puntos en los exámenes SAT. Eran talentosos, brillantes, intensos y competitivos. Estaban acostumbrados a ser los número uno en todo lo que hacían. Graduarse de segunda en su clase del Mountain Day no significaba nada en Harvard. Era una broma. No podía imaginar por qué la habían aceptado. Estaba fuera de su alcance, como diría Tawny.

Incluso su compañera de cuarto había obtenido puras A o, al menos, eso decía. Vix no la soportaba con sus comentarios constantes y sus preguntas. No es que ella las respondiera con más que un *sí*, *no* o *tal vez*, no desde ese primer día. Y la forma en que Maia se mordía las uñas mientras estudiaba, como un hámster hambriento. Vix fantaseaba con atarle las manos a la espalda o pintarle las uñas con alguna sustancia repugnante que la hiciera correr al baño del pasillo. No podía esperar a que Maia se desplomara por la noche para tener finalmente algo de paz y tranquilidad en la habitación.

Maia

¡No puede creer que esté atrapada con esa criatura todo un año! Decir que está decepcionada es quedarse corta. No tienen absolutamente nada en común. Supone que, al menos, la criatura debe ser inteligente. De lo contrario, no estaría aquí. Pero tratar de tener una conversación con ella es inútil: todo se reduce a un *sí*, *no*, *tal vez*, como cuando le preguntó por las fotos, no solo la del novio atractivo sino la del niño en silla de ruedas. *Mi hermano*. Eso fue todo, eso fue lo único que dijo. Seguro que hay una historia detrás, pero la criatura tiene los labios sellados. Y luego está esa chica hermosa que mira directamente a la cámara. Hay algo en esa cara que la sigue atrayendo. Y esa firma tan intrigante: *NSO, tu amiga de verano*. Cuando le preguntó qué significaba, la criatura respondió: *Nada, en realidad*.

Cuando se quejó con su madre sobre la criatura, esta le dijo que siguiera intentando. *Podría ser tímida, Maia*. No, eso no es, mamá. Es otra cosa. Creída, tal vez. Distante. Paisley, su compañera de apartamento, cree que Victoria es profunda, incluso misteriosa, que ha vivido experiencias que no puede compartir. *Mírale los ojos*, dice Paisley, *y verás a qué me refiero*. Pero cuando ella los mira, lo único que observa es desaprobación.

Hubo una época en la que Vix pensó que escogería una carrera en trabajo social o fisioterapia, tal vez docencia, algo —lo que fuera— para retribuirle a Nathan. En la UNM probablemente habría seguido ese camino. Pero ahora que estaba en Harvard, ahora que veía todas sus opciones... Al principio pensó que su área de enfoque sería inglés, porque en Harvard los estudiantes no tenían *especialización* como en otras universidades, sino *concentraciones*. Pero ¿debería ser literatura a secas o inglés con literatura americana, o historia de la literatura? ¿O quizá debería decantarse por sociología o antropología social, o estudios visuales y ambientales —fuera lo que fuera eso—? Era como Charlie en la fábrica de chocolate, con demasiadas opciones, sintiendo que tenía que devorarlo todo lo más rápido posible, antes de que alguien se diera cuenta y la echara.

Por la noche, en sus habitaciones en el ala sur de Weld Hall, las ideas se alzaban como volantes de bádminton. Vix escuchaba y absorbía, pero rara vez hablaba, mientras las demás discutían sobre la igualdad de los sexos, la genética versus el entorno, y el gran tema: el sentido de la vida. Aunque la Condesa ya le había dicho que no había ninguno. Estaba inscrita en el curso Gen Ed 105, de Robert Coles: La literatura de la reflexión social. Él entendía la vida. Ella quería entenderla.

El primer martes de octubre, el padre de Vix la llamó al amanecer para contarle que Lanie había dado a luz. Vix se convirtió en tía de una niña llamada Amber.

Maia se dio la vuelta en la cama.

—¿Qué? —preguntó, medio dormida, mientras Vix colgaba el teléfono, aturdida.

—Mi hermana tuvo un bebé. Soy tía.

—No sabía que tenías una hermana mayor.

—No la tengo. Lanie acaba de cumplir diecisiete años.

Maia se sentó.

—¿Quieres decir que es como una madre adolescente? ¿Una estadística?

—Exacto. Es una estadística.

Ninguna hermana adolescente de Maia se embarazaría y si lo hiciera, abortaría. Vix sabía que Maia veía Nuevo México como un país del tercer mundo y a su familia como sacada de *El camino del tabaco*. Pero para Vix, Maia representaba lo peor de la clase alta suburbana: le parecía ingenua y juzgona.

El padre de Vix envió una foto, una de esas imágenes de recién nacido tomadas en el hospital. La bebé había nacido prematura, pesaba solo cuatro libras, pero estaba bien. Tawny no quería saber nada de la vida de Lanie. *Hizo su cama, ahora que se aguante*. Vix le envió a Lanie una copia del libro del Dr. Spock, además de un peluche para Amber.

La siguiente vez que el teléfono sonó a una hora indecente, era Caitlin.

—¿Dónde estás? —preguntó Vix.

—En Roma. Es fantástico. Estoy estudiando italiano, arte e historia, allí donde realmente sucedió.

—¿Cuándo vuelves?

—No lo sé.

—¿Para las vacaciones?

—Aquí no celebran el Día de Acción de Gracias.

—¿Navidad?

—Phoebe viene para navidad.

—Entonces, ¿cuándo?

—Quizás nunca.

—No digas eso.

La voz de Caitlin se volvió baja, seductora.

—¿Me extrañas?

—Sabes que sí.

—Yo también te extraño. ¿Es Harvard todo lo que esperabas?

—Es duro, si a eso te refieres. Solo trato de mantener el ritmo.

—¿Y qué pasa con Bru?

—¿Qué pasa con él?

—¿Se ven?

—Hablamos por teléfono.

—¿Eso es suficiente?

—¿Tú qué crees?

Cada vez que escuchaba la voz de Caitlin, sentía una punzada, un anhelo por algo que no identificaba. Aunque casi le resultaba un alivio estar sola, sin que nadie la vigilara ni cuestionara cada uno de sus movimientos, la extrañaba. Para Vix, ella seguía siendo Caitlin Somers, *la Persona más Influyente en mi Vida*.

—¿*Tiene* que llamar en medio de la noche? —preguntó Maia—. Necesito dormir. No puedo funcionar con menos de siete horas. ¿Podrías decirle que no solo te está despertando sino también a mí?

Pero la siguiente vez que Caitlin llamó y Vix le pidió que llamara antes de las once de la noche, Caitlin dijo:

—Las tarifas nocturnas son más baratas. Estoy con un presupuesto, ya sabes. Estoy aprendiendo a administrar mi dinero.

—¿En serio? —preguntó Vix.

—Claro que sí.

—Está bien. Intentaré explicarle eso a mi compañera de cuarto.

—¿Cómo es ella? —preguntó Caitlin.

—¡Nada que ver contigo!

—Bien.

Fue Maia quien le explicó a Vix que Caitlin no estaba consiguiendo tarifas más bajas por llamarla de madrugada. En realidad, cuando ella hacía esas llamadas, en Roma era de día.

Ya no más viajes a la isla. Ya no más viajes a la semana, ya no más viajes al mes. Su carga de cursos era mucho mayor de lo que había previsto y tuvo que renunciar a su segundo trabajo los fines de semana en Filene's, quedándose solo con los tres turnos por semana en el Coop.

Bru llegó para el fin de semana del Día de Colón. Se alojó en un Motel 6 a las afueras de la ciudad. Ella tenía dolor de garganta y fiebre. Solo quería meterse en la cama y dormir.

Él la reprendió por haberse enfermado.

—No sabes cuidarte.

—Ahora pareces Abby.

—Quizás Abby sabe de lo que habla.

Abby la había llamado antes del fin de semana, instándola a que programara una cita con su médico.

—No estoy tan enferma —le había dicho—. Solo es una tos leve.

—Las toses leves pueden convertirse en neumonía si no las tratas.

—Estoy cuidándome, de verdad.

Podía escuchar a Abby suspirar. Y ahora Bru la regañaba.

—Te sigo diciendo que necesitas vitaminas. Hay una nueva tienda de alimentos saludables en Vineyard Haven. La dueña sabe mucho. Voy a hablar con ella sobre ti. A ver qué dice. Debe haber una razón por la que siempre estás tan agotada.

Aunque estaba preocupado por su salud, él se sentía atraído por su fiebre. Dijo que su cuerpo se sentía tan caliente, por dentro y por fuera. No podía tener suficiente de ella. No, no le daba miedo contagiarse. Y si lo hacía, valdría la pena. Tenían que compensar todo ese tiempo separados. Todas esas noches que se dormían soñando el uno con el otro.

—¿Sabes qué he descubierto sobre mí misma? —le preguntó tarde el domingo, cuando por fin bajó la fiebre y se estaba remojando en la bañera del Motel 6.

—¿Que estás loca de amor por mí? —dijo él, sentado al borde de la tina, enjabonándole la espalda.

—Siempre lo supe.

—¿Y qué más? —Le besó el cuello—. ¿Qué has descubierto?

—Que básicamente soy una ignorante. Nunca supe, hasta que vine aquí, cuánto hay por aprender. Cuántas ideas existen.

Se apartó de ella.

—No quería decir... —¡Maldita sea! Se lo había tomado personal—. Bru, esto no tiene nada que ver contigo. Es solo que a veces, cuando empiezo a pensar en todo lo que no sé, me asusto. Eso es todo lo que quise decir.

—¿Por qué no empiezas a pensar en todo lo que sí sabes? Apuesto a que sabes más de la vida que cualquiera de tus nuevos amigos.

—Probablemente sea cierto.

—¿Nunca te preguntas qué haces aquí?

—Todo el tiempo.

Ella salió de la bañera y él la vio frotarse con la toalla.

—¿Todavía me quieres? —preguntó él.

—Por supuesto que sí —dijo—. ¿Creíste que no?

—Para ser honesto, no estaba seguro.

—Ven, déjame demostrártelo —dijo, arrodillándose.

Una semana después llegó un paquete de Vineyard Health. Seis tipos diferentes de vitaminas y minerales con una nota personal de la dueña, alguien llamada Star.

27

Aunque la filosofía era un tema favorito, no se privaban de hablar sobre hombres y sexo. Maia seguía siendo virgen. Eso podría explicar su fascinación por Bru. Tal vez sentía más curiosidad que intromisión.

Cuando Maia decidió que era hora de actuar, Paisley y su compañera de cuarto, Debra, la animaron.

—El invierno aquí arriba es largo y duro —dijo Paisley con su acento sureño.

Era una chica alta y fuerte de Charleston, con el tipo de belleza que Abby describiría como varonil.

—Más te vale encontrar un cuerpo calentito para hacer las noches aburridas más emocionantes —continuó.

Debra era coreana, educada en colegios internacionales, y una poeta ya publicada.

—Si consideras que ser publicada en la revista *YM* cuenta. Pero yo no soy Sylvia Plath. No quiero ser Sylvia Plath. En serio, mira cómo terminó ella.

—Por culpa de algún hombre —dijo Maia.

—La mayoría dice que fue por su madre —dijo Debra.

—No se ató la soga al cuello por su madre —replicó Maia.

—Puede que sí —dijo Debra—. Quizá tenía un desequilibrio innato.

—Están desarrollando medicamentos para eso —comentó Paisley—. Pronto ninguno de nosotros estaremos desequilibrados. A menos que queramos estarlo.

—Y la creatividad se irá por el caño —dijo Debra, lo que las llevó a discutir durante la siguiente hora sobre la personalidad neurótica y la creatividad.

El cuerpo cálido que Maia encontró fue el de Wally, un chico que conoció en Justicia, otra asignatura optativa muy solicitada para primer año. Él también era virgen. Se veían mucho y pasaban horas analizando su situación. Vix sugirió que quizás sobreanalizaban demasiado y que sería mejor dejarse llevar por los sentimientos. Maia acusó a Vix de ser la persona menos analítica que había conocido. Vix pensó que probablemente era cierto, considerando a la gente que Maia conocía.

Antes del evento bendito, Debra y Paisley le mostraron a Maia un video explícito de "cómo hacerlo". Maia se sentó rígida, con las manos listas para taparse los ojos por si acaso, pero en lugar de sentirse asqueada con lo que vio, se excitó. Vix también. Nunca había imaginado que había tantas maneras de hacer el amor.

Justo después del Día de San Valentín, Maia regresó a la habitación con una sonrisa de satisfacción.

—Bueno —dijo—, ¡lo logramos!

Debra y Paisley entraron a su habitación.

—Nos reímos mucho —dijo Maia—. Eso es buena señal, ¿no crees?

Buscó en sus caras una confirmación.

—Bueno, quizá no mientras —admitió—. Durante es todo gemidos, sudor y cosas raras, pero después, cuando empiezas a hablar de ello, es divertidísimo.

Observaron a Maia y, luego, intercambiaron miradas entre ellas, hasta que finalmente Paisley dijo:

—¿Qué opinas, Victoria? Tú eres nuestra residente experta.

Era la única del grupo que tenía una relación seria. A veces deseaba que ella y Bru no hubieran prometido no verse con nadie más. A veces deseaba poder entrar en una cafetería o librería y coquetear. Se preguntaba si Abby tenía razón, si se estaba negando los placeres de la juventud. ¿Bru alguna vez habría pensado lo mismo? ¿Y cómo se sentiría ella si así fuera?

—¿Y bien, Victoria? —dijo Paisley.

—Sí, supongo que algunas cosas son graciosas —respondió.

Intentó recordar si ella y Bru alguna vez se habían sentado a reír después del sexo. No lo creía. En general, se quedaban dormidos en los brazos del otro. Solo pensar en eso le hizo extrañarlo.

Caitlin llamó a las cuatro de la mañana desde París.

—Tuve un encuentro con una mujer. Me recordaba a ti.

—¿Qué quieres decir?

Vix escupió un poco de cabello que tenía en la boca.

—Cabello oscuro, pechos grandes, piel hermosa…

—No creo que quiera oír esto.

—¿Por qué… te sorprende? —preguntó Caitlin.

—¿Quieres sorprenderme?

Caitlin se rio.

—Siempre intento sorprenderte. —Hizo una larga pausa, luego dijo—: He conocido a muchas LHG aquí.

—¿*LH*... qué? —Vix acercó el teléfono a la otra oreja.

—LHG. L-H-G. Así se llaman ellas mismas: Lesbianas Hasta la Graduación.

—Ah..., LHG.

—Pero ella era posesiva —continuó Caitlin—. Me acusaba de ser lesbiana política, no biológica, y cuando me negué a renunciar a los hombres, se enfureció tanto que cortó mis panties en pedacitos y los tiró por la ventana justo en el Boul St. Germain. ¡Tuve suerte de salir viva de ahí!

Se rieron.

—¿Sigues ahí? ¿Te perdí?

—Sigo aquí.

—¿Sabías que este es el febrero más caluroso registrado en París?

—No.

—Las flores están floreciendo en los parques.

Bru le había enviado un amarilis por San Valentín. Estaba en el alféizar de su ventana, con los pétalos cayendo al suelo.

Paisley

Lo que más le gusta de Victoria es que ella escucha y evalúa. No habla hasta el agotamiento solo para escuchar su propia voz, como hace Maia cuando se siente insegura. Cuando Victoria la invita a cenar a casa de Lamb y Abby Somers, queda impresionada. Es una preciosa casa antigua en Appleton, muy elegante, muy al estilo Cambridge. No termina de entender la relación entre Victoria y los Somers. Victoria los llama su familia sustituta. ¿Sustituta como en el caso de *Baby M*? Le encantaría saberlo, pero no pregunta.

En la cena, está sentada al lado del presidente estatal demócrata. Aprovecha para explayarse sobre la política en Estados Unidos. Le deja claro exactamente lo que piensa de Nancy Reagan y su campaña de *Solo di no*. ¡Como si con las consignas simplistas resolvieran los problemas del mundo! Está preocupada por el estado del país. De verdad. ¡Alguien tiene que actuar antes de que sea demasiado tarde!

Él queda deslumbrado por su agudeza, ella lo nota, y la anima a unirse a los Jóvenes Demócratas. *Una joven brillante como tú puede llegar lejos. ¿Has pensado en postularte para un cargo algún día?* ¿Postularse? ¿Está loco? Ella tiene otros planes. ¿Y esa mano sobre su muslo era de él o solo su imaginación?

A los jóvenes demócratas les encanta tener a una chica sureña como ella a bordo. Por supuesto, no saben una mierda sobre el Sur. La mitad ni siquiera sabe en qué estado queda Charleston. ¡Y esto es Harvard! Lo que prueba que la geografía es otra cosa que se está yendo al carajo en Estados Unidos.

28

Vix y Paisley trabajaron sin descanso tratando de movilizar el voto a favor de la candidatura de Mondale–Ferraro, y quedaron devastadas por la aplastante derrota en las elecciones presidenciales.

—Bienvenidas a los ochenta —cantó Maia, la única republicana entre ellas.

—Los ochenta ya están a la mitad —le recordó Paisley.

—Qué lástima —dijo Maia.

Paisley gimió.

—Cuatro años más de trajes Adolfo y sonrisas forzadas. ¿Crees que ella le hace sexo oral?

—¡Por favor! —dijo Maia—. Ella es la primera dama.

Vivían en Leverett House. Vix había pensado, cuando se unió a Paisley la primavera pasada, que se alejaría de Maia. Pero ahora tenían dos clases juntas y Vix se sorprendió de la inteligencia de Maia. No solo eso, sino que a ambas les gustaba la comida mexicana, cuanto más picante mejor; las películas extranjeras, incluso las malas; y Joan Armatrading. Además, no compartían habitación, lo que hacía todo más fácil. Y Maia juró que iba a dejar de comerse las uñas.

Caitlin llamó desde Londres la noche de las elecciones.

—La política es tan aburrida —dijo cuando Vix se quejó por los resultados—. Míralo así: cualquiera que esté dispuesto a postularse es alguien por quien no estoy dispuesta a votar.

—Pero tú tenías voto ausente, ¿no? Votaste.

—No, no voté. Ya te lo dije.

—¡Por eso perdimos! Porque gente como tú simplemente no se preocupa lo suficiente.

—¿Gente como yo? ¿Debería ofenderme por ese comentario?

—No…, bueno, quizá sí…, perdón. Solo estoy decepcionada. Y cansada. De cualquier manera, ¿qué haces en Londres? Pensé que estabas en la Sorbona.

—Estoy aquí para ver una obra. El productor me invitó. Regreso a la escuela el jueves.

—¿Vas a venir a casa para las fiestas?

—Voy a Gstaad con Phoebe. Nuestra excursión anual de madre e hija para esquiar. ¿Quieres venir?

—Tengo otros planes.

—Sabía que dirías eso.

Abby invitó a Vix a la cena de Acción de Gracias, pero ella prefirió ir a Vineyard. Cuando llegó, se molestó porque Bru no estaba tan afectado por el resultado de las elecciones como ella.

Él no entendía su enojo. Había votado por la lista completa del partido demócrata. ¿Qué más quería ella? No valía la pena alterarse tanto. Además, Reagan era bueno para los negocios. Y lo que importaba era eso, los negocios.

Comenzaron a discutir por todo. *¿Qué quisiste decir con eso?*, preguntaba ella. *Nada, olvídalo*, respondía él. Por primera vez se dio cuenta de que él no tenía libros en la cabaña, de que nunca lo había visto con un libro. Probablemente nunca leía más que el periódico *Gazette*, si acaso. Seguía escuchando a Van Halen. Ni siquiera había oído hablar de Joan Armatrading.

Cuando se quejaba del Porta Potti, él preguntaba qué tenía de malo. ¿Qué le pasaba a ella? ¿Estaba tomando sus vitaminas?

—¿Crees que todo se puede curar mágicamente con vitaminas?

—Todo menos nosotros —dijo él.

La invitación de Abby para que pasara la Navidad con ellos en Barbados la tentaba, pero estaba enojada consigo misma por haberse comportado mal en Acción de Gracias, hallando fallas en todo. Probablemente era hormonal, se dijo, ya que estaba premenstrual. Así que regresó a Vineyard, a Bru.

Y la Navidad fue bien. Los dos se abrigaron y caminaron por la playa, compraron regalos en Vineyard Haven, hicieron el amor a media tarde frente a la estufa de leña. Compartieron el ganso de Navidad con la familia extendida de Bru —los tres tíos y tías, los doce primos, sus parejas, sus bebés—. Todos la recibieron en sus hogares, en su familia.

Debería haberse sentido como en casa. Eran gente trabajadora, de clase obrera, un grupo ruidoso que bebía cerveza. Sabían cómo divertirse. No todos estaban en terapia ni intentando encontrar el sentido de la vida. No se sentaban a comparar sus familias disfuncionales, culpando a sus padres de todos sus problemas como sus amigos en Harvard. Claro, algunos ya estaban en programas de doce pasos, pero eso significaba que estaban intentando ayudarse a sí mismos. Qué importaba si Caitlin llamaba a sus vidas *ordinarias*, incluso *aburridas*. Esto era adonde ella pertenecía, ¿no? Si es que pertenecía a algún lugar.

Phoebe

No ha visto a Caity en mucho tiempo, no desde que la encontró el julio pasado en Perugia. Está contenta de que Caity finalmente se haya establecido en París y que esté yendo a la universidad. Normalmente no lo admite, pero siempre ha deseado ser mejor educada. Un año en la Universidad Stephens no le sirvió de mucho.

Ha estado esperando con ganas su semana de esquí juntas, así que se siente un poco molesta cuando, en la primera noche, Caity coquetea con un chico guapo en el bar del hostal y se queda hasta muy tarde. No espera que Caity sea virgen, pero le sorprende lo fácil que su hija atrae a los hombres.

Al día siguiente, mientras suben en el telesilla, decide sacar el tema. Explica que, cuando tenía la edad de Caity, también viajó al extranjero. Ella sabe de qué va la cosa. *No voy a decirte lo que debes o no debes hacer, pero tienes que ser selectiva. Solo porque los hombres…* Hace una pausa. ¿Qué es lo que intenta decir? *Es cierto que la variedad es el condimento de la vida, pero eso no significa…* ¿Significa qué?, se pregunta. ¿Que Caity debería seguir sus pasos? Sigue pensando en eso cuando llegan a la cima.

Gracias, Phoeb, dice Caity, ajustándose las gafas de esquí. *Me alegro de que hayamos tenido esta charla*. Luego se da la vuelta y se lanza a esquiar.

Bueno, está bien…, si Caity va a salir todas las noches, ella también podría encontrar algo interesante. Hay un danés encantador en su grupo de esquí…

Abby

Está menos preocupada por Vix y Bru. Sea cual sea su pacto, no parece estar afectando la oportunidad de Vix de recibir una educación y, realmente, eso es lo más importante, ¿no?

Le alivia que Caitlin haya aceptado estudiar en la Sorbona, aunque desearía que no hubiera renunciado por completo a Wellesley. Todos están decepcionados de que no regrese a casa. Vix, especialmente, parece no entenderlo. Le avergüenza admitir que el junio pasado escuchó una conversación telefónica entre las dos chicas. Debería haber colgado, pero ¿qué madre no es culpable de lapsos ocasionales en respetar la privacidad de sus hijos?

¿Por qué?, había preguntado Vix cuando Caitlin le dio la noticia.

Porque pertenezco aquí. Excepto tú, Shark y Lamb, realmente no hay razón para volver.

Ya es hora de superarla, Caitlin, dijo Vix.

¿A quién?

A Abby. ¿No es de eso de lo que se trata todo esto?

Se llevó la mano a la boca para que no escucharan su brusca inspiración.

Esto no tiene nada que ver con Abby, dijo Caitlin.

¿Entonces qué?

Es complicado.

¡Qué alivio! Saber que la decisión de Caitlin no tiene nada que ver con ella. No es que Lamb haya dado alguna pista, pero la idea se le había cruzado por la mente.

Tiene un plan para traer a Caitlin de vuelta, al menos temporalmente. Una fiesta sorpresa por el quincuagésimo cumpleaños de Lamb. Aunque él dice que no quiere celebrar, está segura de que le encantará.

29

Caitlin, con un pequeño vestido negro de licra y botas hasta el muslo, el cabello cortado con estilo, como si hubiera salido de las páginas de *Elle*, recibió a Vix afuera de la casa de Lamb, temblando en el aire húmedo y frío de esa noche tardía de abril. La abrazó con fuerza y luego la apartó un poco.

—Te ves mayor. ¿Te sientes mayor?

—Sí —dijo Vix—, casi dos años mayor.

—¿Casi dos años? ¿Ya ha pasado tanto? ¿Es posible? Entra. Estoy congelada. Olvidé lo tarde que llega la primavera aquí. En París…

Vix la interrumpió:

—Todo está en flor.

Caitlin se rio.

—¡Qué bueno verte! Te extraño todos los días de mi vida.

Vix había estado hecha un desastre, cargada de una nerviosa anticipación todo el día, como una niña esperando el regreso de un padre perdido hace mucho. Si Caitlin sentía el rechazo frío de Vix, castigo por haberla abandonado en primer lugar, no lo mostró.

—Tengo tanto que contarte —dijo—, pero tendrá que esperar hasta después de la fiesta. Te quedarás a pasar la noche, ¿verdad?

—No traje...

—No importa. Te daré un cepillo de dientes. ¿Todavía te dan arcadas?

—Solo si me lo meto hasta la garganta.

—No hablaba de cepillos de dientes.

—Yo sí.

Caitlin agarró el brazo de Vix y la llevó a través de la multitud ya reunida dentro de la casa.

—Cincuenta invitados para cincuenta años. ¿No es adorable? Sharkey está aquí y Daniel, pero no creo que Gus haya venido. ¿Qué te parece mi cabello? Lo odio. Lo estoy dejando crecer. Lamb no parece tener cincuenta, ¿verdad?

Vix comenzó a derretirse.

Durante toda la cena tipo bufé, Caitlin se aferró a ella.

—Te necesito esta noche. No me abandones. Esto es tan difícil.

—¿Qué es?

—Estar aquí. Siento que todos me están juzgando.

Vix no podía imaginar quién podría estar juzgándola ni por qué de repente a Caitlin le importaría.

Sharkey

Tiene desfase horario. Se siente fatal. Vino en el vuelo nocturno desde Los Ángeles, donde los peces gordos de Cal Tech intentaron convencerlo de hacer allí sus estudios de posgrado. Pero el MIT también lo quiere. Se reunirá con ellos el lunes. Hasta entonces, no tomará una decisión.

Abby le pidió que brindara por Lamb. Algo corto, dijo ella. Algo gracioso. Él prometió intentarlo. Lo ha estado ensayando en su mente. Odia la idea de pararse frente a toda esa gente.

Cuando llega el momento, levanta su copa de champán. *Por Lamb*, dice, *un padre que sabe cuándo dejar las cosas como están*. La multitud se queda en silencio, como si hubiera dicho algo irrespetuoso cuando, en realidad, quería expresar lo afortunado que se sentía porque Lamb nunca lo presionó, porque Lamb lo aceptó tal como era, tal como es. Solo estaba tratando de agradecerle, nada más. Entonces, ¿por qué lo miran así? Antes de que pueda entenderlo, Lamb está a su lado, con el brazo sobre sus hombros. *Gracias, Shark*, dice. *¡Ningún padre podría pedir un mejor hijo!*

Luego es el turno de Caitlin y todos los hombres en la sala babean. Y ella les sonríe a todos, haciéndoles creer que es una posibilidad. *Por Lamb*, dice, *el mejor hombre que he conocido. Y he conocido a más de la cuenta*.

Daniel

Por lo menos se pone de pie y hace un brindis decente, que es más de lo que se puede decir de la perra. Cristo, se podía escuchar a los invitados contener la respiración cuando terminó, hasta que Lamb se rio. Se rio y besó a Caitlin, diciéndole que ningún padre podría pedir una hija más amorosa y llena de espíritu. Hay que dejarle las cosas a Lamb para salir de una situación incómoda. Lo reconoce, el tipo nunca se queda sin palabras. Debería postularse para un cargo público.

Gus

Hubiera ido, pero tiene que entregar un informe el lunes; además, su abuela está enferma. No pinta bien. Están haciendo guardia a su lado. No soporta la idea de que ella sufra, aunque le siguen diciendo que no siente dolor. Él y su abuela tienen un vínculo especial. No quiere perder a su Baboo. Y sabe lo mucho que ella quiere llegar a su graduación.

Llama durante la fiesta para felicitar a Lamb por sus cincuenta años. Justo antes de colgar, pide hablar con Vix.

Hola, dice ella.

Hola, Pastillita. ¿Cómo va todo?

¿Qué?, responde ella. *Hay mucho ruido. No te oigo.*

Gus Kline, grita él. *Solo quería saludarte.*

¿De verdad eres Gus?

Él se ríe.

Porque si lo eres no te oigo nada.

Olvídalo, dice él.

Le gustaría verla otra vez. Tiene curiosidad.

Después del champán y el pastel, los poemas, las canciones y los regalos tontos, Vix subió con Caitlin al cuarto que siempre había estado reservado para sus visitas. Como el cuarto de Caitlin en la isla, Abby tampoco había tocado ese. Caitlin se sentó al borde de la cama y abrazó una almohada contra su pecho.

—Supongo que se nota que tuve un aborto.

Vix se quedó sin palabras.

—Dios, Caitlin, ¡no tenía idea! ¿Por qué no me lo dijiste?

—¿Me cuentas todo?

Ahí Caitlin la tenía.

—¿Cuándo? —preguntó Vix.

—Hace seis semanas. Fue un error. Todavía no sé cómo pasó. Creo que se rompió el condón.

—¿Sigues viéndolo?

—No. Está casado.

—¿El productor?

—¿Qué productor?

—El que te llevó a la obra en Londres.

—¿Qué obra en Londres?

—Me lo dijiste cuando llamaste.

—No lo recuerdo.

—No fue hace tanto.

—Bueno, he estado ocupada. Pasan muchas cosas. No necesariamente las recuerdo todas.

¿Cómo es que Vix recordaba y Caitlin no?

—¿Lo amaste?

No sabía por qué preguntaba si ya conocía la respuesta.

—No, no lo amé. Pero disfruté su compañía, dentro y fuera de la cama.

¿Podría decir lo mismo de Bru? No habían pasado mucho tiempo juntos fuera de la cama, pero en ella…

—Dejé la Sorbona. Me sentía claustrofóbica ahí. Todos eran tan… franceses. Me afectó después de un tiempo. Estoy mejor en Londres, ¿no crees?

Vix no tenía idea.

De repente, la cara de Caitlin se iluminó.

—Se me acaba de ocurrir la idea más brillante. Haz un año en el extranjero en tercer año. Donde sea que decidas ir, yo iré contigo.

Ahora bailaba por la habitación cantando nombres de ciudades.

—París, Londres, Roma, hasta hay un programa en Grenoble.

Se dejó caer sobre la cama y se volteó para mirar a Vix.

París, Londres, Roma… Maia había considerado hacer el tercer año en el extranjero, pero sus padres le insistieron para que esperara. La familia de Paisley no tenía dinero. *Hemos caído en la pobreza refinada*, les había dicho, imitando a Scarlett O'Hara.

—¿Y? —preguntó Caitlin.

—No puedo.

El ánimo de Caitlin cambió.

—¡Estoy harta de escucharte decir eso!

Se levantó de la cama, se desabrochó el vestido, se lo quitó por la cabeza y lo dejó caer sobre una silla. Llevaba ropa interior de encaje negro, probablemente francesa. Sacó una bata peluda del clóset, demasiado pequeña, un sobrante de alguna visita cuando era niña, y se la puso.

—Te estás convirtiendo en la persona más negativa —gruñó Caitlin—. ¡No puedo creer lo que esa escuela te está haciendo!

—No tiene nada que ver con la escuela. Tengo responsabilidades. No puedo simplemente empacar y hacer un año en el extranjero porque suena bien.

—¿Qué responsabilidades...? ¿La beca?

—Más que eso.

—No me digas. —Caitlin sonaba realmente disgustada—. ¡Estás atada y ni siquiera tienes veinte años!

Se sentó en la cama y empezó a quitarse las botas, bajándolas desde los muslos hasta los tobillos.

—No estoy atada —dijo Vix.

—Ay, por favor... —se quitó la otra bota—. Él te necesita más a ti que tú a él. ¿Dónde está, por cierto? ¿Por qué no está aquí esta noche?

Esperaba que nadie preguntara porque Abby le había pedido invitar a Bru y no lo había hecho. No quería preocuparse por él esta noche, por si se estaba divirtiendo o no. Quería guardar para sí sola su reencuentro con Caitlin.

—Nunca has estado enamorada —dijo.

—No entiendes.

—Si estar enamorada significa renunciar a tu libertad, sin mencionar tus oportunidades —dijo Caitlin—, entonces no me he perdido de nada.

30

La navidad siguiente, cuando estaba en tercer año, Vix llevó a Bru a Santa Fe. Fueron en su camioneta, escuchando a Bob Marley, Elvis Costello, James y Carly. A veces le preocupaba que se comportaran como una pareja mayor, asentada, más cansada que emocionada al estar juntos. Pero eso cambiaría cuando ella terminara la universidad, ¿no? El mundo real no podía ser tan duro.

Las historias que escuchaba en la universidad sobre cómo se comportaban los chicos la hacían valorar aún más a Bru. Era tan dulce y cariñoso, siempre pendiente de ella. A veces deseaba que se hubieran conocido después, para que todo pudiera ser nuevo y fresco otra vez. Esa sensación. Ese impulso. ¿Cómo hacían las parejas que llevaban años juntas para mantener la chispa?

Cuando llegaron a Santa Fe, él encontró una habitación barata en un motel de mala muerte en la carretera de Cerrillos. Ella se quedaría en la casa. No fue sino hasta llegar que descubrió que su madre se había ido con la Condesa a Cayo Hueso.

—Es por el enfisema —dijo su padre—. Ya no tolera la altura. Necesita ayuda para instalarse.

Su padre lo intentó. Puso el viejo arbolito de mesa decorado con las bolas doradas y plateadas que Tawny guardaba en una sombrerera, en el estante más alto del armario del pasillo. Asó un pavo, hizo puré de papas y cebollas a la crema, y llevó a casa una tarta de manzana del restaurante. Lewis no estaba, se había ido por las fiestas con la familia de un amigo y planeaba enlistarse apenas terminara la secundaria. Pero Ed invitó a Lanie y a su familia desde Albuquerque. Ya tenía dos bebés y era la primera vez que Vix veía a alguno. Tenían mocos verdes chorreándoles por la nariz y chupetes clavados en la boca como válvulas. Era un milagro que pudieran respirar. Vix sostuvo a uno de los niños con fiebre, luego al otro, tratando de encontrar alguna conexión genética.

—Se parecen a él —dijo Lanie—, a Jimmy.

Lanie se veía agotada, demacrada, diez años mayor que Vix. Vix deseó poder sacar las Barbies viejas y jugar en el suelo. Esta vez dejaría que Lanie usara la Casa de los Sueños de Barbie. Jimmy no llegó a cenar, aunque Lanie no lo esperaba. Probablemente estaba en casa de su hermano, fumando, dijo.

Al final del día, cuando Lanie subió a su camioneta con los niños y los juguetes navideños, le pidió dinero a Vix.

—Trabajo como burra limpiando mierda mientras él se la pasa drogándose. Mi vida apesta.

Vix tuvo ganas de decirle que ella también trabajaba duro, que cada centavo contaba, pero carajo, ella estudiaba en Harvard y Lanie vivía de cupones de comida, así que volvió a entrar corriendo a la casa y sacó cincuenta dólares de su cartera.

—Gracias —dijo Lanie, guardando el dinero—. Tu chico está buenísimo. Cásate con él mientras puedas.

Vix se sorprendió.

—No esperaba que recomendaras el matrimonio.

—Sí, bueno, no es que haya planeado terminar así.

—Entonces sal de esto —dijo Vix—. Reconstruye tu vida. Podrías mudarte con papá, volver a estudiar. No puedes rendirte así.

Lanie apretó los labios.

—¿Vienes una vez cada tres años y crees que puedes arreglarlo todo así nomás? No sabes una mierda de nosotros. Tawny se fue para siempre, aunque papá no lo admita. Tiene una amiguita en el trabajo, aunque tampoco lo va a admitir. ¿Tú crees que ella va a aguantarnos a mí y a estos dos?

Los niños dormían, el bebé en un asiento para carro, Amber derrumbada sobre él, respirando pesadamente. ¿Acaso Lanie no sabía que era ilegal manejar con un niño sin protección?

—¿Esos son agujeros de bala? —preguntó Vix, mirando el daño en la puerta de la camioneta.

—Algún imbécil en el parque de casas rodantes que se puso a dispararle a todo —dijo Lanie, encendiendo el motor—. Nada personal.

Vix fue al cementerio con su padre. Era la primera vez que visitaba la tumba de Nathan desde que se había ido a la universidad. Se detuvo en Kaune's para comprar una flor de Pascua en una maceta de plástico y, cuando llegaron, la colocó frente a la lápida sencilla.

Nathan William Leonard
1970–1982
Que en paz descanse

Luego le pidió a su padre un momento a solas. Él asintió y se alejó. Ella se arrodilló al pie de la tumba.

Ed

Él puede ver sus manos moviéndose. Está hablando con Nathan. ¿Todavía se siente culpable por aquellos veranos lejos? Espera que no. Debería decirle que Nathan lo entendía. Nathan siempre la defendía. Iba tras Tawny cada vez que ella hablaba mal de Vix. ¡Cuánto la quería ese niño! Recuerda cuando los llevó a acampar en la casa rodante. Nathan debía tener seis o siete años. ¡Cómo se reían juntos! Vix lo empujaba por el sendero en su silla, cuesta arriba; luego, cuesta abajo... demasiado rápido... demasiado rápido... La sorpresa cuando se cayó. El miedo en sus ojos. Al final solo fue un codo magullado. Decidieron no decirle a Tawny. Su secreto. Solo de ellos tres.

¿Qué tanto sabe ella sobre Tawny y él? ¿Le habrá contado Lanie que está saliendo con alguien? No es que él quiera que sea así. Quiere que Tawny vuelva a casa. Pero ella dice que se acabó. Que ambos deberían intentar rehacer sus vidas. ¿Qué significa eso..., una vida nueva? ¿Una vida nueva con Frankie? Frankie está bien. Lo hace reír. Hace tiempo que una mujer no lo hacía reír.

¿Y Vix y su novio? ¿Lo quiere? No lo puede descifrar. Cuesta creer que ya esté en tercer año en Harvard. Su hija. Una buena chica, Vix. Quizás ya no una chica. Una mujer. Sí. Ahora parece una mujer. Puede sentir que las lágrimas comienzan a brotar. A Tawny le molesta cuando llora. Lo llama débil. Tal vez lo sea. ¿Y qué? ¿Por qué no puede hablar con ellas..., con sus hijas? ¿Saben que las quiere? Sobre todo Vix. ¿Lo sabe ella?

De camino a casa, su padre dijo:

—Es un buen muchacho.

Al principio pensó que hablaba de Nathan, hasta que él preguntó:

—¿Eres feliz?

Por un momento consideró bajar la guardia, contarle cuán insegura se sentía sobre la vida, el amor y todo lo demás. Pero lo pensó mejor, considerando lo que Lanie le había contado sobre Tawny y él.

—Así que de ahí vienes tú —dijo Bru la mañana en que se fueron.

—Sí, de ahí vengo —respondió ella.

En cuanto lo dijo, empezó a llorar. Escuchó la voz de Tawny advirtiéndole: *Guarda tus lágrimas para algo importante, Victoria*. Pero esto sí era importante, ¿no? Además, no podía detenerse. Podía estar comiéndose una hamburguesa en cualquier local de carretera y de pronto, sin previo aviso, las lágrimas le inundaban los ojos, un nudo en la garganta le impedía tragar. O podía estar cepillándose los dientes antes de dormir, en algún motel, y al mirarse en el espejo justo en el momento en que su rostro se contraía, comenzaban a brotar las lágrimas. Lloraba por Nathan, por Lanie, por su padre y quizás por ella misma. Ya no conocía a su familia y ellos ciertamente no la conocían a ella.

Al principio, Bru fue comprensivo. La abrazó esa primera noche, hasta que logró dormirse. Pero la noche siguiente, cuando comenzó a acariciarle el muslo y ella no respondió, se dio vuelta, herido. No lo entendía. Creía que se trataba de él. La siguiente vez que empezaron las lágrimas estaban atravesando Virginia en la camioneta.

—Otra vez con esto... —dijo él, saliéndose hacia una parada de descanso.

Frenó de golpe.

—¿Quieres algo?

Ella negó con la cabeza.

Él tardó en volver. Cuando regresó, le dio un jugo de arándano con manzana y una bolsa de *pretzels*.

—Sea lo que sea, supéralo, Victoria..., solo supéralo, ¿de acuerdo?

Para cuando llegaron a Boston y ella seguía igual, él ya estaba molesto.

—Ya no te conozco.

—Tal vez nunca me conociste.

—Sí, claro..., pero igual, esto ya está... —Se dio vuelta, sin terminar la frase—. Creo que necesitamos un descanso.

Si esperaba que ella discutiera, se equivocaba. Ella asintió con calma y, así, sin conversación, sin preguntas, sin nada, se separaron.

Bru

Él siempre está esperando, siempre temiendo que ella termine con todo. Vive buscando señales, anticipando lo peor. Así que se adelanta, lo dice en voz alta antes de que pueda hacerlo ella. Y ella ni siquiera llora. Nada. Eso lo confirma, ¿no? Dios..., ella llora durante todo el camino de regreso y luego él le dice que necesita un descanso y ella solo se queda ahí sentada, como si fuera de piedra. Después de dejarla, tiembla tanto que tiene que orillarse, con miedo de estrellarse contra alguien si no lo hace.

De vuelta en Vineyard, se toma una cerveza con su tío. Le cuenta sus problemas con Victoria. Su tío asiente todo el tiempo. *Ya lo creo*, dice. *Dicen una cosa, quieren decir otra. No hay forma de entenderlas. Sé que duele, pero hay muchos peces en el mar. Y ya verás cómo te van a llover.*

Star le coquetea, le sugiere que se junten. Y lo hacen. En el almacén de su tienda, en el suelo, entre cajas de vitamina C masticable y ginseng. Sus pechos son pequeños y desiguales. Ella hace ruidos de animal cuando llega al orgasmo. *Hay otros peces en el mar*, se repite él.

Házmelo otra vez, dice Star, una hora después. Y se lo hace otra vez.

Pero cuando se queda dormido, solo sueña con Victoria.

31

El 28 de enero, el transbordador Challenger explotó durante el despegue, matando a todos los astronautas a bordo, incluida Christa McAuliffe, y esa noche Vix se derrumbó. Lloraba sin control, golpeando la pared con los puños. ¿Cuál es el sentido de todo esto? Te partes el alma, luchas por llegar a algún lugar, y ¡bam!, así de fácil, todo se puede venir abajo. Nada tenía sentido.

Había estado reprimiendo lo que sentía por Bru hasta ese momento. Pero, como el transbordador, su amor se había estrellado: se terminó en un instante. Quizás la Condesa tenía razón, después de todo. Hay que vivir el momento. Tal vez no haya un mañana. Y aunque lo haya, a nadie le importa realmente.

Su crisis asustó a Maia, que salió corriendo por el pasillo a buscar a Paisley. Cuando la verdad salió a la luz, ambas intercambiaron miradas.

—¿Terminaste con Bru y no nos dijiste nada? —preguntó Maia—. ¿Cómo pudiste guardarte algo así?

Pero Vix era experta en guardárselo todo. Había aprendido de la mejor maestra, ¿no? *Negar, negar, negar.*

Al regresar de las vacaciones, habían tenido dos semanas para leer, dos semanas de preparación para los exámenes. No podía contarles sobre Bru entonces, ni permitirse pensar en ello. Y si el transbordador no hubiera explotado, tal vez habría terminado el semestre sin enfrentarse a la realidad.

—No es que hayamos terminado exactamente —explicó—. Nos estamos dando un tiempo.

Eso era cierto, ¿no? No habían terminado. Nadie dijo nunca que era el final.

—¿De quién fue la idea, de él o tuya? —preguntó Maia.

—Fue de mutuo acuerdo.

—¿Quién lo sugirió?

—¿Importa?

—Solo dime, ¿sí?

—Él.

—Entonces es un idiota y estás mejor sin él.

Maia

¡Victoria puede ser tan reservada! Eso dificulta ser su amiga. Pero, para bien o para mal, lo son. Y la amistad es justamente lo que tiene en mente mientras espera sola en la clínica médica a que la atiendan. No va a quedarse de brazos cruzados viendo cómo Victoria echa todo por la borda debido a un tipo. No va a dejar que ponga en peligro su beca. Comparten dos clases y sabe perfectamente que Victoria no ha estado al día con las lecturas. Hará lo que sea necesario para ayudarla... siempre y cuando ella no tenga cáncer, porque se ha descubierto una manchita oscura en el pie que casi con seguridad es un melanoma. Solo espera que no sea demasiado tarde.

Cuando llaman su nombre, entra al consultorio, donde un médico joven examina la mancha con una lupa. No cree que sea nada, le dice, pero aun así toma medidas y dibuja la forma en su expediente médico. *Vuelve en un mes*, le indica. *O antes, si notas algún cambio*.

¿No me va a hacer una biopsia?

No hay nada que examinar por el momento. Lee la preocupación en su rostro. *No tienes cáncer, si eso es lo que piensas. Así que relájate...*

¿Cómo puede estar tan seguro sin hacer una biopsia?

¿Estás estresada?, le pregunta.

¿Está bromeando? ¡Por supuesto que está estresada! ¿Acaso no es estudiante de tercer año en Harvard?

Caitlin llamó desde Los Ángeles un día de invierno ventoso.

—No aguantaba ni un minuto más en Londres. Ha estado tan gris, tan húmedo; pensé que nunca volvería a sentirme caliente. Vine a visitar a Sharkey. Está tan metido en lo que sea que esté estudiando que apenas tiene tiempo para verme, lo cual no importa mucho porque no vas a adivinar con quién me topé por aquí.

—Ni me imagino.

—Tim Castellano.

—¿¡Tim Castellano!?

No había pensado en él en años, no desde el instituto. La noticia salió apenas unos meses después del verano en que cuidaron a Max. Salió en la portada de *People*. Tawny trajo un ejemplar del supermercado.

—¿Tenías alguna sospecha mientras trabajabas para ellos, Victoria?

—No.

Vix había mentido, recordando la dureza en su entrepierna cuando se había lanzado sobre el asiento y terminó en su regazo.

—Imagínate, tener una aventura mientras tu esposa está embarazada y dejarla el día que lleva al bebé a casa del hospital. *Despreciable*. Apuesto a que eso arruinó su carrera.

Pero no fue así. Él había dejado la televisión para dedicarse al cine, mientras que la carrera de Loren simplemente se desvanecía.

Vix había llevado la revista a la escuela para mostrársela a Caitlin.

—¿Una modelo de dieciocho años? —había exclamado Caitlin—. ¿Dejó a Loren por una jovencita de Nueva Zelanda cuando pudo haberme tenido a mí?

—¿No te alegra que no lo hiciera?

—Solo quería acostarme con él, Vix. No quería que dejara su matrimonio. Y sigo pensando que habría sido una buena primera vez. Al menos sabría lo que hacía.

Vix le dio un golpe en el trasero con la revista. Caitlin dijo:

—Algún día voy a terminar lo que empecé con él.

Y aquí estaba ella, seis años después, terminando lo que había empezado.

—No tuve que seducirlo ni nada —le contó Caitlin—. Solo tuve que decirle "¿Me recuerdas?" y él dijo: "¿Cómo podría olvidarte, Chispa?". Así que nos juntamos a tomar algo. Yo vestía de blanco, todo el mundo aquí usa blanco, y una cosa llevó a la otra.

—¿Y qué tal fue? —preguntó Vix, molesta consigo misma porque le importara.

—En realidad, la primera vez fue fantástica. Estábamos tan calientes que apenas tuvimos tiempo para quitarnos la ropa, y Dios, Vix, tiene un paquete increíble. Pero una vez que satisfice mi curiosidad..., bueno, no teníamos mucho que decirnos. Dos semanas fueron más que suficientes.

Vix miró por la ventana. Seguía nevando. Tenía un resfriado que no se le quitaba. También tenía dos informes por entregar. Así que no quería pensar en el paquete de Tim Castellano ni en lo cálido y soleado que debía estar en Los Ángeles, ni en por qué se estaba matando en la escuela mientras

Caitlin andaba por ahí vestida de blanco con estrellas de cine.

—Esto aquí es muy raro. Hay mucha inseguridad. No creerías lo inseguros que son la mayoría de estos tipos.

Vix respiró hondo.

—¿Por qué respiras así? ¿Tienes un resfriado?

—Todos aquí tienen resfriados.

—Deberías transferirte a una universidad aquí. Hoy hace más de ochenta grados. Entonces podríamos compartir cuarto. Sería como en los viejos tiempos.

—Estoy en tercer año, Caitlin. No te transfieres al final del tercer año.

—Se me olvidó.

—De todos modos, pronto será primavera.

—No lo suficiente pronto, por como suena tu voz.

Otro gran suspiro.

—Entonces, ¿qué tal Bru?

—No lo sé.

—¿Cómo que no lo sabes?

Ella no iba a decirle que estaban tomándose un tiempo ni que había escuchado por Trisha que él ya había encontrado a otra mujer, Star, la dueña de la tienda de productos naturales.

—Quiero decir, tengo dos trabajos que entregar y trabajo tres noches a la semana, ¿cómo se supone que encuentre tiempo para una vida social?

—Te llamaré la próxima semana cuando estés de mejor humor, es decir, si crees que estarás de mejor humor la próxima semana.

—Ponme a prueba en dos semanas.

—Está bien. Dos semanas.

Sharkey

Él no tiene tiempo para preocuparse por ella. Está en el laboratorio dieciocho horas al día. ¿Por qué tuvo que venir a Los Ángeles justo ahora?

¿Me la presentas?, pregunta su compañero de laboratorio.

No lo creo.

Vamos, es tu hermana, ¿no?

No está disponible, dice.

Ella manda señales, hombre.

¡Olvídalo!, dice como si fuera en serio.

Está bien, sin problema.

Una noche ella lo convence para ir a cenar a un lugar en una colina con precios caros. Hace mucho que no va a un restaurante de verdad.

A este ritmo vas a fundirte tu dinero, dice él.

A ella le parece gracioso.

¿Tú te preocupas por el dinero, Shark?

Digamos que no gasto veinticinco dólares en una pizza *individual.*

Qué tierno.

No te hagas la linda, Caitlin. Soy tu hermano, ¿recuerdas?

¿Intentas decirme algo?

Consigue un trabajo. Vuelve a la universidad. Haz algo con tu vida.

Estoy haciendo algo, Sharkey. Solo que es diferente de lo que haces tú.

32

Vix aceptó ir a casa de Maia durante las vacaciones de primavera, a la casa blanca de tablas con piscina y cancha de tenis en Morris Township. Le pareció la familia de Maia cálida y acogedora, intelectualmente estimulante. Pero ¿por qué Maia siempre se quejaba?

—Son controladores —le dijo a Vix—, y la rivalidad entre hermanos es muy intensa.

Ella y Maia manejaron a la costa, hasta la casa del primo de Maia. Él y sus amigos estaban en la arena, jugando con un frisbi. Vix no se permitió pensar en otros juegos de frisbi en otras playas. Andy era estudiante de medicina de segundo año en la Universidad de Pensilvania; era bajo, compacto, con buenos hombros y brazos, cabello rubio y ojos claros. Era gracioso, parlanchín, opuesto a Bru en todos los sentidos.

—Va a tener un buen carácter —dijo Maia—, ¿no crees?

Sí, pensó Vix, un buen carácter. Cuando él le agarró el brazo y la alejó de los demás para susurrarle: "Me siento locamente atraído por ti", pudo sentir algo despertando dentro de ella. Maia dijo:

—Un doctor, Victoria. Te podría ir peor.

Luego rio. Si alguien necesitaba un doctor en la familia, esa era Maia. Había empezado a preocuparse porque cada mancha, bulto o protuberancia significaba cáncer; que si sus padres no encontraban las gafas o las llaves de casa, estaban desarrollando Alzheimer; que su hermana o hermano se comportarían de manera irresponsable y tendrían sexo con alguien infectado por ese virus nuevo.

Vix nunca había hecho el amor con nadie más que Bru y, al principio, dudaba.

—Oye, ¿crees que para mí sea diferente? —preguntó Andy—. Es nuevo cada vez.

Por primera vez seguía su Poder, no su corazón, y no se sentía tan mal.

Maia

¡Aleluya! Victoria por fin se lanzó al agua. Mejor tarde que nunca. Quizás ahora se dé cuenta de que hay otros peces en el mar. Solo desearía que Victoria dejara de recitar las bondades de Bru y cómo ella lo alejó. Ella y Paisley no paran de recordarle que dejara de culparse. No fue su culpa.

Tú no estuviste ahí, ¿verdad?
¿Quieres que él vuelva? ¿Es eso?
No sé lo que quiero.
¡Bienvenida al club!

Si no hubiera tenido un trabajo asegurado, no habría vuelto a Vineyard ese verano, y Dios sabe que Maia y Paisley hicieron todo lo posible para que cambiara de planes.

—Volver es buscar problemas —dijo Maia.

—Gano lo suficiente en un verano en Vineyard para pagar el año académico —se excusó—. Además, estoy ahorrando para después de graduarme.

—¿Y qué hay de Bru? —preguntó Paisley.

—¿Qué tiene que ver Bru con eso?

—Todo —dijo Maia.

—Él está viendo a otra —les contó por primera vez, notando la sorpresa en sus rostros.

—¿Entonces se acabó? —preguntó Paisley.

—No sé, quizá.

—Me gustaría creer en ti, Victoria —dijo Maia—, y espero que no lo tomes a mal, pero llevo tres años viendo ese tira y afloja entre ustedes, y ya estoy empezando a pensar que te gusta.

—Está preocupada por lo que pasará cuando lo veas otra vez —añadió Paisley.

—No olvides —le recordó Maia— que él desapareció cuando las cosas se pusieron difíciles. Te dejó justo cuando más lo necesitabas.

—No fue así —dijo Vix—. Fue una decisión mutua.

—No nos digas —replicó Maia—. Estuvimos ahí, ¿recuerdas?

—¿Cómo podría olvidarlo? —preguntó Vix—. Sin ustedes dos.

—Entonces escúchanos ahora —dijo Maia— y busca trabajo en otro lado. Hay avisos por todas partes.

Pero Vix no hizo caso.

Abby

Está encantada de que Vix vuelva a Vineyard. Al principio le preocupaba que, después de la ruptura con Bru, nunca regresara. Ella y Lamb saben que este podría ser el último verano que la tengan con ellos. El próximo año se graduará y quién sabe qué pasará. Solo espera que Vix no vuelva a caer en su romance con Bru solo porque sea lo fácil, porque él esté ahí. Sabe lo difícil que es alejarse.

33

Si su objetivo era probarse a sí misma que todo había terminado, que ambos querían ponerle fin, tuvo su oportunidad dos días después de instalarse con Lamb y Abby, cuando Bru apareció buscándola en la oficina de Dynamo, un espacio pequeño en el segundo piso de un edificio desvencijado en Beach Road. Estaba sola en la oficina, haciendo inventario en el armario de suministros, cuando él llamó:

—Hola… ¿Hay alguien en casa?

Por favor, Dios…, ayúdame a sobrevivir esto. Ayúdame a ser fuerte.

—Hola —dijo él, encontrándola tan inmóvil y sin vida como una de las aspiradoras.

Le tendió un ramo de peonías. Ella lo tomó con las manos temblorosas. Tenía miedo de mirarlo, temía derrumbarse al hacerlo.

—Hola… —dijo él de nuevo, levantándole el mentón.

Ella trató de concentrarse en el reloj de la pared detrás de su hombro: las 4:15 p. m.

Él movió la mano frente a su cara.

—¿Victoria?

Muy bien. Podía hacerlo. Mantendría la conversación ligera, como si no importara, como si él no significara nada.

—¿Qué te pasó en la nariz? —preguntó, viendo que había tenido un accidente. Una curita cubría el puente de su nariz, pero solo le daba un aire más atractivo, un toque misterioso y ligeramente peligroso.

—Hockey —respondió.

Ella asintió y levantó la mano para tocarlo. Fue un error.

Sus brazos la rodearon.

—Te extrañé —susurró—. Te extrañé tanto.

Ella se lanzó sobre él en la camioneta, tirando de su camisa, bajando la cremallera de sus pantalones. Nunca había sentido ese tipo de deseo. Él se detuvo al costado del camino y cayó sobre ella, apartando sus panties, con los pantalones alrededor de las rodillas. Su cabeza golpeó la puerta mientras él se movía dentro de ella, pero apenas lo notó. Las peonías aplastadas liberaban su fragancia. Nunca volvería a oler peonías sin revivir ese momento.

—Vaya..., ¿qué has estado haciendo desde enero? —dijo él.

Caitlin envió una serie de postales con imágenes de estrellas de viejos musicales de cine. Judy Garland. Cyd Charisse. Jane Powell. *¿Dónde estarán ahora?*, escribió al dorso. *¿Son inmortales porque hicieron películas? No hace falta respuesta. Solo piensa. Continuará*. Vix las guardó en el cajón inferior de la mesa de noche, junto a la foto de los padres de Lamb. Tenía otras cosas en la cabeza.

Ella y Bru se retaron ese verano, se pusieron a prueba a sí mismos, se probaron el uno al otro. Finalmente, él le preguntó si había estado con alguien más durante el tiempo que estuvieron separados. Ella le habló de Andy. Él le habló de Star. Ella lloró, aunque ya lo sabía.

Cuando Abby y Lamb fueron a una boda en Vermont, ella llevó a Bru a su habitación; era la primera vez que él veía la casa. Caminó tocando las caracolas y las piedras, estudiando las fotos de ella y Caitlin. Ella puso la cinta en la que cantaban "Dancing Queen", se quitó la ropa y se tendió en la cama; lo llamó con la mano, fingiendo ser una chica mala. Por primera vez, él no estaba interesado.

—Es demasiado raro estar en esta habitación —dijo—. Siento que estoy haciendo algo indebido.

¿No era ese el punto?

Ella entrenaba a las jóvenes limpiadoras de Dynamo y se preguntaba si alguna de ellas formaría un equipo como el que ella y Caitlin alguna vez fueron. Se reunía con clientes, organizaba la oficina, encargaba suministros. Hacía su trabajo tan bien que Joanne le ofreció hacerla socia después de la graduación.

—Claro que te matas trabajando hasta septiembre. Pero después puedes relajarte. Puedes casarte con tu chico, tener un par de hijos.

Vix no sabía qué decir sin herir los sentimientos de Joanne.

—Tal vez no se requiera un título de Harvard, pero siempre podrías enseñar durante el año si eso es lo que quieres.

El problema era que no sabía lo que quería. Excepto a él. Lo quería a él.

Abby

Durante la visita anual de sus padres, su madre dice: *Pareces feliz, querida Abby. Sabes que eso es todo lo que queremos para ti, que seas feliz.*

Gracias, madre. Soy feliz.

Pero no entendemos por qué esa amiga de Caitlin sigue viviendo contigo. ¿Crees que eso es prudente?

¿Prudente?

Sí. Tener a una chica joven y hermosa en la casa es tentar a la suerte. Tienes algo bueno, ¿por qué arriesgarlo? ¿Recuerdas lo que le pasó a Dory Previn cuando dejó entrar a Mia Farrow en su vida? ¡Adiós, André! Y no olvides a la prima Elinor.

La prima Elinor apadrinó a una *au pair* de Noruega y dos años después vio cómo su esposo y la *au pair* se iban juntos hacia el atardecer para vivir felices por siempre, dejando a Elinor con los niños.

Ella intenta explicar lo diferente que es con Vix. *Vix es la hija que nunca tuve, madre. La hija que siempre soñé tener*. Luego, para calmar los temores de su madre, añade: *Además, está enamorada*.

¿Es en serio?, pregunta su madre, y puede oírse a sí misma hacerle la misma pregunta a Vix.

Sí, me temo que sí.

Su madre suspira profundamente. *Bueno, eso me alivia. Solo asegúrate de que continúe siendo así.*

34

El día que Vix se mudó nuevamente a Leverett House para comenzar su último año, Caitlin despegó de LAX rumbo a Río.

—Piensa en esto —le había dicho a Vix—. Santiago, Lima, Buenos Aires… ¿No suena exótico?

Para entonces, Vix ya estaba acostumbrada a la manera en que Caitlin revoloteaba por el mundo, como un abejorro en busca de la flor más exótica. Había perdido el interés en intentar disuadirla. Caitlin tenía el dinero de la matrícula para derrochar en viajes. Contaba con un fondo fiduciario que aguardaba por ella.

—Bueno —dijo Abby—, siempre podrá encontrar trabajo como intérprete.

Abby nunca dejaba de intentar encontrar un lado positivo en los *niños*. Vix no le contó a Abby que Caitlin decía que la mejor forma de aprender un idioma extranjero era acostándose con gente interesante.

Ella estaba demasiado ocupada preguntándose y preocupándose por lo que vendría como para dedicar tiempo o energía a Caitlin. Y no era la única. Todas tenían *senioritis*, ese desgano típico del último año de universidad. Aunque el fin de sus días universitarios estaba a la vista, ninguna se sentía lista para el mundo real, para la vida después de la universidad.

—Por eso inventaron la escuela de posgrado —decía Abby.

Animaba a Vix a presentar el LSAT o a pensar en la escuela de negocios. Algunas amigas de Vix estaban aplicando a posgrados, pero otras, como ella, sentían que necesitaban salir al mundo real. No podía seguir siendo la niña mimada de Abby, su obra de caridad personal.

Durante su penúltimo año, había cambiado su concentración de literatura inglesa a antropología social y había organizado lo que esperaba fuera una idea innovadora para su tesis de último año: *Cinco minutos en el Cielo*. No el juego de besos de la juventud de Paisley, sino un video con niños con discapacidades hablando sobre sus concepciones del cielo. Una tesis dedicada a Nathan. Entrevistaría a los niños en video; luego, capturaría sus ideas con imágenes de archivo y composiciones. Si resultaba difícil entender lo que decían, como habría sido con Nathan, usaría subtítulos. Para encontrar a los niños adecuados, tendría que hablar con veinte, tal vez treinta. De alguna manera convenció a Natalie Ponzo, profesora de antropología, para que fuera su mentora. Maia no podía creer su audacia.

El año anterior había pasado tiempo en la sala de edición en el sótano de Boyleston Hall con una amiga, Jocelyn, que trabajaba en su tesis de último año. Desde el momento en que entró y vio a Jocelyn en acción, quedó enganchada. La edición era como armar rompecabezas. Comenzabas con un millón de piezas pequeñas y, si lo hacías bien, terminabas contando una historia coherente e interesante.

Jocelyn era haitiana, de Brooklyn, y soñaba con hacer documentales importantes, como Fred Wiseman. Pero su padre presionaba para que fuera a la facultad de derecho. ¿Iba a desperdiciar su título de Harvard en una carrera que no pagaría ni un centavo o iba a salir allá afuera y hacer que se sintiera orgulloso?

—No iré a la facultad de derecho —le dijo Jocelyn a Vix—. Conseguiré un trabajo decente de día, en algún lugar donde tenga acceso a equipo de edición, y lo haré sentir orgulloso a mi manera.

Los padres de Vix no la presionaban para nada. Tawny se había salido de su vida, se había salido de todas sus vidas, y las esperanzas y sueños de su padre para ella, si es que tenía alguno, nunca fueron expresados.

Maia pensaba que Vix tenía suerte.

—No tienes que vivir a la altura de las expectativas de nadie más que de ti.

Caitlin llamó desde Buenos Aires.

—Estoy estudiando danza.

—¿Danza?

—Sí. Flamenco. Creo que he encontrado mi verdadera vocación.

—¿El baile flamenco?

—Sí. Creo que es importante desarrollar mis talentos en este momento. Siempre puedo tomar clases académicas, pero llegará el día en que no podré bailar.

El único tipo de baile que Vix había visto hacer a Caitlin era disco.

—¿Esto es una estrategia para la carrera? —preguntó Vix.

—Dios, Vix, ¡escúchate! No todo tiene que llevar a una carrera. Prefiero tener talento que una carrera.

—¿Quieres decir una carrera basada en tu talento?

—No, quiero decir solo tener el talento.

—¿Pero cuál sería el punto?

—No todo debe tener un punto. Algunas cosas simplemente son.

—Eso no tiene sentido.

—La mitad de lo que digo no tiene sentido para ti.

—Estoy escuchando. Estoy tratando de entender.

—No, no lo estás. Ya tienes tu opinión formada.

—Eso no es justo.

—Quizá no lo sea, pero eso es lo que estoy escuchando.

—Háblame de Argentina.

—Me encanta aquí. Me encantan los hombres argentinos.

—Dime que no vas a ser la próxima Evita.

—No voy a ser la próxima Evita.

—Bien.

—Supongo que si te pido que vengas en verano, vas a rechazarlo.

—No necesariamente.

—Vix, ¡eso sería increíble! ¿Es realmente una posibilidad?

—No lo sé. Todo depende de los trabajos y otras cosas…

—¿Otras cosas como Bru?

—Otras cosas como otras cosas.

—¿Me avisarás?

—Te avisaré.

Los niños a los que entrevistaba estaban entusiasmados por compartir con ella sus ideas del cielo. A veces, en medio de la grabación, ella se encontraba con un nudo en la garganta, extrañando a Nathan.

¿El cielo? Voy a llegar ahí muy pronto. Podría tratar de contarte cómo es, si me dices dónde vives. Te llamaré: Hola, Victoria, *y cuando mires hacia arriba me verás volando en el cielo y llevaré un vestido azul precioso, y mi cabello será tan largo que se arrastrará detrás de mí. Quizás esté en un caballo, uno de esos caballos angelicales con alas.*

Creo que allá arriba debes trabajar. Tienes que inscribirte como ángel o mensajero o algo así. Tienes tanta gente aquí abajo a la que cuidar. Te mantienen muy ocupada, pero nunca te cansas. Nunca estás cansada. Y tampoco hay medicina. Todos están sanos. Fuertes. ¿Sabes? Una vez a la semana tienes que reunirte con Dios. O con él o con San Pedro. Tienes que informar cómo van las cosas. Pero en el cielo no hay respuestas incorrectas. No hay boletas de calificaciones.

Yo seré bailarina de ballet o tal vez una princesa del hielo como en las Olimpiadas. Solo girar todo el día y comer rollitos de fruta.

Un montón de cachorros, eso es lo que hay allá en el cielo. Los perros más suaves que jamás hayas visto. Y sin popó. No sé qué pasa con el popó, pero no está en el cielo. Porque el cielo está limpio. Todas esas nubes blancas y esponjosas. Y esos montones de cachorros saltando de nube en nube, y tú puedes correr y perseguirlos todo el día.

Abby llamó a Vix.

—¿Qué puedo hacer para ayudarte? ¿Quieres que te lleve algo al cuarto de edición, algo más que *pizza*?

Abby los mantenía en contacto a todos ellos. A Daniel le estaba yendo bien en su segundo año en la Facultad de Derecho de Yale, aunque no tan bien como había pensado. Gus estaba terminando su maestría en periodismo en Columbia, y le habían ofrecido un trabajo en Albuquerque, entre todos los lugares. Sharkey se estaba convirtiendo en un científico brillante. Y Caitlin, como ya sabía, era una especie de Zelda Fitzgerald moderna con castañuelas.

—¿Empezamos a hacer planes para la graduación? —preguntó Abby—. ¿Vendrán tus padres? ¿Podemos hacer una fiesta o tú y Bru tienen otros planes?

Ella ni siquiera podía pensar en la graduación. Estaba consumida por su tesis. Descubrió energías creativas que ni siquiera sabía que tenía. Se acostaba exhausta después de la medianoche y se levantaba a las seis para empezar de nuevo. Tenía que mantenerse al día con sus cursos regulares también. Que fuera el último año no significaba que estuviera libre de responsabilidades. Después de todo, esto era Harvard. Y un título de Harvard significaba algo. Pregúntale a cualquier graduado.

—Me alegraré cuando termine. No me gusta nada que nos separe —dijo Bru.

Le pidió que le hablara sexy por teléfono.

—Dime qué quieres que te haga. Dime qué me harías a mí.

Así que ella se lo dijo.

Natalie Ponzo habló muy bien de *Cinco minutos en el Cielo*. Le sugirieron enviar una copia a la emisora de radio WGBH. Tuvo una entrevista con los productores de Nova, quienes le ofrecieron una pasantía de verano, pero no un empleo real.

Les agradeció y envió una copia a Jocelyn, que trabajaba en una productora de cine industrial en Nueva York. Jocelyn mostró la grabación por ahí, pero le advirtió a Vix que no aceptara un trabajo con su empresa. Era un empleo que no llevaba a ninguna parte, según había descubierto. Tenía que trabajar de mesera los fines de semana para llegar a fin de mes. Ya había dado su aviso. A partir del 15 de junio dejaría ese trabajo para empezar de noche como mecanógrafa mientras esperaba noticias de la escuela de cine de NYU, lo que significaba más préstamos estudiantiles, que estaría pagando por el resto de su vida, pero bueno, todos los que conocía estaban en la misma.

Vix se inscribió para entrevistas de trabajo en el campus. Cuando conoció a Dinah Renko, ya tenía mucha práctica. Tenía sus anécdotas preparadas. A todos les gustó la historia de cómo aprendió a nadar a los catorce años y se mostraron algo interesados en su trabajo con la campaña Mondale–Ferraro. *La belleza te puede llevar lejos*, decían. Y como a todos les encantaba Santa Fe, hicieron muchas preguntas sobre la calidad de vida: *¿Qué tal para criar niños? ¿Escuela pública o privada? ¿El cielo siempre es tan azul? ¿Las drogas son un problema? ¿Y las oportunidades de trabajo?* Sus preguntas no tenían nada que ver con las oportunidades laborales para Vix. Le sorprendió que esas personas, que para ella lo tenían todo, ya estuvieran buscando una salida.

Dinah trabajaba en Squire-Oates, una gran firma de relaciones públicas en Nueva York.

—Me gustó tu video —le dijo a Vix—. Eso es realmente lo que importa. La educación de Harvard no viene mal. Significa que eres inteligente. Que tendrás ideas. El resto de tu currículo está muy bien, pero para ser honesta, no me interesa.

Dinah estaba en sus cuarenta, tenía el cabello recto y plateado y un traje gris de pantalón y tacones rojos que llamaron la atención de Vix. Vix llevaba sus habituales pantalones negros y camisa blanca. Maia, que se había comprado un traje para las entrevistas, le dijo que parecía una mesera.

—¡Al menos ponte una bufanda, algo que te dé estilo!

Así que Vix compró una bufanda de seda en la plaza, una imitación de Hermès, y Maia le enseñó a usarla.

—Usa esos zarcillos plateados y tu pulsera de Santa Fe.

Dinah enroscó un mechón de cabello alrededor de su dedo mientras hablaba.

—Somos una corporación muy grande, Victoria, con oficinas alrededor del mundo. Hay oportunidades para una joven trabajadora y talentosa como tú. No estarás contestando teléfonos ni archivando, te lo prometo. Este no es un trabajo típico de nivel inicial. Trabajarás con capitanes de la industria, editando desde el principio.

Vix asintió mientras Dinah hablaba, e iba tomando notas mentalmente. *Capitanes de la industria. Editar desde el principio. Juega con su cabello.*

—Recibirás un salario decente y competitivo, además de buenos beneficios. Encontrarás un departamento compartido. Disfrutarás de la ciudad. Y estaremos ahí para ti, apoyando tu carrera, promoviendo tu ascenso tan pronto estés lista. —Miró su reloj—. Tengo que tomar el autobús de las 5:30. ¿Puedes tomar decisiones rápidas? Porque me gustaría un *sí* o *no* ahora mismo.

En realidad, Vix no tenía ni idea. Preguntó si podía darle una respuesta al día siguiente. Dinah suspiró.

—Hay otras personas que quieren este trabajo. Ni siquiera voy a decir cuántas. Así de ajustado está el mercado.

—Lo tomo —dijo Vix. Después no podía creer que lo hubiera hecho.

Paisley

Ella y Maia llevan a Victoria a cenar para celebrar su trabajo. Es la primera de ellas que sabe qué hará el próximo año. Cuando Maia pregunta *¿qué piensa Bru?*, Victoria derrama su copa de vino tinto. El líquido se extiende sobre el mantel blanco y sobre el regazo de Victoria. Entre el alboroto, la pregunta queda sin respuesta.

Ella supone que Victoria no se lo ha contado a Bru todavía. Pero está segura de que él la seguirá a donde sea. Ha decidido que Victoria tiene una suerte increíble. Desde que pasó el fin de semana del Día del Trabajo en Vineyard y tuvo la oportunidad de conocer a Bru, ella misma ha desarrollado un leve enamoramiento por él. Obviamente, se cuida de mantener esos sentimientos para sí misma. Nunca actuaría en consecuencia, salvo en sus fantasías, y las fantasías no cuentan.

O tal vez lo que realmente importa es ver a su amiga adorada por un gran tipo. De cualquier modo, Victoria lo tiene todo resuelto.

Bru fue a ver a Vix el primer fin de semana de mayo, durante una tormenta primaveral inesperada que empezó con nieve húmeda, se convirtió en una tormenta eléctrica fuerte y dejó sin luz a la mitad de Cambridge. No es que les importara mucho. Pasaron la mayor parte del tiempo en la cama. Bru le sujetó las muñecas sobre su cabeza y miraba su rostro mientras la penetraba. Era un sexo intenso, posesivo, y eso la ponía incómoda. No es que no le excitara. Cerca de Bru, como un reflejo automático, sus fluidos se activaban, su Poder se encendía. Su atracción por él nunca flaqueaba.

Cuando paró la lluvia, salieron a caminar por las orillas embarradas del río Charles. Vix anhelaba el sol. Se ató la nueva bufanda de seda al cuello y se cerró la chaqueta. Estaba esperando a que Bru pidiera ver *Cinco minutos en el Cielo*. Hasta entonces, no lo había hecho. Ella pensaba ofrecérselo después de cenar y, luego, le contaría la noticia de su trabajo.

De repente, él se detuvo y le bloqueó el paso, con las manos sobre sus hombros. No podía adivinar qué pensaba por su expresión. Sacó una pequeña caja de joyería del bolsillo y se la entregó.

—No tenemos que casarnos enseguida —dijo.

—¿Casarnos?

—Podemos esperar un año si quieres..., pero necesito saber que al final de mi espera estarás conmigo. Que vas a ser mi esposa, la madre de mis hijos...

Ella abrió la caja y se conmovió al ver el pequeño diamante engastado en oro, brillando sobre terciopelo azul. ¿Se casa uno con alguien porque el sexo es bueno? ¿Se casa uno porque sabe, en el fondo, que es una persona decente, aunque no puedan hablar de los mismos libros? Pensó en las parejas que conocía: sus padres, Lamb y Abby, incluso Loren y Tim Castellano. ¿Qué era lo que los hacía elegirse uno al otro? ¿Cómo se sabe alguna vez que es lo correcto?

—Ven conmigo a Nueva York —dijo, con urgencia.

—¿Por qué iríamos a Nueva York?

—Me ofrecieron un trabajo allí.

—Entonces diles que no.

—¿Y Boston? —preguntó, aferrándose a un clavo ardiendo—. Probablemente podría conseguir un trabajo en Boston.

—¿Cuántas veces tengo que decirte que odio las ciudades? —dijo Bru—. Me dan claustrofobia. Soy isleño..., lo sabes.

—Solo necesito tiempo para averiguarlo...

—¡Tengo plomería interna! ¡Tengo teléfono!

Ella volvió a mirar el anillo. Sintió que si se separaban ahora no sería como la última vez.

—Si no puedes decir que sí al matrimonio y a la vida en la isla, eso es todo. En serio. Te he esperado cuatro malditos años. Ya casi tienes veintidós. ¿Cuál es tu problema?

—¿Necesito vitaminas? —preguntó, tratando de aligerar el ambiente.

Pudo ver cómo la decepción en sus ojos se tornó en ira. Le arrebató la caja del anillo de las manos y, por un momento, pensó que la lanzaría al río. Pero no, la metió de nuevo en su bolsillo, demasiado práctico para dejarse llevar por las emociones. Eran muy parecidos, ¿no? Dos personas que tenían problemas para compartir sus pensamientos. Dos personas que se guardaban todo. ¿Había confundido su silencio con profundidad? ¿Su mirada herida con sensibilidad? No lo sabía. No sabía nada, salvo que no estaba lista. No podía prometerle el resto de su vida. No tenía idea de a dónde iba.

Los ojos se le llenaron de lágrimas. La garganta se le apretó. ¿Estaba cometiendo el mayor error de su vida?

—Bru…, por favor, no… —intentó abrazarlo.

Él la apartó.

—Ya no soy suficiente para ti. Eso es, ¿no? —escupió las palabras—. La isla ya no es suficiente… ahora que casi eres graduada de Harvard.

—¿No lo entiendes? —dijo ella—. No tiene nada que ver con Harvard…

Él soltó una carcajada airada.

—Déjame ser el primero en darte la noticia, Victoria. Tú eres la que no lo entiende.

CUARTA PARTE

¿NO ESTUVIMOS A PUNTO DE TENERLO TODO? 1987-1990

35

Por fin había llegado. Esta era la vida después de la universidad, la vida en el mundo real. El mundo del primero, el último y la seguridad. Le producía una sensación embriagadora. Ella y Maia llegaron a la ciudad juntas, en junio, y Paisley, que tenía un trabajo de entrada en ABC, las alcanzó unas semanas después. Maia las llevó a Loehmann's.

—Déjense llevar por mí —les dijo, juntando chaquetas, pantalones y blusas—. Confíen en mí. ¡Nada de colores!

Regañó a Vix cuando la vio sosteniendo un suéter rosa.

—Solo tonos neutros. Sofisticado. Profesional.

—Pero… —empezó Vix.

—Confía —dijo Maia.

—Esto es peor que ir de compras con mi madre —bromeó Paisley.

Vix se rio con ella, aunque no recordaba haber ido nunca de compras con Tawny.

Maia se compró un traje de rayas finas muy de banquera de inversión. Para acompañar su trabajo en Wall Street como aprendiz en Drexel Burnham. Estaba tanteando el terreno antes de comprometerse con una maestría en administración de empresas. Cuando el mercado bursátil se desplomó el 19 de octubre, el peor desplome de la historia, con el Dow Jones cayendo quinientos puntos en un solo día, Maia fue una de las primeras víctimas. Esa noche se quedó pegada a la televisión, viendo todos los programas financieros, buscando pistas sobre lo ocurrido. Pero no ofrecían ninguna. Sus amigos de Wall Street de Harvard estaban totalmente aturdidos. Incluso los profesionales experimentados estaban impactados. Sorprendentemente, no hubo cuerpos lanzados desde los rascacielos. En cambio, la mayoría se levantó y volvió al trabajo. Excepto Maia. Despedida justo el día que usó su traje de rayas finas por primera vez. Vix y Paisley la llevaron a ver *Atracción fatal* para distraerla, tal vez no fue la mejor elección, pero los chistes de conejos hervidos ya estaban circulando.

A finales de la semana, Maia desarrolló una serie de síntomas y se convenció de que tenía cáncer de ovario, como Gilda Radner. Cuando las pruebas salieron negativas, pidió solicitudes para la facultad de derecho y se inscribió en un curso de repaso para el LSAT.

—Un traje de rayas finas nunca pasa de moda —les dijo a Paisley y Vix—. Pero no estoy segura de los hombros grandes.

Una semana después consiguió un trabajo a tiempo parcial como asistente de un empresario inmobiliario.

Caitlin llegó a la ciudad a principios de noviembre, haciendo una escala en Nueva York cuando regresaba de Buenos Aires. Vino directamente del aeropuerto al apartamento.

Nunca había conocido a Maia ni a Paisley, quienes la describían como la amiga de la infancia de Vix, pero las descartó tan rápido como los muebles.

—Lindo... Típico de chica recién salida de la universidad —comentó.

Llevaba *jeans* y un suéter grande, sin maquillaje. Había dejado crecer su cabello. Se veía fabulosa. El flamenco debía haberle sentado bien.

Le pidió a Vix pasar el fin de semana en el *pied-à-terre* de Lamb, en el Carlyle, y mientras Vix recogía sus cosas, Paisley, la amable anfitriona sureña, le ofreció vino y queso, pero Caitlin los rechazó.

—¿Quizás en otra ocasión? —dijo.

—¿No te gustó Buenos Aires? —preguntó Maia.

—Sí, me gustó. Pero es hora de seguir adelante.

—¿A dónde irás ahora? —preguntó Paisley.

—Creo que a Madrid.

—¿Qué harás allá?

—Lo de siempre: estudiar, ganar experiencia, acostarme con gente interesante.

—Qué suerte tienes —dijo Maia con un toque de sarcasmo.

—¿De verdad?

—Estás viviendo la fantasía de todos.

—No de todos.

En el taxi, camino al Carlyle, Caitlin le dio a Vix un paquete plano envuelto en papel de seda rojo. Vix lo abrió con cuidado y sacó un hermoso chal antiguo de seda, de los que solían usarse para cubrir los pianos, con amapolas estampadas y rodeado de flecos negros.

—Por tu graduación —dijo Caitlin, besando a Vix primero en una mejilla y luego en la otra—. Siempre olvido cuánto te extraño cuando estamos separadas. Pareces cansada. ¿No estás teniendo suficiente sexo, verdad?

Vix rio.

—Quizá parezco cansada por demasiadas cosas.

—No —dijo Caitlin—. Por poco. Siempre lo noto. ¿Estás saliendo con alguien?

—Solo llevo unos meses en la ciudad.

—Unos meses pueden ser mucho tiempo. Antes se sentía así cuando éramos niñas. A veces desearía que tuviéramos doce años otra vez. ¿No?

—No. No querría pasar por todo eso dos veces.

En el Carlyle, Caitlin se dejó caer en el sofá de la sala.

—¿Te das cuenta de que dejé Buenos Aires hace veintidós horas y no he dormido ni comido bien desde entonces?

Tomó el teléfono y pidió la cena para dos: camarones y vieiras con linguini, ensalada de rúcula y radicchio, tartas de limón de postre. Mientras esperaban, abrió una botella de chardonnay y sirvió una copa para cada una.

—Quiero escuchar todo sobre tu trabajo.

Pero cuando Vix empezó a hablar, los ojos de Caitlin se vidriaron y Vix pudo notar que no estaba realmente interesada. O tal vez estaba tan cansada como decía porque a mitad de la cena dejó el plato, se recostó en el sofá y se quedó dormida. Vix cubrió a Caitlin con una manta, terminó su cena y llevó los platos con la comida sin tocar a la pequeña cocina, donde los puso en el refrigerador vacío.

Luego apagó las luces y se sentó en la oscuridad, mirando a Caitlin dormir, con el hermoso rostro relajado y el cuerpo largo y delgado encorvado como un gato. Más tarde, camino al dormitorio, tocó el cabello de Caitlin y rozó su mejilla fría, como había soñado hacer cuando eran niñas.

Al día siguiente, Caitlin durmió hasta el mediodía. Vix ya había terminado el crucigrama del *Times* y comido una de las tartas de limón que quedaron de la cena.

—Gracias por anoche —dijo Caitlin al despertar.

—No hice nada.

—Sí, lo hiciste. Me dejaste dormir —dijo Caitlin, se fue a la cocina y abrió el refrigerador—. Oh, bien. Guardaste todo. —Regresó con un plato de linguini frío—. Ahora quiero que me cuentes todo sobre tu vida —dijo, mientras tomaba un bocado—. Empezando por la propuesta de Bru.

—No hay mucho que contar.

—Pero él te dio un anillo y dijiste que no, ¿no? —insistió Caitlin.

—Dije que no estaba lista.

—Se supone que son los chicos los que no están listos... Los chicos que no pueden comprometerse.

—Supongo que soy la excepción a la regla.

—Me sorprendes. Siempre pensé que acabarías casada con él, con una casa llena de niños para cuando tuvieras treinta, llevando una vida increíblemente aburrida y normal.

—¿Cómo podría? Firmé el pacto NSO, ¿recuerdas?

Caitlin rio.

—¡NSO o muerte! ¿Así que realmente lo superaste?

—Sí, totalmente.

Se alegró de sonar tan segura, considerando que solo unas semanas atrás le había llamado en una noche muy triste y solitaria, casi insoportable. Las manos le temblaban y la boca se le había secado cuando él contestó. Debería haber colgado de inmediato. En cambio, perseguida por la idea de que él pensara que Harvard la había convertido en una elitista, le dijo: "Solo para que sepas..., ¡odio a los esnobistas!". Lo lamentó en cuanto las palabras salieron de su boca.

—¿Quieres decir que cambiaste de opinión? —preguntó él.

Cuando ella no respondió, insistió:

—¿Victoria?

—Lo siento —susurró ella.

—Hazme un favor: no vuelvas a llamar.

Cuando dijo "No lo haré", él ya había colgado.

Esa noche Caitlin bailó para ella vestida de bailarina de flamenco: vestido rojo y negro, escotado hasta dejar ver la parte superior de sus senos, con una abertura hasta la entrepierna, el cabello recogido y una flor tras la oreja. Los tacones y las castañuelas sonaban al ritmo de una danza ardiente y seductora que terminó con su cuerpo en el suelo y los brazos extendidos hacia su única espectadora. Cuando la música se detuvo, Caitlin esperó a que ella hiciera el siguiente movimiento. Finalmente, Vix se aclaró la garganta y dijo:

—Creo que deberíamos salir...

—¿Estás segura?

—Segura.

—Así que esa era Caitlin —dijo Maia cuando Vix regresó del Carlyle el domingo por la tarde.

Ella y Paisley estaban pintando de azul oscuro los gabinetes de la cocina.

—No hace falta ser psiquiatra para ver que está celosa de nosotras, de Paisley y de mí. No quiere que nadie en tu vida sea más importante que ella.

—¿Viste todo eso en diez minutos? —preguntó Vix, tirando su bolsa de viaje sobre la cama.

—Lo vi en cuanto entró. Y en la forma en que le torció la nariz al vino que le ofreció Paisley...

—Caitlin es complicada —dijo Vix, poniéndose una camiseta y unos pantalones deportivos.

—Todas somos complicadas —respondió Maia—. Y todas hemos tenido amigas como ella.

—No lo creo —dijo Vix. Entró a la cocina, tomó un pincel, lo sumergió en la bandeja de pintura azul y se puso a trabajar.

—Ay, por favor... —dijo Maia—. Siempre hay una Caitlin en cada secundaria. Tienes que superarla y seguir con tu vida.

—Estoy siguiendo con mi vida.

Paisley

Tiene que admitir que admira a Victoria por su lealtad hacia la amiga fantasma, así como por haber tenido el valor de decirle a Bru que no estaba lista. Nunca hablan de él. Es un tema prohibido. Victoria dice que así es más fácil. Ella se dio cuenta de que su enamoramiento por él fue solo algo momentáneo. Ya superó la etapa de imaginarse en una isla desierta con él, o en cualquier otra isla. Además, hay un tipo que ha estado presentándole una comedia a su jefa...

36

El lugar que compartían en Chelsea tenía un solo baño, una cocina diminuta y unos ochocientos pies cuadrados de espacio abierto.

—Piensen en él como un *loft* —había dicho el agente de alquiler— en un vecindario muy de moda.

La semana que se mudaron construyeron áreas de descanso individuales colgando telas indias estampadas en varillas suspendidas del techo, lo que hacía que pareciera que estaban hospitalizadas en una sala ecléctica. En cuanto a la privacidad, mejor ni hablar. Pero con la amenaza del SIDA, y todo el mundo hablando de sexo seguro, no es que anduvieran precisamente de fiesta.

De las tres, solo Paisley se acostaba con quien quería, negándose a malgastar su juventud al preocuparse por una enfermedad que —según ella— no iba a contraer, porque los hombres con los que salía eran de las ligas mayores, de buenas familias.

—Por lo menos haz que usen condón —la sermoneaba Maia con frecuencia.

Se había vuelto tan precavida que limpiaba el asiento del inodoro con alcohol antes de sentarse, convencida de que Paisley iba a traer herpes o virus del papiloma, o tricomoniasis, como mínimo.

—No sabes quién es bi, no sabes quién está haciendo qué con quién…

Todos los martes por la noche cenaban frente al televisor viendo *Treinta y pico*. ¿Hacia allá iban sus vidas?

El trabajo de Vix en Squire-Oates resultó ser muy distinto a lo que había imaginado. Trabajar con capitanes de la industria se traducía en editar cintas de video de ejecutivos corporativos durante un curso intensivo de tres días sobre comunicación, adaptado a las necesidades específicas de cada individuo, para que él o ella —aunque en su mayoría él— pudiera enfrentarse a una conferencia de prensa con confianza al ser interrogado sobre el más reciente desastre, demanda, fusión o lo que fuera que estuviera ocurriendo en la empresa.

Era responsabilidad de Vix captar sus fallas en cámara. ¿Se tocaba los genitales, se acariciaba el mentón, hacía ese gesto extraño con la mandíbula? ¿Sus manos volaban sin control como si fuera a despegar en cualquier momento? ¿Hablaba con claridad y precisión o tartamudeaba, murmuraba? ¿Y qué tal esos larguísimos *aaahhhh*, como si tuviera un bajalenguas atascado en la garganta mientras intentaba encontrar la respuesta a una pregunta difícil? ¿Ella jugueteaba con las joyas, se humedecía los labios, se apartaba el cabello de la cara todo el tiempo?

En solo tres días de práctica constante frente al equipo de especialistas de la agencia, la mayoría de esos capitanes de la industria lograban enfrentarse a la cámara y parecer personas confiables, creíbles. A Vix le parecía asombroso. Se preguntaba por qué Dinah no tomaba el curso también.

Dinah era tan decidida y ambiciosa como cualquiera de ellos, pero a menudo no podía tomar decisiones. A veces dejaba caer una carpeta sobre el escritorio de Vix.

—Victoria, te encargo esto —decía, enredándose un mechón de cabello alrededor del dedo o, si estaba realmente agobiada, chupándose las puntas—. No me decepciones.

Squire-Oates tenía una lista de clientes impresionante y Vix descubrió que se le daba bien idear estrategias para las campañas de promoción de políticos, personalidades y productos. Decidió que era más una persona de ideas que una técnica, y esperaba con ansias el día en que Dinah, reconociendo eso, cumpliera su promesa de impulsar su carrera.

Mientras tanto, Dinah se atribuía todo el mérito por las sugerencias de Vix. Vix no estaba en posición de quejarse. El desempleo no era una opción. A veces, cuando lo pensaba demasiado, sentía miedo, sin estar segura de ser lo suficientemente ambiciosa o decidida para triunfar en esa ciudad. A veces se sentía vieja y cansada. Odiaba cuando Dinah se refería a ella como una cachorra, recordándole lo joven que era, lo mucho que le quedaba por vivir.

De niña, Vix tenía una idea bastante distorsionada de lo que significaba ser adulta: tener un trabajo, vivir sola, que nadie te dijera qué comer, qué ropa ponerte o cómo comportarte.

Pensaba que ser adulta era tener libertad para acostarse con quien quisiera. ¡Qué broma! Cuando llegó a Nueva York pensó que la adultez tenía que ver con las responsabilidades, pero luego pensaba en su hermana y cambiaba de opinión. Lanie apenas podía considerarse una adulta, aunque —Dios sabe— tenía responsabilidades de sobra.

Lanie consideraba que Vix era todo un éxito. Se refería a ella como "mi hermana rica". Se había fabricado una fantasía sobre la vida en la Gran Manzana, más cercana a 90210 que al código postal real de Vix, 10003. Estaba convencida de que Vix vivía en un apartamento fabuloso, que se hacía cortes de cabello carísimos y que vestía ropa sacada directamente de las páginas de *Cosmo*. Para Lanie —con sus dos hijos pequeños y el mismo marido inútil de siempre—, la vida de Vix parecía la de Cenicienta después del baile, incluso sin príncipe. Lanie no entendía que Vix también estaba luchando. Era simplemente otro tipo de lucha, en otro nivel.

Según lo que Vix había visto, tener hijos no te convertía necesariamente en una persona adulta. Y además, ¿qué pasaba con quienes elegían no tenerlos? Siempre había sentido una incertidumbre profunda respecto a la maternidad, sobre todo por Nathan. No es que necesariamente tendría un hijo con una discapacidad física, pero sabía lo que implicaba vivir con esa carga: el sacrificio, la fuerza, el amor. Bru quería una casa llena de niños. Caitlin, en cambio, juraba que jamás los tendría.

—No todo el mundo tiene que ser madre —decía—. Una persona puede tener una vida feliz y plena sin hijos.

Una postal de Caitlin con fecha del 2 de diciembre de 1987, enviada desde Seattle:

Olvídate de Madrid. ¡Este es el lugar! Por fin encontré mi sitio. Es joven, es cool, *y no me refiero solo al clima. Empieza a hacer las maletas.*

Abby

Intenta mantener el contacto con todos, enviando direcciones y números de teléfono por todo el mundo para que puedan seguir en contacto entre ellos. Le encantaría que Daniel y Vix terminaran juntos. Quizás algún día... Mientras tanto, le da el número de Vix a los hijos de sus amigas.

Lamb la molesta, diciéndole que debería abrir una agencia de citas. En realidad, no es mala idea. Le gusta ayudar a la gente a encontrar la felicidad. Pero por el momento tiene las manos llenas. Ha asumido la dirección de la Fundación Somers. Ya era hora. Está reorganizándola desde cero. Nunca se imaginó que la vida la llevaría hasta aquí.

Gus

Él rechaza la oferta de trabajo en Albuquerque. Le gusta demasiado estar cerca del agua. Les echa la culpa a todos esos veranos en Vineyard. Tiene suerte de recibir una segunda oferta y no duda en aceptar la oportunidad de escribir para *The Oregonian*. A pesar de toda esa basura chauvinista sobre mantener fuera a los forasteros, la gente en Portland es amable y las mujeres son del tipo fresco, deportistas, amantes del aire libre.

Cuando lo envían a Seattle en marzo para cubrir una historia sobre Microsoft, llama a Caitlin y acuerdan verse para tomar algo. Abby le había dado su número. Ella es la cronista de sus vidas. Caitlin llega con dos tipos a cuestas: James y Donny.

—¿Pueden creer que una vez intenté seducir a este tipo? —les dice, apretando su muslo contra el de él.

Ella, James y Donny no paran de reírse, como si la idea de que ella lo hubiera querido seducir fuera una broma enfermiza. A él le da rabia haberla llamado. No le hace falta esto.

—¿Y qué tal la Pastillita? —pregunta para cambiar de tema.

—¿No te has enterado?

—¿Enterado de qué?

—Se fugó con Bru. Justo la semana pasada.

—No puede ser…

—¿Te sorprende?

Sí, claro que le sorprende.

—¡Solo bromeaba, querido Gus! —le dice, tomándole la mano.

Y vuelve a reírse como loca. Él se va de ahí en cuanto puede. No le cuenta a nadie que la vio.

37

Otra elección presidencial, pero esta vez Vix y Paisley estaban poco entusiasmadas con los candidatos.

—Al menos Barbara será mejor que Nancy —dijo Paisley, como si la elección ya estuviera ganada y los votos contados—. Tiene sentido del humor. Y lleva las mismas perlas que mi abuela.

Maia encontraba sus discusiones políticas divertidísimas.

—No entiendo cómo puedes defender al partido republicano después de lo que te pasó —dijo Paisley.

—Por favor —respondió Maia—, si sus tipos hubieran estado en el poder, estaríamos en medio de una seria depresión.

Sonó el teléfono y Vix no lo encontraba.

—Revisa en el baño —llamó Paisley—. Junto al inodoro.

Era Caitlin.

—Vix, ¿dónde estás?

—En el baño, de hecho.

—Con "dónde estás" me refiero a "cuándo vienes". Encontré el lugar perfecto para que vivamos. Está amueblado con mimbre antiguo y tiene un pequeño jardín. Rosas,

Vix, todo el año. Pero tienes que darme una fecha. No lo van a reservar mucho tiempo.

¿De qué estaba hablando?

—Vix...

—Un momento, te estoy perdiendo —dijo mientras caminaba con el teléfono hacia la cocina—. Nunca dije que me iba a mudar a Seattle, ¿verdad?

—No —empezó Caitlin—, pero habías mencionado que estabas decepcionada con tu trabajo, así que asumí... —Hizo una pausa—. Debo haber entendido mal.

—Además —dijo Vix—, nunca te quedas en un lugar el tiempo suficiente.

¿Por qué estaba poniendo excusas?

—Este noviembre será un año.

—Bueno, me encantaría ir a visitarte.

—Genial. ¿Qué tal la próxima semana?

Vix rio.

—No puedo tomarme un día libre cuando quiera. Quizás el próximo verano, si sigues allí. Primero, necesito ahorrar algo de dinero.

—Te mandaré un boleto.

—No, no lo hagas.

—La misma de siempre, Vix.

Pero ella ya no era la misma de antes. Ya no tenía catorce años, ni siquiera diecisiete. Se había graduado de Harvard, había sobrevivido un año en la ciudad sola, un año trabajando para Dinah Renko.

Era cierto que se había aburrido en Squire-Oates. La semana pasada había intentado hablar con Dinah sobre su trabajo, pero Dinah no estaba para escuchar.

—Tu generación no sabe pagar sus cuotas, Victoria —le había dicho—. Que tengas un título de Harvard no significa que puedas dirigir la empresa.

—No quiero dirigir la empresa. Solo quiero probar algo distinto a editar a los capitanes de la industria. Ha pasado un año. Me dijiste cuando entré que habría oportunidades.

Dinah había ganado veinte libras desde que se conocieron, pero se notaba solo en su rostro y parte superior del cuerpo. Había empezado a usar faldas cortas con túnicas y Vix se preguntaba cómo hacía para no caerse con esos tacones rojos de tres pulgadas que usaba para lucir sus piernas, su mejor atributo. Tenía dos hijos pequeños, ambos en escuelas privadas, y un esposo que había perdido su trabajo en la industria editorial y ahora se quedaba en casa intentando escribir una novela. Una vez, cuando llevó a los niños a la oficina, los dejó con Vix.

—Estoy segura de que podrás entretenerlos —le dijo.

En una hora los niños habían destrozado el lugar.

—¡Este trabajo es una oportunidad! —subió el tono Dinah—. ¡Trabajar conmigo es una oportunidad si tienes paciencia!

No le faltaba paciencia, pero ya sabía que Dinah nunca la dejaría ir y mudarse a Seattle no era la solución.

A la mañana siguiente, camino al trabajo, Vix se detuvo a escuchar a la indigente en la esquina de la 56 con la sexta, mientras cantaba su versión de *Feliz engaño*, cambiando *ballyhoo* por *Timbuktu*. Cuando Vix le dejó unas monedas en la taza, la indigente la miró directamente y asintió. Por primera vez, Vix vio a la persona detrás de la mendiga. Temía que lo que le había pasado a esa mujer pudiera pasarle a ella.

Comenzó a investigar discretamente. Tres semanas después aceptó una oferta de Marstello, una *boutique* de relaciones públicas con una lista ecléctica de clientes, y al día siguiente, cuando pasó junto a la indigente, le dejó un billete de un dólar. La mujer respondió cantando *You've Got a Friend*.

Dinah estaba furiosa.

—Yo te descubrí. ¿Por qué no viniste a mí si eras infeliz?

—Sí vine.

—¿En serio? ¿Cuándo?

—No hace mucho.

—No lo recuerdo.

¿Había causado tan poca impresión?

—Me debes una explicación —dijo Dinah, mordiéndose los extremos del cabello.

Bien, pensó Vix, aquí tienes tu explicación:

—Este trabajo no me lleva en la dirección correcta. Me ofrecieron uno donde trabajaré directamente con clientes.

—¿Vas a otra agencia de RP?

—Sí.

—¿Cuál?

Vix dudó. ¿Se lo diría?

—De todas formas lo sabré —dijo Dinah.

—Marstello.

Dinah se rio.

—¡Marstello! Tendrás suerte si tu cheque no rebota.

—Lo siento, Dinah. Hice lo mejor que pude aquí. Mi decisión no tiene que ver contigo personalmente.

Dinah gritó:

—¡Quiero que salgas a las cinco!

—¿Pero qué hay de…?

—¡A las cinco, maldita ingrata!

Tomó un pisapapeles del Empire State y Vix se agachó. ¿Así era el mundo profesional?

—Vix, ¡tengo la noticia más emocionante! ¿Te desperté? Perdona.

Era pasada la medianoche, en una noche lluviosa de octubre. Caitlin nunca lograba calcular bien la diferencia horaria, por más veces que se lo recordara. Y colgar para darle una lección, como Maia le había sugerido más de una vez, le parecía muy duro. Maia ya era estudiante de derecho en Columbia. *¿Sabes lo que le pasa a alguien que no duerme?*

—Me meto en el negocio —dijo Caitlin—. Un restaurante. Siento que finalmente encontré mi vocación. Y mis socios son fantásticos. ¿James y Donny? Creo que te los he mencionado. Son pareja. Bueno, va a estar cerca del agua. Mucho vidrio, limpio, sobrio. Contratamos a un arquitecto fabuloso. Y vamos a traer a uno de los mejores chefs de la ciudad. Pero lo mejor…, lo vamos a llamar Eurotrash. Por mí. ¿No te encanta? Esperamos abrir en junio. Parece lejano, pero no lo es. Así que empieza a llamar a las aerolíneas para buscar las mejores tarifas. Yo voy a estar en la recepción. Vestida de negro, solo negro, muy chic, muy elegante. Claro, si tú hubieras hecho el cambio, estarías a cargo de nuestras relaciones públicas. Pero bueno, eso ahora es irrelevante. ¿Qué te parece?

Sonaba tan feliz y emocionada que Vix tuvo que desearle lo mejor.

—¿Y adivina qué más? He jurado dejar el sexo. James y Donny me están ayudando. Me hacen más feliz que cualquier hombre heterosexual. Era adicta, ¿sabes? Como un tipo que sigue su propio puntero en la vida. Pero ahora soy libre.

Vix no se había vuelto célibe exactamente, pero hacía mucho tiempo que no estaba con Bru. Iba a citas a ciegas con hijos de amigos de Abby, aunque no lograba distinguir uno del otro: todos le parecían iguales. Y una noche, en una fiesta en el centro a la que fue con Jocelyn, terminó en el baño con un cineasta desaliñado y sexy que le besó los pechos mientras ella le hacía una felación. No intercambiaron nombres ni números, y al pensar en ello al día siguiente se alegró de no haberlo hecho. Demasiado peligroso. Un rompecorazones. En cambio, se conformaba con amantes imaginarios —a veces revivía el momento en la camioneta con Bru y las peonías— y una vez, solo una vez, recreó la noche del baile flamenco de Caitlin y cómo pudo haber terminado.

Paisley coqueteaba con un hombre mayor en ABC y Maia… Maia se preocupaba cada vez que conocía a un chico nuevo por cómo terminaría, cuánto le dolería, cuánto tardaría en superarlo y si siquiera valía la pena. No tenía tiempo ni energía para malas relaciones. La clave para entrar en la revista *Law Review* era la castidad.

—¿Para qué pensar en cómo va a acabar algo cuando recién empieza? —dijo Paisley.

—Pregúntale a Victoria —dijo Maia.

Pero Paisley no preguntó. En cambio, dijo:

—Algunas personas nunca superan a su primer amor. Pasan toda su vida tratando de recapturar esa emoción. A veces, después de cincuenta años, se reencuentran en alguna reunión y se dan cuenta de que estaban destinados a estar juntos.

—¿Tienes a alguien en mente? —preguntó Vix—. ¿O hablas en general?

—En general —dijo Paisley—. Pero no es mala idea para un programa. Quizás escriba un guion preliminar y se lo proponga a mi jefe.

Mientras planificaban sus vacaciones y envolvían regalos de Navidad, con las galletas festivas de Paisley horneándose, Vix escuchó una voz familiar en la televisión. Alzó la vista y vio a uno de los capitanes de la industria; era un experto internacional en aviación comentando un desastre. Calló a las demás y se acercó.

PanAm... Lockerbie, Escocia... regresaban estadounidenses a casa... muchos de ellos estudiantes... Vix llamó a Paisley y Maia con un gesto. Juntas escucharon la sombría noticia mientras el experto hablaba con los representantes de la aerolínea. Se mostraba sincero, honesto y preocupado. Vix lo recordó. Recordó a aquellos que habían tenido más dificultades.

Ed

Él está viendo las noticias cuando ella llama. Apenas escucha su voz, se le retuerce el estómago. Ella no llama más que una vez al mes y él suponía que ella esperara hasta Navidad. ¿Traerá malas noticias? ¿Sabe algo sobre Lewis? No está seguro del paradero de Lewis. Alemania, cree. Pero no hay razón para pensar que estaría en Pan Am cuando puede volar en el ejército. ¿Y Tawny? Demonios, podría estar en cualquier parte, donde sea que esté la Condesa, pero la Condesa ya no viaja, ¿verdad? No, cree que no.

Vix lo tranquiliza. *Todo está bien*, dice. *Iba a esperar hasta Navidad, pero pensé que podría tener problemas para comunicarme*. Él sabe que también ha estado viendo las noticias. La conoce bien. No hablan mucho. Él nunca ha sido de largas conversaciones. *Todo está igual por aquí*, dice él. *No tener noticias es una buena noticia, como solía decir tu madre*. No dice que la extraña. No dice que espera que ella lo visite pronto. *¿Y cómo van las cosas por allá?*, pregunta. Ella le cuenta que su trabajo es interesante. *No se puede pedir más que eso*, dice él, *¿verdad?* Cuando cuelga, Frankie le pregunta quién llamó. *Fue Vix*, responde. *¿Qué se necesita para que esa chica venga de visita?*, comenta ella.

38

Abby presentó a Vix al Programa de Voluntariado Escolar de la misma manera que la presentó a jóvenes solteros elegibles. Vix se inscribió y todos los miércoles por la noche, de seis a ocho, daba tutorías a una chica de dieciséis años que había dejado la escuela, D'Nisha Cross, y ahora intentaba obtener su GED.

—Nombre genial, ¿verdad? —dijo D'Nisha en su primer encuentro—. ¿No suena como una estrella de cine o un rapero?

—Muy genial —asintió Vix.

Cuando D'Nisha llegó al apartamento de Vix, lo recorrió un par de veces.

—Aquí podrías patinar —le dijo.

Por un momento, Vix se sintió culpable por compartir ochocientos pies cuadrados con dos amigas mientras D'Nisha vivía en los proyectos con quién sabe cuántos familiares. Tuvo que acordarse que estaba bien, quizá era injusto, pero estaba bien.

—¿Lees todos estos libros? —preguntó D'Nisha, pasando la mano sobre una estantería llena de libros de bolsillo.

—No todos, pero muchos.

—Me gusta leer, pero no lo que nos daban en la escuela.

—A partir de hoy puedes elegir lo que quieras.

—Genial.

Exploró un momento.

—¿Estás casada?

—No.

—¿Tienes novio?

—No.

—¿Computadora?

—En el trabajo.

—Tengo que aprender computación. Si aprendes, consigues trabajo.

Vix anotó mentalmente comprar algunos libros introductorios de computación.

—¿Tienes suerte? —preguntó D'Nisha.

¿Era una clave? ¿Una droga nueva?

—¿Qué quieres decir con suerte? —preguntó Vix.

—Mierda… —D'Nisha la miró como si fuera una persona sin esperanza, que simplemente no entendía—. Ya sabes, las cosas buenas pasan cuando la tienes. No pasa nada cuando no la tienes.

—Ah, esa suerte.

—¿Conoces otra clase?

—No realmente.

—¿Y entonces?

—A veces la tengo —dijo Vix—, pero no siempre. ¿Y tú?

—Todavía no. Pero sigo esperando.

La suerte. La suerte le había cambiado la vida, ¿no? A veces, cuando no podía dormir, jugaba al juego del *¿Y si…?* ¿Y si Caitlin no la hubiera elegido amiga de verano? ¿Y si Abby y Lamb no se hubieran interesado personalmente? ¿Y si Nathan no hubiera muerto o si no hubiera ido a Harvard, o si se hubiera casado con Bru? ¿Cómo sería su vida? ¿Sería feliz, se sentiría realizada?

Creía mucho en la suerte. Cada semana compraba un boleto de lotería en el puesto de revistas cerca de su oficina porque, como decía el tipo en el comercial, *Oye, nunca se sabe…* Incluso se apuntó a un viaje para Atlantic City a principios de abril solo para ver qué era todo ese alboroto. Gus le había enseñado a jugar póker el verano que cumplió diecisiete, el último verano que compartieron la casa con los chicaguenses. Había quedado impresionado con su expresión de piedra. *No regalas nada, ¿verdad, Pastillita?*

Nunca, le había dicho ella.

A veces soñaba cómo se sentiría si le tocara la suerte. Cómo gastaría todo ese dinero. Pero ya no estaba tan segura como cuando tenía catorce años.

Sacó cien dólares del cajero automático cerca de su oficina para prepararse para el viaje. Pero no llevó chequera ni tarjetas de crédito. Así no corría el riesgo de gastar más de lo que podía permitirse, aunque ni siquiera podía permitirse cien dólares, considerando su sueldo y gastos, pero solo una vez no podía hacer daño.

Maia y Paisley se iban a los Hamptons a buscar un lugar para compartir el verano. Querían que ella se uniera, pero Vix dijo:

—No este fin de semana.

—Seguro tiene una cita caliente y no quiere que lo sepamos —bromeó Maia.

—Algo así —respondió.

Para atraer más suerte, se envolvió con su chal de piano encima del impermeable. Se sentía exótica al llevarlo, como una bailarina de flamenco. Y aunque no halló suerte en Atlantic City, encontró a Luke. No les contó a Maia ni a Paisley que se conocieron en la mesa de dados. Nadie tenía que saber la verdad a menos que ella y Luke terminaran juntos. Entonces Maia diría: *¿Puedes creer que Vix conoció a Luke en un casino en Atlantic City? ¿En la mesa de dados?*

No, no lo creerían. Guardó su lado impulsivo para sí misma. Una vez escuchó a Maia decirle a una amiga en la escuela: *Victoria es la persona menos espontánea de toda nuestra clase, pero le confiaría mi vida.*

En realidad, no conoció a Luke en la mesa de dados. Lo observaba. Él estaba en racha, con un montón de fichas que se duplicaban y triplicaban cada vez que tiraba los dados. Tenía un aire juvenil, lleno de emoción. No supo que era una mesa de veinte dólares hasta que intentó apostar. Avergonzada, recogió rápido sus fichas de un dólar. Se quedó para mirar mientras la multitud animaba a Luke, apostando con él. Él la miró una vez, atrapó su mirada y sonrió.

Al final del día, mientras ella jugaba en una máquina tragamonedas, él se acercó, metió una moneda en la ranura, cubrió su mano con la suya y tiró de la palanca. Tres cerezas, campanillas sonando, y veinte…, treinta…, cincuenta dólares en monedas comenzaron a salir. Él las atrapó en una taza mientras ella se cubría la boca, luchando por no saltar y gritar.

—Hay días en que simplemente no puedes perder —dijo él.

Era pequeño, de su misma altura, encantador, con ojos seductores.

—Cena conmigo —dijo.

Cuando ella no respondió de inmediato, sacó su billetera y mostró su licencia de conducir con foto.

—Luke Garden —le dijo—. Nueva York. Treinta y uno, soltero, respetable, heterosexual, Cornell 80, gestión deportiva. ¡Acabo de ganar en grande!

Así que cenaron. Ella le dijo que se llamaba D'Nisha Cross. Que trabajaba en ABC, en desarrollo. Dos cosas prestadas, nada azul.

—Quedate —dijo él después de cenar—. Tengo una habitación. Dos dormitorios, dos baños. Puedes dormir donde quieras. De verdad. Toma.

Le entregó una llave.

—Echale un vistazo.

Ella lo hizo. Mientras él llenaba la tina de hidromasaje, ponía música y bajaba las luces, ella se envolvía con el chal de piano como si fuera un vestido sin tirantes. Cuando el escenario estuvo listo, él lo desenredó despacio, dejando que cayera al suelo.

A la mañana siguiente, él se había ido. Ella lo encontró en el casino, jugando al blackjack. Tomó el próximo bus de regreso a Nueva York y no le contó a nadie. Si fuera Paisley, habría anotado su nombre en su lista. Pero no necesitaba escribir nombres. Para ella todavía solo había uno que contaba. Uno al que había amado.

Una postal de Caitlin, fechada el 4 de abril de 1989, Seattle.

Tuve mala suerte. Donny está enfermo. Los planes para el restaurante se posponen. Llamaré cuando pueda.

Abby

Ella le dice a Lamb que deberían tomar el primer avión a Seattle y ver qué está pasando por sí mismos. Pero Lamb dice que deben permitir que Caitlin y todos los hijos ya adultos resuelvan sus propias vidas. Que solucionen sus propios problemas. ¿De qué otra manera aprenderán a valerse por sí mismos en el mundo?

Ese amigo de ella, Donny, que está en cuidados paliativos, tiene la enfermedad. No es que Caitlin haya dicho algo, pero ella sabe leer entre líneas. Admira a Caitlin por querer estar ahí para su amigo, pero no puede evitar preocuparse. Ha estado leyendo todo lo que ha encontrado sobre el tema y es espantoso, aunque no se contagia de la manera habitual. Y en serio, ¿cómo pueden estar seguros de que Caitlin no ha tenido intimidad con alguien?

Llega otra postal pidiéndoles que respeten su tiempo con Donny. Por favor, que no dejen mensajes en su contestador. No puede devolver las llamadas ahora mismo. Y que le digan a Vix, ¿sí?, que no está desconectada, simplemente está ocupada.

Vix estaba trabajando en tres cuentas en Marstello: una ex Miss América que estaba empezando su propia línea de cosméticos, una consultora política que escribió unas memorias y una compañía de teatro Off-Off-Broadway a la que representaban de manera pro bono. Se había hecho amiga de Earl, el escritor/productor/director, y a veces pasaba las noches en el teatro, viendo los ensayos. Earl era implacable con sus revisiones. Nunca tiraba las escenas rechazadas a la papelera como haría una persona normal. Era lo suficientemente paranoico como para pensar que alguien podría encontrar su trabajo descartado y plagiarlo, así que había comprado una mini trituradora, una barata que estaba en oferta en Staples. Podía alimentarla con solo una página a la vez. Al verlo, a Vix a veces le daba por pensar qué pasaría si eso se pudiera hacer con la vida real. Revisar y triturar.

Le había dejado algunas notas a Caitlin diciéndole que pensaba en ella y esperaba que todo estuviera bien con Donny. Earl ya había perdido a dos de sus amigos más cercanos y estaba seguro de que sus propios días estaban contados. Eso no se lo contó a Caitlin. Ella misma intentaba no pensar en eso.

Entonces consiguió su primer cliente importante: una diseñadora de moda vanguardista.

—¿Cómo supiste de mí? —le preguntó Vix.

—Caitlin Somers —respondió la diseñadora.

—¿Conoces a Caitlin? —preguntó Vix.

—Nos conocimos en Milán. Yo era aprendiz en Gucci. Caitlin hizo algo de modelaje para nosotros. Nos hicimos amigas. Me la encontré en Seattle. Me dijo que te buscara ahora que tengo mi propia tienda. Dice que eres la mejor. Lo eres, ¿verdad?

Gus

Caitlin lo llamó el 5 de junio, gritando:

¡Maldita sea, Gus, eres reportero, ¿no?! ¿Por qué no haces algo con esta masacre?

La masacre es en China, le recordó, *pero aunque no lo fuera, ¿qué crees que puedo hacer?*

¡No hablo de la Plaza Tiananmen, idiota! ¡Hablo de aquí! La gente está muriendo. ¿Eso no te dice nada?

Está bien, empecemos de nuevo, dijo él.

¿De qué sirve?, colgó ella.

¿Qué fue eso? ¿Debería llamar a alguien? ¿A Abby y Lamb? No. No quería alterarlos. ¿Quizás a Vix? Pero ¿qué le diría?

39

Paisley la arrastró a una recaudación de fondos otoñal en la biblioteca pública, donde ocuparon un lugar en la mesa corporativa de ABC. Paisley se estaba haciendo conocida en ese circuito de eventos benéficos y les dijo a Vix y Maia que era una excelente manera de hacer contactos, sin mencionar la oportunidad de conocer a los hombres adecuados. Vix cedió y se compró un vestido en oferta en Bloomingdale's. Un top de encaje negro. Elegante pero sexy, le dijo la vendedora.

Will se le acercó en la escalera central donde ella se había detenido a ver el baile de abajo.

—Buenos pómulos —dijo.

—Un regalo de un antepasado cheroqui —contestó ella.

Había esperado mucho para usar esa frase.

—Una gota de sangre cheroqui significa que la tribu puede reclamarte para siempre, pero no antes de que yo te reclame para esta noche —extendió la mano—. C. Willard Trenholm. Pero mis amigos me llaman Will.

—Victoria Leonard.

—Encantado de conocerte, Victoria.

La guió escaleras abajo y, luego, a la pista de baile. Era alto, quizá un metro noventa y ocho, y aun con tacones ella apenas le llegaba al pecho. Sabía hacer fox-trot, vals y lindy hop, todo al ritmo de la música tocada por Peter Duchin en persona. *¡Si su familia pudiera verla ahora!*

Escuchó la voz de Bru reprochándole, pero la apartó y se concentró en los pies, tratando de no ser pisoteada o, peor aún, de no pisar a Will, pues no tenía idea de cómo bailar así.

Más tarde, Paisley se acercó para decir que había conocido a alguien y que se iba con él.

—Toma un taxi a casa, Victoria… ¿okey? Lo digo en serio, nada de metro esta noche.

Vix asintió y volvió a la pista con Will. No tenía que preocuparse por cómo llegar a casa. Él la llevó al Rainbow Room para tomar una copa y admirar la vista. En el taxi de regreso a su apartamento, se besaron como adolescentes. Cuando el taxi frenó frente al edificio, Will se inclinó y le dijo al conductor que diera otra vuelta a la manzana.

Lo vio tres veces esa semana y el fin de semana siguiente. Le mandó flores a su casa y chocolates Godiva a la oficina.

—Uno podría acostumbrarse a esto —canturreó Maia.

Vix empezó a coquetear con la idea de ser una chica rica, de no tener que preocuparse nunca más por el dinero. *Te equivocaste cuando me dijiste que no encajaría…*, le diría a Tawny.

El dinero era el tema favorito de Will; el sexo, el segundo. La perseguía por el dúplex de su familia en Park Avenue, jugando a las escondidas en la galería, que estaba llena de armaduras, como un museo. En la biblioteca verde bosque le desabrochó la blusa y admiró sus pechos.

—Hermosos —dijo—. ¿Son implantes?

Ella le aseguró que eran naturales.

—Eso pensé —dijo él—, pero hoy en día casi nadie tiene los reales.

Él la invitó al ballet. Ella nunca había ido y le pidió prestado un traje de terciopelo aplastado a Paisley. La semana siguiente fue a ver una obra de Shakespeare en el Public, seguido de una cena en Chanterelle.

Maia comenzó a llamarla la Heredera.

—No heredaría —aclaró Paisley, para corregir el malentendido—. Más bien estaría adquiriendo.

—De cualquier manera… —dijo Maia.

Esa noche las tres estaban sentadas alrededor de la mesa de café, cenando comida china de las cajas, mientras veían *No mires ahora* en el reproductor de video. Mientras Julie Christie y Donald Sutherland se perseguían por Venecia, Maia dijo:

—Espero que Vix nos invite a Venecia… a su palacio en el Gran Canal.

—Mmm… —Paisley metía pollo con anacardos en la boca—. Siempre he querido ver Venecia.

—¿Qué te parece Cincinnati? —preguntó Vix—. Porque ahí es donde está la empresa. Ahí es donde el patriarca tiene su palacio.

Will tenía su propio lugar en East Sixties con vistas al consulado ruso.

—Pienso en ti todas las noches, Victoria —dijo, jadeando, cuando finalmente la llevó ahí. Su mano estaba bajo su falda—. Has estado pensando en mí, ¿verdad?

Bueno, sí…

Will tenía una cama tamaño *king*, un edredón gris, almohadas de plumas. Cuando se arrodilló sobre ella con un condón rosa brillante pensó que era un pene disfrazado de Barbie Malibu y trató de no reírse. Tal vez su madre tenía razón. Tal vez los ricos eran diferentes.

Se sentía halagada por su atención y curiosa sobre su mundo, pero no podía decir que estaba enamorada. Lo encontraba arrogante y, a veces, aburrido. Pasaron un largo fin de semana lluvioso en una posada cara en los Berkshires. Mientras él leía *Forbes*, *Barrons* y *Financial Times*, Vix se encontraba fantaseando con Bru.

En el *brunch* del domingo, Will dijo:

—Cuéntame de tu familia, Victoria. Aparte de que eres de Santa Fe, no sé nada de ti.

—Lo que ves es lo que hay, Will.

—Pero ¿a qué se dedica tu familia allá?

—Mi padre administra un restaurante y mi madre es la amanuense de la condesa de Lowenhoff.

Se alegró de poder usar por fin la descripción que Abby había hecho del trabajo de su madre.

—Restaurante… —Levantó las cejas—. Amanuense. Qué encantador. ¿Y tus abuelos?

—No hay abuelos —le sonrió.

—¿Estás revisando mi ascendencia, Will?

—Me interesa todo sobre ti, Victoria.

—Bueno…, mi hermana está en asistencia social y mi hermano se enlistó el día que cumplió dieciocho. Yo pasé toda la escuela con becas. Debo todo a mis benefactores. Invirtieron en mi futuro para que pudiera valerme con esnobistas como tú.

Will se rio y aplaudió.

—¡Brillante! —Se inclinó y la besó—. Deberías escribir novelas, Victoria. Con tu imaginación y estilo…

¿Qué estaba haciendo con él?

De regreso a la ciudad decidió terminarlo.

—He disfrutado nuestro tiempo juntos, Will, pero no creo que debamos seguir viéndonos.

Esperó su reacción, pero se dio cuenta de que no había escuchado nada. Se inclinó y apagó el reproductor de CD.

—¿Qué?

—Se acabó, Will.

—No, no es así. Ahora viene *Say You, Say Me*.

—No hablo de Lionel Richie, hablo de nosotros.

—¿Qué hay de nosotros?

—Se acabó, terminamos. *Fini, finis, finito*.

—Pero apenas estamos comenzando —replicó.

—Eso debería hacerlo más fácil.

—Dame una buena razón para terminar ahora.

—No tenemos nada en común.

Él tomó su mano y la presionó contra la parte delantera de sus pantalones.

—Tenemos esto.

Ella negó con la cabeza.

—Vamos, Victoria, solo una vez más, para que tengas algo con qué recordarme.

No esperaba que se rindiera tan fácil y se enojó consigo misma por sentirse decepcionada.

—Siente lo caliente que está por ti. Ha sido un buen chico, esperando pacientemente todo el día.

—Lo siento, Will. Mándale saludos, es decir, disculpas.

Abrió la puerta en el siguiente semáforo en rojo, agarró su bolso y saltó del coche.

—De verdad, Victoria, eres un caso perdido —dijo Paisley—. No es que yo esté presionando para que te cases. Estoy a favor de que primero hagas tu vida por tu cuenta, pero si algo te cae del cielo y te golpea en la cabeza, no puedes simplemente alejarte de eso, especialmente cuando viene con ese tipo de seguridad financiera. Quiero decir, ¿sabes cuántos hombres heterosexuales, estables y solteros hay en esta ciudad? Ni hablar de los que valen como marido. Podrías contarlos con una mano. ¡Una mano!

—Se te están notando las raíces sureñas, Pais —dijo Maia.

—Puede ser —respondió Paisley—. O tal vez es que una persona nunca supera su primer amor.

—Otra vez con esa vieja canción —dijo Vix.

Su vida estaba llena. Era interesante. No era necesario estar enamorada. Se inscribió en un curso de yoga, aceptó a otra estudiante a través del Programa de Voluntariado Escolar y se prometió no desperdiciar su membresía de introducción en Crunch. Se reunió con Jocelyn para almorzar un par de veces y confesó que nunca había experimentado la euforia creativa de *Cinco minutos en el Cielo* en el mundo laboral real.

—Tenemos que seguir persiguiendo nuestros sueños —dijo Jocelyn.

Una postal de Caitlin, fechada el 20 de diciembre de 1989, Zacatecas, México:

He visto la muerte y es fea. Fea y aterradora.

No menciona a James ni a Donny. Vix llamó al número de Seattle, pero le dijeron que estaba desconectado a petición del cliente. Llamó a Abby, intentando no mostrar su preocupación, y le dijo que había perdido el número de Caitlin.

Abby respondió:

—Está en México, Vix. En un monasterio. No puedes llamar. Ninguno de nosotros puede.

Víspera de Año Nuevo. Decidieron quedarse en casa —Maia, Paisley y Vix— para celebrar juntas. Pidieron comida para llevar, alquilaron *Annie Hall* y Vix se rio y lloró, recordando la noche en que Lamb las había llevado a Caitlin y a ella a ver la película. Y después, cómo habían rogado para subirse al carrusel, pero en lugar de eso habían encontrado a Von en un callejón con la mano de una chica envolviendo su paquete.

A las diez, empezaron a llegar amigos —Jocelyn, Earl, Debra— y cada uno trajo a algunos de sus amigos. Mandaron a pedir más comida. Abby y Lamb llamaron desde Ciudad de México para desearle un feliz Año Nuevo a Vix. Estaban en camino al monasterio, con la esperanza de ver a Caitlin.

—Mándale mi amor —dijo Vix—. Deséale un feliz Año Nuevo de mi parte.

Daniel y Gus llamaron desde Chicago, donde Gus visitaba a su familia. Sonaban borrachos. ¿Y qué?, pensó ella. Es víspera de Año Nuevo. Habían pensado en ella, así como ella en ellos. Viejos amigos. Creciendo juntos. El fin de una década, el comienzo de otra.

40

Una mañana de miércoles a finales de marzo, justo después de que Vix saliera de la ducha, sonó el teléfono. Era una mujer llamada Frankie, que llamaba desde Santa Fe. El padre de Vix había tenido dolores en el pecho durante la noche. Estaba en el hospital y aún no sabían qué tan grave era. ¿Podía venir de inmediato? Vix llamó a Angela, su jefa, a su casa, le explicó la situación, metió algunas cosas en una bolsa y se dirigió al aeropuerto.

Las noticias en Santa Fe fueron mejores de lo que esperaba. Su padre había sufrido un fuerte ataque de angina, pero sin daño real al corazón. Para cuando ella llegó, ya le habían hecho una angioplastia para eliminar la obstrucción. Él estaba dormido. Frankie, una mujer robusta con ropa deportiva, cabello cobrizo, piel pecosa y mocasines con flecos, le dio un abrazo.

—Gracias por venir, cariño. Somos muy afortunados.

Vix se disculpó y fue a usar el teléfono público en el pasillo, donde llamó a Tawny.

—Estoy en Santa Fe —dijo—. Papá está enfermo… Es el corazón.

Durante un momento Tawny no respondió y Vix pensó que se había cortado la llamada.

—¿Hola? —dijo—. ¿Sigues ahí?

—Aquí estoy —respondió Tawny en voz baja—. ¿Parece grave?

—¿Cómo no va a ser grave? ¡Te acabo de decir que es su corazón!

—Cálmate, Victoria. Hoy en día pueden hacer mucho. Hay procedimientos…

—¡Ya le hicieron el procedimiento!

—Eso es bueno.

—¿Vienes? Eso es todo lo que quiero saber.

—Ya no estoy casada con él. No es mi responsabilidad.

—No sabía que el divorcio estaba finalizado.

—Está lo suficientemente finalizado.

—Bueno, nadie me lo dijo.

—¿Cómo voy a decírtelo si nunca llamas?

—También tengo teléfono, ¿sabes? Pero últimamente no he recibido llamadas de Key West.

Vix esperó que Tawny dijera algo, cualquier cosa. Como no lo hizo, dijo:

—¿Eso es todo? Eso es lo único que tienes que decir sobre el hombre con quien estuviste casada por… —intentó recordar cuántos años habían pasado.

—Envía a tu padre mis deseos de pronta recuperación, Victoria.

—¡Mándalos tú misma!

Colgó de golpe, luego miró alrededor, apenada, mientras las otras personas en la sala de espera rápidamente apartaban la mirada. Después de todo, cada uno tenía sus propios problemas. No tenía idea de cómo contactar a Lewis, así que intentó con el número de Lanie. Respondió Amber.

—Mamá está en el baño con Ryan. Tiene diarrea. ¿Quién habla?

—La tía Victoria, de Nueva York.

—Mamá, ¡es tía Vix! —gritó Amber en el teléfono—. Mamá dice que esperes. Ella viene.

—Bueno, esto es una sorpresa —dijo Lanie.

—Estoy en Santa Fe, en el hospital. Papá tiene un problema del corazón, pero debería estar bien.

—¿Te llamaron a ti antes que a mí?

—No discutamos, ¿de acuerdo? ¿Puedes venir?

—Sí, supongo.

—Bien.

—¿Crees que aguante la noche?

—¡Eso espero!

—Entonces iré mañana.

Cuando Lanie llegó, Ed estaba sentado comiendo compota de manzana. Su color había mejorado. El doctor lo había revisado antes y podía irse a casa en uno o dos días con una dieta nueva, un plan de ejercicios y betabloqueadores. Frankie acomodaba sus almohadas y le ofrecía agua. Amber y Ryan estaban fascinados con el equipo que monitoreaba el corazón de Ed, hasta que descubrieron los botones para subir y bajar la cama del hospital. Lanie los agarró de los brazos y los arrastró al pasillo, reprendiéndolos y diciéndoles que se comportaran o, si no, se las verían en casa.

Vix se ofreció a cuidar a los niños mientras Lanie visitaba a Ed. Los llevó a la cafetería donde pidieron helado de chocolate con jarabe de fresa, crema batida y chispitas. Amber le pidió a Vix un pony y, si no podía ser un pony, algo de FAO Schwarz, que pronunciaba *Fa-oh*.

—¿Cómo sabes de FAO Schwarz? —preguntó Vix.

—Por la película *Quisiera ser grande*. Tenemos la cinta. La he visto cien millones de veces.

—Ah, claro…

—Mami dice que tú eres rica. Entonces, ¿por qué no quieres comprarnos ponis?

—En realidad, no soy rica.

—¿Por qué?

—Simplemente no gano tanto dinero.

—Mami dice que te lo gastas todo en ti misma, cuando podrías ayudarnos.

—Mami está equivocada.

Tuvo que recordarse a sí misma que Amber tenía solo seis años y Ryan ni siquiera cinco.

—El abuelo se lo gasta en la potra —dijo Ryan.

—¿Qué potra? —preguntó Vix.

La que está sentada en el cuarto del abuelo —respondió Amber por él.

—¿Frankie? ¿Te refieres a Frankie? —dijo Vix.

—Ajá —Ryan sonrió.

—No está bien llamarla *potra* —dijo Vix.

—Pero es gracioso —le respondió Ryan.

Ahora se estaba riendo, con la cara toda embadurnada de chocolate y fresa.

—Frankie es una buena amiga de su abuelo —dijo Vix.

—Frankie es una buena amiga de ella misma —dijo Amber.

Vix no podía creer lo que Lanie les estaba metiendo en la cabeza a sus hijos.

—Mi mamá tiene tres trabajos —dijo Amber con orgullo—. Cuida caballos, limpia casas y pone gasolina. Además, nos cuida a nosotros. ¿Cuántos trabajos tienes tú?

—Solo uno, por ahora.

—Mi papá no tiene trabajo —dijo Ryan—. Pero no nos grita como mamá.

—¿Me vas a llevar a Nueva York? —preguntó Amber.

—Tal vez algún día —dijo Vix—. Cuando seas más grande. Mucho más grande…

Ed volvió a casa al día siguiente y al otro día ya estaba animando a Frankie a que volviera al trabajo.

—¿Estás absolutamente seguro, corazón? —preguntó ella.

—Anda ya —dijo Ed—. Tengo mi propia enfermera privada.

Frankie miró a Vix en busca de confirmación.

—Está bien, de verdad —dijo Vix.

Cuando por fin se quedaron solos, su padre le dijo:

—Vaya sorpresa, ¿eh? Pensé que este viejo corazón seguiría latiendo sin más, ¿sabes?

—Bueno, ahora sí lo hará.

—Hasta la próxima vez.

—La próxima vez será dentro de veinte años, como mínimo.

—Veinte años… ¿Cuántos tendrás entonces?

—Cuarenta y cuatro, casi cuarenta y cinco.

No podía imaginarse a sí misma en la mediana edad.

—¿Crees que estarás casada para entonces, con hijos?

—No lo sé. Tal vez.

—O tal vez vas a ser una de esas mujeres de carrera.

—Hoy en día, todas las mujeres son mujeres de carrera, papá. —Se sentó a su lado, le tomó la mano—. Una de mis compañeras de apartamento estudia Derecho y la otra está escalando de posición tan rápido en la ABC que probablemente esté dirigiendo la cadena antes de cumplir los treinta.

Él le sonrió.

—Eres una buena chica, Vix. Siempre lo fuiste. Le dije a Frankie: "Vix es de fiar. Vendrá si la necesitas".

A Vix se le hizo un nudo en la garganta.

—¿Cómo está Caitlin? ¿La has visto últimamente?

Ella negó con la cabeza.

—Últimamente no.

—Qué pena. Hay que mantenerse en contacto con los viejos amigos. Los viejos amigos te conocen mejor que nadie.

Ella asintió.

—¿Llamaste a Tawny?

—Sí.

—¿Y cómo lo tomó?

—Desea que te mejores pronto. Te manda su cariño.

—¿Cariño, eh? Esa es buena.

Se echó a reír. Y Vix rio con él.

Vix estaba haciendo la compra en Kaune's, abasteciéndose de alimentos saludables para el corazón de su padre, cuando giró su carrito hacia la sección de productos frescos y se topó con Phoebe, que seleccionaba aguacates.

—Estoy pensando en una ensalada de pollo con guacamole —dijo Phoebe, como si ella y Vix estuvieran en medio de una conversación—. ¿Qué opinas?

—Mucho colesterol. Los aguacates, quiero decir.

Vix trató de recordar la última vez que había visto a Phoebe, pero no pudo. Phoebe se veía fantástica. Podría pasar por la hermana mayor de Caitlin. Vix se preguntó si tendría grapas en el cuero cabelludo.

—Supongo que sabes que Caitlin está en Vineyard —dijo Phoebe.

Vix dejó caer el melón que tenía en la mano. Se partió al instante, derramando sus entrañas líquidas por todo el suelo. Phoebe siguió hablando como si no se hubiera dado cuenta.

—Dice que necesita volver a lo básico. Que va a criar ovejas, hilar lana y llevar una vida sencilla. Cree que es Rumpelstiltskin... O tal vez Rapunzel. Siempre confundo a esas dos.

—Rapunzel es la del pelo —dijo Vix, mientras un chico con un trapeador aparecía para limpiar el desastre.

Phoebe olió una caja de fresas.

—Mmm..., dulces. ¿Quieres?

—Mi padre es alérgico a las fresas.

—Qué pena. ¿Cómo está?

—Después de todo, bastante bien.

—Dale mis saludos.

—Lo haré.

Cuando Vix empezó a empujar su carrito para alejarse, Phoebe se giró.

—Vix, llama a Caitlin.

Phoebe

No fue su intención tomar por sorpresa a Vix. Esa expresión en su rostro. La forma en que dejó caer el melón. ¡Dios! Estaba segura de que Vix ya lo sabría. Después de todo, ¿no eran inseparables ellas dos? No podía ni empezar a imaginarse qué juego estaba armando Caity esta vez. No es como si Caity le contara algo. Nunca lo ha hecho. No de verdad. Siempre ha echado en falta esa parte de la relación entre madre e hija. Tiene la sensación de que Vix también. Ah, bueno…, tal vez ellas hagan un mejor trabajo con sus propias hijas. La idea de que Caity tenga una hija la hace reír, hasta que se da cuenta de que eso la convertiría en abuela. ¡Y vaya que esa es una experiencia de la que puede prescindir al menos por otros diez años!

—Estoy tratando de darle un sentido a mi vida —dijo Caitlin cuando Vix la llamó—. ¿Tiene algún sentido para ti?

Cuando Vix no respondió de inmediato, Caitlin añadió:

—¿Por qué te lo pregunto a ti? Tu vida siempre ha tenido sentido.

—¿Estás segura de no estar confundiendo *sentido* con *lucha*?

—¿Cómo voy a saberlo? ¿Tú crees que por intentar no ser ordinaria me he vuelto neurótica?

—¿Estás yendo al psiquiatra? ¿Es por eso que tenemos esta conversación?

—Por supuesto que voy al psiquiatra. ¿Conoces a alguien que no lo haga… además de ti?

—No puedo pagar terapia.

—Estoy segura de que Abby te ayudaría.

—¿Eso fue un golpe bajo?

—¿Lo sentiste como uno?

—Sí. —Después de una larga pausa, Vix dijo—: Lamento lo de tu amigo.

—Amigos.

—¿Los dos?

—Preferiría no hablar de eso. Mi terapeuta me está ayudando a entender que mi involucramiento fue inapropiado. En mi búsqueda de una familia los confundí con… Oh, ¿qué más da? ¿Recuerdas cuando mataron a John Lennon? ¿Recuerdas cómo se vino abajo Lamb?

—No mucho.

—Pues se derrumbó. Me hizo volar desde Nuevo México para que pudiera hacer la vigilia de medianoche con él. También fue inapropiado, por si te lo estabas preguntando.

—¿Estás segura de que tu psiquiatra es… competente?

—¿Se puede estar segura de alguien? Depende de los resultados, ¿no?

—Supongo…

Otra larga pausa. Entonces Vix dijo:

—Pensé que estabas en México, en un monasterio. ¿Por qué no me avisaste que estabas en la isla?

—Suenas molesta. ¿Estás molesta?

—¿Por qué estaría molesta?

—Tú dime. Digo, la última vez que supe de ti no tenías ningún interés en vivir en Martha's Vineyard.

—Tú tampoco… No has puesto un pie en la isla desde que tenías…

—Diecisiete —dijo Caitlin.

Vix no pudo hacer ninguna de las preguntas que se agolpaban en su cabeza. *¿Lo has visto? ¿Está con alguien? ¿Pregunta por mí?*

—Entonces, ¿has visto a Von?

Caitlin se rio. Sabía perfectamente lo que Vix estaba preguntando en realidad.

—Por supuesto. Von y su ridícula esposa. Y Bru y Trisha y todos los demás. No me he vuelto una ermitaña. Solo me estoy tomando un descanso…, un tipo de chequeo de realidad. —Hizo una pausa, luego dijo—: Lamento lo de tu padre.

—Debería estar bien.

—Me alegro.

—Tiene una… amiga —le contó Vix—. Frankie. Lo llama *corazón*.

—Ay, Dios. —Ambas rieron—. Te extraño, Vix.

—Yo también te extraño. Ven a Nueva York un fin de semana.

—Ven tú para acá.

—No lo creo. No ahora.

—¿Tal vez en verano?

—Tal vez.

41

La siguiente vez que hablaron fue a finales de junio. Caitlin llamó a Vix a la oficina.

—Tienes que venir. —Usaba su voz de princesa jadeante, la que había adoptado en Europa, algo entre Jackie O y la princesa Diana—. Me voy a casar en la casa de Lamb.

—¿A casar? —repitió Vix.

—Sí. Y tienes que ser mi dama de honor. Es lo más apropiado, ¿no crees?

—Supongo que depende de con quién te vayas a casar.

—Con Bru —respondió Caitlin, y de repente volvió a sonar como ella misma—. Me voy a casar con Bru. Pensé que ya lo sabías.

Vix se obligó a tragar, a respirar, pero se sentía pegajosa, débil. Tomó la lata fría de Coca-Cola Light que tenía sobre el escritorio y se la puso en la frente, luego en el cuello, mientras anotaba la fecha y hora de la boda. Dibujo tras dibujo, llenó la página con flechas, lunas crecientes y triángulos, como si estuviera en sexto grado otra vez.

—¿Vix? —dijo Caitlin—. ¿Sigues ahí? ¿Tenemos mala conexión o qué?

—No, está bien.

—¿Entonces vendrás?

—Sí.

Apenas colgó, corrió al baño de mujeres y vomitó hasta el alma. Tenía que devolverle la llamada a Caitlin, decirle que de ninguna manera podía hacer esto. ¿En qué estaba pensando Caitlin? ¿Y ella, qué estaba pensando al aceptar?

Cuando salió del baño, su jefa Angela estaba frente al espejo quitándose los lentes de contacto.

—Victoria —dijo entrecerrando los ojos—, tienes muy mal aspecto. ¿No estarás empezando con ese virus?

—No lo sé, puede ser.

—Vete a casa —dijo Angela— antes de que infectes a toda la oficina.

Vix caminó hasta su apartamento bajo un calor insoportable. La indigente le cantaba *I am woman, hear me roar...* y le puso el vaso de papel en la cara. Vix lo apartó de un manotazo y las monedas se desparramaron por la acera.

—¡Perra! —gritó la vagabunda.

—¡Te doy dinero todos los días! ¡Así que cuida a quién llamas perra! —le gritó Vix de vuelta.

La indigente le mostró el dedo mientras otra persona se agachaba para recoger las monedas.

Horas más tarde, Maia y Paisley la encontraron sentada en el suelo del apartamento. Estaba rodeada de álbumes de fotos y montones de fotografías sueltas, vestida solo con una camiseta sin mangas y ropa interior Calvin Klein. El ventilador estaba a toda potencia, pero apuntando en otra dirección para no volar las fotos. En el estéreo, Pat Benatar cantaba *Heartbreaker... love taker...*

—¿Qué? —preguntó Maia.

—Se casa con Bru —dijo Vix.

—¿Quién se casa con Bru?

—Caitlin.

—¡Dios!

—Quiere que sea su dama de honor.

Paisley y Maia se miraron.

—No puede estar hablando en serio —dijo Maia.

—Está hablando en serio —dijo Vix.

—Creo que voy a pedir comida tailandesa —anunció Paisley, buscando el teléfono en la canasta donde maduraban los plátanos.

Cuando llegó la comida, se sentaron alrededor de la mesa baja, las tres en ropa interior, con el pelo recogido.

—¿Puedo hablar con franqueza? —preguntó Maia, masticando un rollito primavera.

—Por favor —dijo Paisley.

Pero Maia esperaba que Vix le diera permiso.

—Adelante —dijo Vix, sabiendo lo que venía.

—Ya es hora de que lo superes, Victoria. De una vez por todas.

—Pensé que se suponía que tenía que superarla a ella.

—A él, a ella. Supéralo todo.

Vix hundió sus palillos en el pad thai. Maia lo tomó como una señal para continuar:

—Y por el amor de Dios, llámala y dile que no vas a ir a la boda. Que tienes otros planes. Que… no sé… te vas a Hawái con un tipo guapísimo. Y que la próxima vez que decida casarse y quiera que seas su dama de honor, que te avise con más tiempo.

Vix siguió comiendo, probó las verduras al curry, luego los camarones con piña.

—Ya no tienes trece años —dijo Maia, frustrada—. Ella no tiene poder sobre ti. Y no entiendo el punto de todo esto. —Señaló los álbumes y las fotos sueltas—. De rodearte de estos recuerdos.

Paisley le tocó el brazo.

—Mira —dijo—, ser parte del cortejo nupcial podría ser terapéutico para Victoria. Podría ofrecerle un cierre, ¿sabes?

—¿Qué cierre? —preguntó Maia—. Solo significará más fotos, más desgarro. —Negó con la cabeza, mirando a Vix.

Maia

Siempre supo que la fascinación de Victoria con la chica de la NSO no traería nada bueno. Desde el día en que Victoria se mudó a su cuarto en el ala sur de Weld Hall y colocó esas fotos, lo supo. *Adelante, ríete*, le dice a Paisley cuando lo comentan. *¡Yo lo sabía!*

Está completamente en desacuerdo con Paisley. Victoria no debería ir a esa boda. Y en serio, ¿qué clase de tipo se casa con la mejor amiga de su novia de toda la vida? Hará todo lo que esté a su alcance para impedir que Victoria vaya a Vineyard, salvo atarla y sentarse encima de ella, lo cual, pensándolo bien, no sería una mala idea.

Paisley

Lo admite, es un golpe duro. Pero no es la primera vez en la historia del mundo que pasa algo así. Probablemente ocurra más seguido de lo que imaginan. Solo que no les pasa a sus amigas. Ella está cien por ciento en desacuerdo con Maia. Victoria necesita estar en esa boda. Necesita vivirla. Es la única manera de que algún día pueda liberarse de ellos. No es que Victoria esté escuchando una sola palabra de lo que ella o Maia tengan que decir al respecto. Ya tomó una decisión, probablemente la tomó en el mismo instante en que Caitlin le pidió que fuera.

Cuatro semanas después, Caitlin —con el pelo volando al viento— recibió a Vix en el diminuto aeropuerto de Vineyard. Vix la divisó desde su ventana apenas aterrizaron, pero se sintió pegada al asiento.

—¿Va a seguir con nosotros hasta Nantucket? —le preguntó la azafata.

De pronto, Vix se dio cuenta de que era la única pasajera que quedaba en el avión. Avergonzada, agarró su bolso y bajó a toda prisa por las escaleras hacia la pista. Caitlin la encontró entre la multitud y le hizo señas con entusiasmo. Vix se encaminó hacia ella, negando con la cabeza, porque Caitlin llevaba una camiseta que decía *simplifica, simplifica, simplifica*. Estaba descalza, como de costumbre, y Vix apostaba a que sus pies estarían tan sucios como aquel primer verano. Caitlin la mantuvo a la distancia de un brazo por un momento.

—Dios, Vix —dijo—. ¡Te ves tan adulta!

Ambas rieron y, luego, Caitlin la abrazó. Olía a agua salada, a bronceador y a algo más. Vix cerró los ojos, respirando ese aroma tan familiar, y por un momento fue como si nunca se hubieran separado. Seguían siendo Vixen y Cassandra, amigas de verano para siempre. El resto había sido un error, una broma absurda.

QUINTA PARTE

ADUEÑARSE DE LA NOCHE 1990-1995

42

Dicen que cuando estás a punto de morir, toda tu vida pasa ante tus ojos como una película en cámara lenta. Esa noche, en la cena de despedida de soltera de Caitlin en The Black Dog, Vix siente que toda su vida pasa delante de ella y se pregunta si tal vez ese es el final. Si así es como todo va a acabar, parada a la sombra de Caitlin, celebrando su boda con Bru.

Maia y Paisley están equivocadas. Caitlin no es alguien a quien superar. Es alguien con quien reconciliarse, como tienes que reconciliarte con tus padres, tus hermanos. No puedes negar que alguna vez existieron. No puedes negar que alguna vez los amaste, que los amas todavía, aunque amarlos te cause dolor.

A cada invitado que entra a la fiesta le entregan una camiseta conmemorativa con una imagen estampada de los novios mirando por encima del hombro, ambos sonriendo ampliamente, una toalla compartida cubriendo sus espaldas desnudas. La leyenda dice:

Caitlin y Bru. 31 de julio de 1990

Qué amable de su parte elegir el vigésimo quinto cumpleaños de Vix para la fecha de su boda.

—Así nunca olvidarás nuestro aniversario —le dijo Caitlin.

Como si pudiera.

Más temprano ese día, Abby pasó por la habitación de Vix en el B&B donde ella y Lamb habían alojado a algunos de sus invitados.

—¿Puedo entrar? —preguntó tocando la puerta de Vix.

Vix se puso la bata. Cuando abrió, Abby la abrazó.

—Oh, Vix, espero que esto no sea demasiado difícil para ti.

—He pasado por cosas peores —respondió Vix.

Abby caminó por la habitación enderezando el cuadro de caracolas marinas en la pared, tocando la lámpara y recogiendo la linterna de la mesita de noche.

—¿Crees que ella sabe lo que está haciendo? —preguntó.

—No lo sé —dijo Vix.

Abby encendió y apagó la linterna un par de veces.

—¿Será él suficiente para ella? ¿Será suficiente la isla? ¿O solo está jugando algún juego?

—Eso tampoco lo sé —respondió Vix.

Abby dejó caer la linterna sobre la cama y tomó la mano de Vix.

—¿Y tú? ¿Estarás bien esta noche?

—Estaré bien.

—¿Y mañana en la boda?

Vix asintió.

—No te preocupes.

Abby la besó.

—Esa es mi chica.

Abby

¿Qué puede hacer? Tienes que alegrarte por tus hijos incluso cuando no entiendes sus decisiones. Lamb está tan sorprendido como ella, pero está contento. De todas las elecciones que Caitlin podría haber hecho a lo largo de los años, esta no le parece tan mala. Y está cerca de casa. Después de la tragedia de perder a sus amigos, después del monasterio, esto le parece un paso positivo. Además, le recuerda, Vix y Bru terminaron hace años. Está seguro de que Vix les ha dado su bendición.

Phoebe ve a Vix al otro lado del salón y le hace señas para que se acerque. Le presenta a su novio actual, Philippe, que es francés, mayor y serio.

—Qué ordinario, *¿n'est-ce pas*? —pregunta mientras se pone la camiseta.

Se inclina hacia adelante, dejando que el cabello le cuelgue hasta el suelo, antes de incorporarse rápido y echárselo hacia atrás. Luego se ajusta la camiseta con un cinturón sobre su larga falda de mezclilla. Con su plata de Santa Fe, Phoebe sigue luciendo elegante.

A Vix tampoco le entusiasma ponerse la camiseta, ya que había elegido cuidadosamente un vestido con un escote llamativo. Verse bien esta noche era importante para ella. Pero no quiere parecer aguafiestas. Dorset, la hermana de Lamb, es la única que se niega a ponerse la camiseta. Nadie discute con ella.

La familia extendida de Bru saluda a Vix: los tíos, las tías, todos esos primos, incluido Von con una Patti muy embarazada y dos niñas pequeñas, una de las cuales llora desconsoladamente.

—¿Qué me dices, Vix? —pregunta Von—. No estaba seguro de que vinieras.

—Por favor…, soy la dama de honor.

Intenta mantener un tono ligero. Nada de malos sentimientos por su parte. Después de todo, ella fue quien dijo que no. Ella fue la que no estuvo lista. Y eso es justo lo que le dirá a cualquiera que pregunte, como si decirlo lo hiciera más fácil de soportar.

—¿Y cómo va todo en la Gran Manzana? —dice Von.

—Animado… —empieza a decir más, pero se lo piensa mejor. ¿Para qué justificar su decisión ahora, especialmente con Von?

—Más animado que aquí, seguro —añade Patti.

—Perra, perra, perra… —Von lanza a Patti una mirada de tal desprecio que Vix se estremece. Patti le pasa la niña que llora a Von y se dirige al baño. Vix la sigue.

—Tú no sabes lo que es esto —dice Patti—. Siempre está así… enfadado conmigo por existir.

Entra al único cubículo mientras Vix se aplica brillo labial y se cepilla el pelo.

—Todo el mundo se vuelve loco en esta isla —sigue Patti desde dentro—. "Llévame a Boston un par de veces en invierno", le ruego. ¿Te crees que le importa? Pero si alguien le regala entradas para un partido de los Bruins, se va en un santiamén. Aquí lo ves, aquí no.

Patti tira de la cadena del inodoro y sale, ajustándose la camiseta sobre el vestido de maternidad.

—En invierno solo les importa una cosa. Cada noche es hockey, hockey, hockey… Luego, unas cervezas con los chicos y Dios sabrá qué más…

Patti se lava las manos y se retoca el peinado. Vix recuerda la primera vez que la vieron con Von, en la feria agrícola. Ella y Caitlin tenían catorce años, Patti probablemente un par más, rebelde, con *piercings* y mucho maquillaje, con una mecha púrpura en el pelo. Von la presentó como su chica.

—¿Te da cabezas de pescado? —le había preguntado Caitlin.

—Me da cosas mejores que esa —respondió Patti, deslizando una pierna entre las de Von y besándolo con la boca abierta.

Caitlin aplaudió:

—No sabía que este año había show de sexo en vivo en la feria.

Los chicos se rieron. Siempre se reían cuando Caitlin hablaba con descaro.

Patti tenía el cabello al natural ahora.

—Él se cree que es el regalo de Dios para las mujeres. —Seguía despotricando sobre Von—. No soporta que ella se case con Bru. Dice: "¡Carajo, toda esa plata y tremendo pedazo de culo también! Esa sí que sabía hacer mamadas". Como si yo no le hubiera estado chupando el pito desde que tengo dieciséis.

Vix fingía que se estudiaba en el espejo. No quería escuchar aquello. Ya tenía suficientes problemas esa noche.

—Todos son iguales, ¿no crees? —preguntó Patti—. ¿De verdad crees que con Bru será diferente solo porque se casa con una niña de bien? ¡Ja! Él también va a salir a jugar hockey y a corretear coños como todos los demás. Tú fuiste lista al irte a otro lugar, al hacer una vida para ti misma.

El rostro de Patti se contrajo y comenzó a llorar en silencio, los hombros temblando. Vix le dio unas palmaditas en la espalda.

—¿Vas a estar bien?

Patti asintió. Sacó un pañuelo del bolsillo.

—Solo necesito un minuto.

—Te veo afuera —dijo Vix.

Von estaba esperando, con una niña pequeña en brazos y otra aferrada a su pierna.

—Apuesto a que te dio un buen sermón —dijo él.

—Nada que no haya escuchado antes —contestó Vix.

—Mira, siempre fue un error. Pero nunca pensé que las cosas se pondrían tan mal… ¿sabes?

No podía creerlo cuando Bru le había contado que Von y Patti estaban casados. ¡Casados! Que Patti estaba embarazada. La había llamado a la universidad con la noticia justo cuando empezaba su segundo año.

—Te ves increíble —dijo Von, insinuándose—. Muy sexy, pero tú siempre lo fuiste, ¿verdad?

Se le acercó, susurrándole al oído. Su mano libre descansaba en la nuca de ella. La niña le tiraba del cabello.

—¿Te acuerdas de aquella fiesta de cumpleaños en Chappy? Pienso en eso todo el tiempo…

Vix se apartó justo cuando Bru y Caitlin llegaban. La novia y el novio. La pareja feliz. Bru la miraba directamente. ¡Maldita sea! Se veía bien. Ella había estado esperando que estuviera fofo, que no sintiera nada, nada más que alivio por no ser ella quien se casara con él al día siguiente. Pero las viejas reacciones físicas regresaron: las rodillas débiles, las palmas sudorosas. *El momento de la verdad, Victoria. ¡No lo arruines!* Se cruzaron las miradas. Él le lanzó esa expresión profunda, esa mirada que podía derretirle las entrañas. *Eres mi chica, Victoria. Siempre lo serás.* No tenía idea de lo que realmente pensaba. Tal vez más bien algo como: *¡Mira a Victoria! Carajo, ¿engordó o es solo esa camiseta ridícula?*

Ella tomó una copa de champán de una bandeja, la levantó como si brindara por él y luego la bebió de un trago. Él sonrió mientras ella se alejaba de Von. *Ya estaba. Se habían reconocido y había sobrevivido*. Se abrió paso entre la multitud hasta Sharkey. No lo veía desde el quincuagésimo cumpleaños de Lamb. Había una mujer a su lado con una niña aferrada a su espalda como un koala. La presentó como Wren y a la niña como su hija, Natasha. Wren llevaba una trenza de hilo y una falda larga con estampado hindú. ¿Era una relación romántica? ¿Sharkey tenía una mujer en su vida? *Pues cásate con eso, Victoria. ¿Y el hermano?* Le daban ganas de reír, o de llorar, pero era hija de su madre. No secaba los trapitos al sol.

Sharkey abrazó a Vix con cuidado, inclinando el cuerpo para que nada importante se tocara entre ellos.

—¿Estás bien? —preguntó, y ella entendió que su pregunta no tenía que ver con su salud.

—Estoy bien, de verdad —dijo, mientras tomaba otra copa de champán.

—Bien. Me alegro —dijo él.

Se había mudado al este después de obtener su doctorado y ahora era investigador en el programa de inteligencia artificial de MIT.

—Daniel y Gus están aquí —dijo, señalando hacia ellos.

Vix siguió su mirada y ahí estaban. Los chicaguenses, juntos de nuevo. Ella era Alicia, caída en la madriguera. Toda su historia estaba conectada con los invitados de esa fiesta. Daniel, alto y delgado, con entradas marcadas, vestido impecablemente con Polo Sport y con la misma expresión aburrida del día que lo conoció. Ahora trabajaba como abogado en la firma de su padre, en Chicago. Vix sabía que Abby tenía una esperanza secreta de que ella y Daniel terminaran juntos. Se preguntaba si Daniel también lo sabía.

Gus era un hombre grande, cuello grueso, hombros anchos, cabello oscuro. Vix no lo veía desde el verano en que dejó a Caitlin, hacía ocho años. Se abrió paso entre un mar de camisetas con las caras sonrientes de Caitlin y Bru mirándola desde todas las direcciones y tomó por sorpresa a los chicaguenses.

—¡Pastilla! —exclamó Gus, dándole un fuerte abrazo.

A diferencia de Sharkey, él no temía acercarse ni besarla muy cerca de la boca.

—Qué gusto verte.

Y por una vez, ella también se alegraba de verlo. Los amigos de verano. Daniel la tomó de los hombros y le plantó un beso frío cerca de la oreja.

—¿Cómo estás, Vix?

La estaba volviendo loca tanto pésame disfrazado. No soportaba que pensaran que había sido traicionada. Era importante dejar las cosas claras, hacerles saber a todos que lo que ella y Bru habían tenido estaba oficialmente terminado, que él era libre de casarse con quien quisiera, incluso con Caitlin. Sí, era incómodo. Pero mírenla, ¿se está desmoronando? ¡No, maldita sea! ¿No veían que estaba bien? ¡Que estaba cien por ciento bien!

—Entonces —dijo Gus—, ¿tu novio está aquí?

—¿Mi novio? —hizo una pausa. Pensó que debería haber traído a alguien. ¿Por qué no lo hizo? Earl habría venido con ella. Habría encontrado suficiente material ahí para al menos dos obras nuevas. Pero dijo—: No, no pudo venir. ¿Y tu novia?

—¿Qué novia? —preguntó Gus—. Todavía estoy tratando de superarte. Fuiste mi primer amor.

Esta vez ella rio de verdad.

—¿No me crees? Pregúntale al Baumer si no es cierto.

Daniel le dirigió su mirada altiva.

—Dios nos ayude, es cierto.

—Bueno, Gus, brindemos por lo que pudo haber sido —dijo Vix, vaciando su tercera copa de champán.

Ese fue un error. Lo supo en cuanto dejó la copa vacía en la bandeja. Se le subió de inmediato a la cabeza, la mareó, le revolvió el estómago. Los chicaguenses la escoltaron afuera, donde los tres se sentaron en un tronco en la playa.

Daniel

Vix se ve bien. Perdió esa grasita infantil. Ahora se le marcan los pómulos. Aunque no es su tipo. A él le gustan las rubias frías. Elegantes. La última le dijo: *Eres demasiado intenso para mí, Daniel. Necesito a alguien, ya sabes, con menos intensidad.*

Está trabajando en eso, pero con su herencia genética no espera llegar a ser ni remotamente relajado. No como Gus, con su humor fácil. Las mujeres lo encuentran irresistible. No les molesta su aspecto desaliñado. Tal vez sueñan con transformarlo, con comprarle ropa nueva. Nunca se sabe con las mujeres.

Mira a Ab. ¿Quién habría pensado que su madre tenía tanto potencial? A su padre le saca de quicio que le haya ido tan bien. Y no solo por Lamb y el dinero. Lo otro también, la filantropía. Forma parte de los consejos directivos de cuatro grandes organizaciones. Lamb resultó ser un buen tipo. Les compró una propiedad a los padres de Ab en Longboat Key. La abuela ahora es la reina del condominio.

No está muy seguro de seguir trabajando en el bufete de su padre. Desde que el viejo se divorció del caramelito ha estado pasando por una especie de crisis personal. Se deprime. El médico lo tuvo en Prozac un tiempo. Tal vez ya sea hora de que él también dé un giro, de mudarse incluso. Miami está en auge, en más de un sentido.

Después de un minuto, Vix se deslizó sobre la arena, apoyando la cabeza contra el tronco. Cerró los ojos. Flotaba entre la vigilia y el sueño, mientras las voces de Gus y Daniel llegaban desde muy lejos, aunque podía sentir sus cuerpos justo a su lado.

—Nunca pudo resistirse a los chicos de la isla —dijo Gus.

Está equivocado, pensó Vix. *Solo a Bru no pudo resistirse.*

—Ahí estábamos, calientes como el infierno —continuó Gus—, y ella va y se acuesta con el del moño.

Oh, Caitlin… Está hablando de Caitlin.

—Sigue estando preciosa —dijo Daniel.

—Pero ahora está desencantada —le respondió Gus.

—¿Tú crees? —preguntó Daniel.

—Se le nota en los ojos.

Hablaban como si ella no estuviera allí, como si fuera invisible. Tal vez ya estaba muerta y aún no lo sabía.

—Una vez —decía Gus—, voy pasando por su cuarto y me hala hacia adentro y cierra la puerta. "Gus, ¿me haces la espalda?", me dice, y me pasa una botella de bronceador. Llevaba ese traje de baño amarillo. ¿Recuerdas ese traje amarillo? Y se baja los tirantes. Al diablo, se baja todo el traje hasta la cintura. Yo tendría diecinueve o algo así, un muchacho lleno de hormonas.

Vix no sabía si iba a vomitar o no. Intentó abrir los ojos, pero todo le dio vueltas, así que los cerró de nuevo de inmediato.

Los chicaguenses debieron recordarla entonces, porque sintió cómo la miraban, asegurándose de que fuera seguro seguir hablando. Gus dijo:

—La Pastillita está completamente ida.

Daniel comentó:

—Si me dices que te acostaste con Caitlin y te lo guardaste todos estos años…

—Ni cerca —dijo Gus—. Apenas pude sostenerle esas tetas perfectas entre las manos por dos segundos, y entonces me dice: "Quiero que lo uses mientras miro". "¿Usar qué?", le pregunto. Y me dice: "Todo el paquete".

—¿El paquete? —preguntó Daniel.

—El paquete —repitió Gus.

Vix se lo imaginó agitándose los testículos para mostrarle a Daniel a qué se refería, porque los dos empezaron a reír.

Vix también quería reír. Quería reírse de cómo Cassandra le contó los vellos púbicos a Vixen. *Dieciséis. ¡Eres tan afortunada!* Pero en lugar de eso, sintió que estaba a punto de llorar.

—Siempre pensé que haría algo importante con su vida —dijo Daniel.

Sonó una campana anunciando la cena y Gus sacudió a Vix.

—Vamos, Pastillita. Es hora de levantarse.

La ayudó a ponerse de pie.

—¿Cómo te sientes? ¿Vas a sobrevivir?

Estaba tambaleante, pero logró llegar hasta la orilla. Se quitó la estúpida camiseta, la mojó y luego se la presionó contra la cara y el cuello.

—Así sí —dijo Gus, echándole un vistazo al vestido. Todavía era un niño grande lleno de hormonas.

—Y para que conste —le dijo ella—, la del traje de baño amarillo era yo.

Está sentada entre Daniel y Gus durante la cena. Cuando Gus ve al novio de Phoebe echándole a Vix una mirada soñolienta y lasciva, se vuelve hacia Daniel.

—Pastillita atrae a los tipos como un imán —dice.

Caitlin era el imán. Ella solo era una partícula dentro de su campo magnético.

Después de la cena, les piden que se reúnan en la playa para ver un espectáculo de fuegos artificiales en honor a los novios. Daniel cubre sus hombros con su chaqueta de lino. Vix se recuesta contra Gus, quien —cree ella— le huele el cabello justo cuando el cielo se ilumina, devolviéndola a otros fuegos artificiales, en otras playas. *No te asusto, ¿verdad? No, me asustan estos sentimientos.*

Cuando la fiesta termina, Caitlin se ofrece a llevarla de vuelta al B&B.

—¿No te vas a casa con Bru? —pregunta Vix.

—No esta noche. Trae mala suerte que los novios pasen la noche anterior a la boda juntos.

Vix nunca había oído eso, pero se sube al Jeep blanco de Caitlin. Había bajado el techo y mientras salen del pueblo, el viento les azota el cabello.

—Esto no es demasiado difícil para ti, ¿verdad? —pregunta Caitlin—. Quiero decir, vernos juntos.

Vix agradece la oscuridad y el champán.

—Hace tanto que lo de ustedes dos se terminó…

Le gustaría ser generosa, tranquilizar a Caitlin, pero no encuentra las palabras adecuadas, así que no dice nada.

—¡Odio cuando te callas así! —grita Caitlin.

El Jeep da un volantazo. Vix cierra los ojos y se agarra con fuerza, convencida de que Caitlin va a matarlas. Pero no, simplemente toma la repentina decisión de detenerse en el mirador de Tashmoo, donde apaga el motor y apoya la cabeza en el volante.

—Oh, Dios... —Llora—. Ni siquiera sé si quiero casarme con él.

Vix se pone tensa.

—¿Eso te sorprende, supongo? —dice Caitlin—. Tú nunca has hecho nada de lo que te arrepientas, ¿no?

En ese momento, Vix siente una oleada de... ¿de qué? No lo sabe. No está segura de si odia a Caitlin o a sí misma, o tal vez a Bru, por haber creado esta situación en primer lugar.

—Oh, al diablo. —Caitlin se limpia la nariz con el dorso de la mano—. Al menos será una buena fiesta.

Gira la llave del encendido y arranca el motor, luego conduce hasta el B&B y deja a Vix en la entrada.

—Duerme bien —le dice, lanzándole un beso.

—Tú también —responde Vix.

43

Ella sabe que no va a poder dormir. Intenta leer, pero no logra concentrarse, así que agarra su suéter y la linterna, y vuelve a salir. El viento empieza a arreciar. Ilumina con la linterna el camino arbolado que baja hacia la playa. No ve la figura que sale de entre las sombras hasta que la agarra. Se queda paralizada por el miedo. No puede gritar, no puede correr. *Así que así es como va a terminar todo. ¡Vaya manera de arruinar la fiesta de bodas!*

La gira rápidamente, pero espera, no es un loco, al menos no del tipo que ella tenía en mente. Es Bru.

—Tenemos que hablar —dice él.

Ella se lo sacude de encima y apresura el paso. Él camina a su lado con zancadas largas.

—No sé cómo pasó todo esto. No sé qué estoy haciendo con ella. Qué estamos haciendo juntos.

Ella se detiene y le apunta a la cara con la linterna.

—¡Seguro que van a tener un matrimonio muy feliz!

—Mira, Victoria, fue un error. Lo admito, ¿de acuerdo?

—Ahórratelo —dice Vix, levantando la otra mano.

Él la toma y la hala hacia sí, haciéndola jadear. Tiene diecisiete otra vez, nadando por su vida, pero esta vez se está hundiendo, esta vez se está ahogando. Deja caer la linterna al suelo. Él empieza a besarla. Pequeños besos suaves en las comisuras de los labios, luego besos profundos, hambrientos. Le toma la mano y la conduce deprisa, muy deprisa por el camino hasta su camioneta. Y sin decir una palabra se dirigen hacia su cabaña, tierra adentro.

Se despierta con el sonido del faro justo antes del amanecer. El corazón le late con fuerza, la cabeza le duele. Toma lo que puede de su ropa del montón en el suelo, camina de puntillas descalza hasta la puerta y en silencio, para no despertarlo, sale. Se calza, se pone el vestido y empieza a correr entre matas de ciruelo de playa y bayas de mirto que le raspan las piernas. Corre, corre hasta que llega a la carretera principal, donde le da un aventón el primer auto que pasa, el de dos mujeres que van hacia el ferry de la madrugada.

Quizás debería seguir adelante, simplemente subir al ferry, salir de esta isla. Pero se preocuparían por ella. Abby diría: *Mira, su cama no ha sido usada. Algo terrible ha pasado. Lo sé*. Llamarían a la policía, que encontraría su ropa interior en la camioneta de Bru o en su cama o donde sea que la haya dejado y lo acusarían de algo peor que la verdad. La boda se pospondría.

—¿Aquí está bien? —pregunta la que conduce señalando el cartel del B&B.

—Sí, gracias —responde Vix. Mientras camina la milla de regreso, se encuentra con Philippe *—maldita sea—* que está trotando a primera hora de la mañana. ¿Se da cuenta de que todavía lleva la ropa de anoche?

—Ah, Veek-toria, ¿disfrutando de un paseo matutino? —dice él.

—Sí —responde ella, apretando el paso—. Siempre camino antes del desayuno.

Él la mira de arriba abajo y ella sabe que él sabe que no durmió en su habitación. Pero no tiene ni idea de dónde pasó la noche ni con quién.

44

A las diez el sol ya ha quemado todo y mientras Vix cabecea en el viejo mecedor de mimbre, en el porche de la casa de Lamb, respira hondo, atrapando el aroma de los lirios stargazer del jardín de Abby. Se imagina caminando por el pasillo dentro de una hora, llevando el sombrero de paja que descansa sobre sus piernas, el vestido de gasa color marfil rozando sus tobillos. Llevará girasoles. Le han dicho que debe sonreír. Después de todo, es la dama de honor de Caitlin. ¿O es una dama hecha de honor? Hace una mueca ante su propio mal chiste. No puede evitar desear que la misma hada madrina que le permitió ser amiga de Caitlin en primer lugar bajara ahora volando a rescatarla, llevándola lejos de esta isla, esta isla de recuerdos, todos los mejores y peores de su vida.

Escucha a Caitlin llamándola desde lejos.

—¡Vix, sube aquí ya! Una dama de honor tiene responsabilidades, ¿sabes? —ríe Caitlin y un eco de risa la sigue.

Phoebe la sacude suavemente.

—Vix…

Cuando abre los ojos, Phoebe pregunta:

—¿Noche difícil?

Vix se abanica la cara con el sombrero de paja. Probablemente Philippe le haya dicho a Phoebe que la vio temprano esta mañana, que pasó la noche en vela. Reza para que ninguno de los dos llegue a saber la verdad.

Abby finalmente ha remodelado la habitación de Caitlin. Las paredes han sido encaladas, las viejas camas individuales han sido reemplazadas por una cama antigua de hierro, cubierta con muchos almohadones con encajes. Los libros llenan las estanterías donde antes estaban los juguetes rotos. Su colección de piedras de la playa, ordenadas por color —lavanda, carey, gris— está guardada en frascos de vidrio. Una ampliación de una foto en blanco y negro cuelga en la pared. Fue tomada ese primer verano cuando ella y Caitlin tenían doce años, abrazadas las dos, mirándose a los ojos como si compartieran un secreto delicioso.

Caitlin baila por la habitación sosteniendo la falda de satén marfil de su vestido de novia. Está exquisita, tan radiante como si acabara de salir de la portada de la revista *Bride*.

—Es el vestido de mi abuela —le dice a Vix—. Te llevé a ver su tumba una vez, ¿recuerdas?

—Lo recuerdo.

—Dorset me lo envió. Me quedó perfecto. Ni siquiera necesitó alteraciones. Me pregunto si la abuela Somers se dará cuenta. Probablemente no. No ve muy bien. Tiene más de noventa años.

Se detiene frente al espejo. Su rostro está sonrojado.

—No puedo imaginar vivir tanto tiempo, ¿y tú?

Vix no puede imaginar nada más allá de hoy y eso le está costando. Levanta el velo de su nido de papel seda, pero antes de poder ponérselo a Caitlin, esta la agarra del brazo.

—Espera... —Se da vuelta para mirarla—. Sobre anoche...

Dios, ella sabe... ¡Él se lo contó! Quizás debería confesar ahora, sacar todo de una vez, suplicarle perdón.

—¿Lo que dije en el Jeep? —continúa Caitlin, como si hiciera una pregunta—. ¿Cuando te dije que no estaba segura de casarme con Bru?

Vix siente mareo.

—Nunca terminé lo que estaba tratando de decir, lo que necesitaba decir...

—No tienes que explicar —dice Vix, esperando que no lo haga—. A todos les dan nervios de último minuto.

—No, no es por nervios de último minuto —dice Caitlin—. Es sobre Bru y yo.

Vix contiene la respiración. Nunca se ha arrepentido de algo tanto como de lo de anoche. Ojalá pudiera retroceder.

—Siempre quise lo que tú tenías —dice Caitlin.

—Tú eras la que lo tenía todo.

—No lo veía así. Tú eras la hija que Abby siempre quiso. Tú eras digna de las becas de la Fundación Somers. Incluso tenías pecho. Así que tuve que probar que era más sexy. Que podía tener al chico que quisiera, incluso a Bru.

—Bueno, ahora lo tienes.

—No me refiero a ahora, aunque hay algo curioso en casarse con tu primer amor.

Vix está completamente confundida.

—¿No te olvidas del instructor de esquí en Italia en tu tercer año?

Caitlin niega con la cabeza.

—Lo inventé para ti.

—¿Inventaste al instructor de esquí?

—Para que pensaras que yo fui la primera.

Vix tiene problemas para digerir esto.

—¿Quieres decir que mentiste?

—¿No podemos decir que soy imaginativa?

—¿Imaginativa?

—Bueno…, mentí.

—¿Y Von? ¿También lo inventaste?

¿Y qué pasa con los otros cien o tantos que ha oído en estos años?

—Oh, Von…, nunca, ya sabes, consumamos nuestro romance. Él no quiso usar condón. Ya sabes a dónde lo llevó eso. De todos modos, le gustaban más las otras cosas.

Se quedan mirándose hasta que Caitlin dice:

—¿Quieres decir que nunca supiste? ¿Que nunca lo adivinaste?

Vix siente que no puede respirar. Se agarra del cabecero de la cama.

La voz de Caitlin se vuelve un susurro.

—Después de Nathan, después del funeral, cuando regresé a la isla…

Vix se da vuelta. No. Se niega a creerlo. Mira por la ventana mientras las niñas de las flores se alinean por tamaño, cada una con un ramo de margaritas.

—Me pediste que se lo explicara —dice Caitlin—. Me pediste que le dijera por qué no podías volver. Se dio así, no significó nada. De verdad.

Vix no se mueve. Caitlin la agarra y la obliga a escuchar.

—Admito que tuve celos porque él te amaba tanto, pero más aún porque tú lo amabas a él. Quise probarte que él era como todos los demás, siguiendo su camino sin pensar.

—Bru nunca fue así.

No puede creer que esté defendiendo a Bru después de anoche. Va a decirle la verdad a Caitlin. Ahora mismo. Va a equilibrar las cosas.

Pero Caitlin no ha terminado.

—¿Por qué crees que me alejé? —pregunta—. ¿Nunca te lo preguntaste?

Crees conocer a alguien muy bien y luego descubres…

—No volvió a pasar —agrega Caitlin—. Ni siquiera nos vimos hasta hace un par de meses, cuando regresé.

Vix se mira en el espejo y se sorprende de que su rostro no muestre nada, nada.

Llaman a la puerta.

—Una para el recuerdo —dice la fotógrafa, abriendo la puerta con el pie. Pide a Vix que se incline sobre el hombro de Caitlin mientras ambas miran al espejo—. Eso es. Un poco más cerca, para que sus caras casi se toquen. ¡Sí!

Vix coloca la diadema con el velo sujeto en la cabeza de Caitlin, la centra bien, la acomoda para que los encajes y las perlas enmarquen el hermoso rostro de Caitlin.

La fotógrafa toma esa foto también.

Antes de salir de la casa, Caitlin lleva a Vix hasta una mesa en la sala donde Abby ha exhibido los regalos de boda.

—Mira esto —dice, levantando una figurita de porcelana de una niña con tutú sobre un caballo.

La tarjeta dice:

Querida niña, si todo lo demás falla, ¡únete al circo!

Vix comienza a reír. Caitlin se une a ella. Se abrazan, convulsionando, hasta que Phoebe las separa.

—Es hora de irnos —le dice a Caitlin—, si estás segura de que quieres seguir adelante con esto.

En la iglesia, la abuela Somers pregunta en voz alta:

—¿Con cuál de ellos se va a casar? —Dorset señala a Bru.

—Oh, es bastante apuesto, ¿no? ¿Quiénes son sus padres? ¿A qué se dedican?

Sharkey acompaña a Phoebe por el pasillo. Ella está relajada, sonriente. Daniel escolta a Abby, que parece tensa, aunque intenta disimularlo. Las dos mujeres se sientan una al lado de la otra. Vix no puede mirar a Bru. Reza para que no diga nada jamás. ¿Cómo puede estar seguro Bru de que Vix guardará su secreto?

Caitlin camina por el pasillo apoyada en el brazo de Lamb. Él parece tan orgulloso, tan amoroso, que a Vix se le llenan los ojos de lágrimas. Caitlin le sonríe directamente. Tiene la sensación de que Caitlin está a punto de hacer algo, pero no sabe qué. Medio espera que le empuje el ramo isleño de cosmos, campanillas y margaritas en la cara y le diga "Cásate con él. ¡Ustedes se merecen el uno al otro!".

Bru

Estaba loco anoche. Fuera de su maldita cabeza. ¿Qué estaba haciendo? ¿Intentando salir de esto? Pero ahí viene Caitlin del brazo de Lamb, deslizándose por el pasillo como una especie de ángel. Sonriéndole directamente. ¡Mierda! ¿Y qué se supone que debe hacer?

Recuerda la noche en que ella llegó a él con un mensaje de Victoria, justo después de que murió Nathan. La hermosa Caitlin a los diecisiete, viéndose tan triste, tan triste. Él la había tomado en sus brazos para detener sus lágrimas. No había querido besarla. Pero la forma en que lo miró, con los labios entreabiertos y húmedos... No había querido hacerle el amor. Y, cielos, ella era virgen. Había sangrado por todas partes. Una verdadera sorpresa después de todas esas historias que Von le había contado. Un error, le dijo después. ¿Lo entendió? Porque eso nunca iba a volver a pasar. Ella lo entendió. Y se había mantenido alejada de la isla, alejada de él, hasta ahora. De repente se da cuenta de que no solo fue el primer amante de Victoria, sino también el de Caitlin. Quizá ese sea su problema. Las ama a ambas. Está contento de no tener que elegir. Contento de que ellas lo hayan hecho por él.

Caitlin y Bru están frente al joven ministro que juega hockey con los chicos los lunes y jueves. Ella promete amar, cuidar y respetar a Joseph Brudegher hasta que la muerte los separe, y él le promete lo mismo a ella. Se colocan anillos a juego en los dedos. El ministro los declara marido y mujer. Se besan y los invitados aplauden, mientras la niña más pequeña que lleva flores se levanta el vestido y se rasca la parte trasera.

Se ha instalado una carpa en el césped de la casa, con mesas para ciento cincuenta personas. Los tacones de Vix se hunden en el suelo blando mientras avanza con las demás damas de honor y toma su lugar en la mesa principal. Los invitados bailan al ritmo de la banda de *swing* de Martha's Vineyard sobre un piso de madera que desciende cuesta abajo. Vix solo bebe agua de diseñador, pero de todas formas se siente mareada. *Fini, finis, finito*... Quizá Paisley tenía razón cuando le dijo a Maia que esto podría ofrecer un cierre. Ahora todos serán adultos, ¿no?

Baila una vez con Bru, que dice:

—Sobre anoche...

—Olvídate de anoche —responde ella—. Anoche nunca pasó. Sus rodillas no se debilitan. Su estómago no da volteretas. Anoche fue el final y los dos lo saben. Puede sentir su alivio.

—Ella es hermosa, ¿verdad? —pregunta Bru mientras ambos observan a Caitlin bailar un vals con Lamb—. No puedo creer que sea mi...

—Esposa —termina Vix por él.

La música termina, pero no se separan. Ella piensa en preguntarle si es verdad, si él y Caitlin realmente… Pero ¿para qué? Por lo que sabe, Caitlin lo inventó, como el instructor de esquí. Por lo que sabe, no hubo mujer en París que cortara las bragas de Caitlin ni Tim Castellano en Los Ángeles, ni hombre casado que la embarazara en Londres. Ya casi no importa.

Gus se acerca y le pone un brazo alrededor de la cintura.

—Creo que esta es mía, Pastillita.

Trisha y Arthur pasan girando y haciendo piruetas. Ninguno de los jóvenes sabe bailar esta música, pero siguen el ejemplo de la generación mayor y fingen que bailan igual.

—Entonces —dice Gus—, la hermosa princesa se casa con el príncipe y viven felices para siempre en una isla mágica. ¿Verdad o mentira?

—Verdad —contesta ella.

—¿Y si él se convierte en rana? ¿Qué pasa entonces?

—¿Y si ella se convierte? —ríe ella.

Gus se ríe y la atrae más cerca.

Los primos alborotados animan cuando la banda cambia a *rock*. Abby reparte tapones para los oídos a quien los necesita. Los niños pequeños se persiguen arriba y abajo por el césped. Von ha bebido demasiado y habla sin parar brindando por los novios. Lamb lo rescata, pero Patti se va molesta de todos modos, llevándose a las dos niñas pequeñas consigo. Dorset se acerca con intenciones de ataque; ha estado observando a Lamb desde la fiesta de anoche.

Ya entrada la tarde, después de cortar el pastel, tras las fotos obligatorias de la novia alimentando al novio y viceversa, los primos cargan a Bru y lo lanzan al estanque. Cuando uno de ellos levanta a Caitlin y la cuelga sobre su hombro, ella le golpea la espalda y grita:

—¡No en mi vestido de novia, idiota! ¡Es una antigüedad!

Él la baja y ella se quita el vestido, dejándolo en la orilla cubierta de césped del estanque. La lanzan desde el muelle con solo su larga combinación color marfil. Bru la atrapa en el agua. Se besan. Él sale del estanque con ella en brazos, como si la estuviera llevando sobre el umbral. El fotógrafo captura el momento.

—Tú eres la siguiente, Victoria —dice otro primo, levantándola y lanzándola al agua desde el extremo del muelle.

Luego todos saltan, uno tras otro: los primos, sus esposas y novias, la mayoría de los jóvenes invitados y algunos no tan jóvenes, todos en sus mejores galas.

Pero no Sharkey, que se ha llevado a Wren en el bote pequeño, ni Daniel ni Gus, que esperan a que Vix salga.

—No puedes quedarte todo el día ahí adentro —llama Gus, riendo.

Ella se siente incómoda y cohibida, como una concursante no voluntaria en un concurso de camiseta mojada. Cuando finalmente sale, con los brazos cruzados sobre el pecho, Gus le envuelve una toalla de playa alrededor.

—Siempre fuiste tímida, Pastillita.

—¿Vas a seguir llamándome Pastillita?

—¿Cómo debería llamarte?

—¿Qué tal Vix?

—Vix… —dice él, probándolo.

En el piso de arriba, Caitlin le pasa un *short* y una camiseta para que pueda quitarse la ropa mojada. Caitlin ya se ha cambiado a unos *jeans*. Está cerrando la cremallera de su mochila, preparándose para salir de luna de miel, un viaje de campamento a Maine.

—Gracias, Vix, por estar aquí conmigo. —Mira la foto de las dos cuando tenían doce años—. ¿Quién dice que una foto no vale más que cien palabras?

—Mil —responde Vix—. Creo que son mil palabras.

Caitlin se ríe.

—Éramos un gran equipo, ¿no?

—Sí.

Caitlin la abraza.

—Siempre te querré. ¿Prometes que tú siempre me querrás?

—Sabes que sí.

Y es verdad, piensa Vix, pase lo que pase, siempre querrá a Caitlin.

Caitlin se ajusta la mochila.

—¿Le preguntaste a Bru sobre ese verano?

—Sí —miente ella.

Caitlin asiente.

—¿Te dijo la verdad?

—Sí —otra mentira.

Ella vuelve a asentir.

—Lo suponía.

45

En el mayo siguiente, Caitlin da a luz a una niña. La llaman Somers Mayhew Brudegher, pero le dicen Maizie. Vix llega para la ceremonia de nombramiento acompañada por Gus, quien se ha mudado a Nueva York para escribir en *Newsweek*. Han estado viéndose desde la boda, yendo al cine, compartiendo cenas tardías, patinando los domingos en el parque. Son amigos, pero ninguno ha querido arriesgarse a arruinar la relación con un cambio.

Una noche, saliendo de una película en el Village, los sorprende un aguacero. No hay un taxi a la vista. Están más cerca de su apartamento en la décima que del de ella en la 26, así que corren hacia allá. Ya están empapados cuando él le pasa una toalla, una sudadera y unos pantalones deportivos. Ella se quita la ropa en el baño y está a punto de ponerse la sudadera cuando ve una bata colgada detrás de la puerta. Ojalá fuera de seda y no de franela, piensa mientras se la pone, ciñendo el cinturón a la cintura y remangando las mangas. Pasa un peine por su cabello mojado, luego rebusca en su bolso la muestra de *Obsession* que ha estado guardando. Se pone un poco entre los pechos, detrás de las orejas y en las rodillas, que empiezan a temblar. Escucha a John Coltrane en el reproductor de CD.

Gus se ha cambiado a camiseta y *jeans*. Al principio no sabe qué pretende ella. Ella ve su confusión y sonríe. Sus ojos se posan en la abertura de la bata. Él se da la vuelta.

—No hagas esto a menos que estés segura, Vix.

—Podría decir lo mismo —responde ella.

—Nunca he estado tan seguro de algo en toda mi vida.

La atracción entre ellos es tan fuerte que está segura de que habrá chispas cuando él la toque.

Un año después se reúnen en la Vineyard para el primer cumpleaños de Maizie. Caitlin está distante, distraída. Bru es cuidadoso y protector. Cuando Maizie llora, es Abby quien la toma en brazos y la consuela.

Al día siguiente, Vix vuela a Florida con Gus para ver a Tawny. No se han visto en años, pero Tawny la ha llamado pidiéndole que vaya. Hay alguien a quien quiere que Vix conozca. Y Vix también tiene noticias para ella.

En Key West, Tawny mira canales de compras. Dice que le gusta soñar que tiene el dinero para comprar todo lo que ve, aunque sabe que la mayoría es basura y no la querría ni siquiera si pudiera tenerla. Todos tienen fantasías, supone Vix. Tawny parece relajada, incluso feliz. Vive en Old Town, en una casita amarilla de estilo caracola, con un árbol de jacaranda que da sombra a la veranda. Puede caminar al océano todos los días si quiere.

La persona que quiere que Vix conozca es Myles, un hombre fornido y bronceado que lleva un gorro de capitán. Vix no está segura si Myles es su nombre o apellido.

—Es un retirado de la marina —dice Tawny con orgullo—. Con buena pensión. —Le muestra una foto de él con el uniforme completo—. Era apuesto, ¿verdad? Claro, esta foto es de hace tiempo, pero todavía se nota.

Vix sabe que es importante estar de acuerdo con Tawny, así que responde:

—Sí…, todavía se nota.

Myles pasa sus días paseando en una pequeña lancha de madera. Tawny sigue trabajando para la Condesa, que vive a una cuadra, en una casa rosa con ventanas arqueadas en la calle Francis. Está conectada a un tanque de oxígeno. Apenas puede dar media docena de pasos sin él. Tawny supervisa a los cuidadores, que están las 24 horas. A la Condesa le gustan mucho los jóvenes apuestos y ellos la adoran.

Tawny le dice a Vix que la Condesa dejará la mayor parte de su dinero para los derechos de los animales, pero que establecerá un pequeño fondo fiduciario para ella.

—No voy a ser rica, pero no necesito mucho aquí abajo para vivir, y pienso quedarme, incluso después de que la Condesa… ya no esté con nosotros. Así tu padre podrá tener sus ahorros para él y Frankie. Así que, si todo va bien, no tendrás que preocuparte por cuidarnos cuando seamos viejos. Al menos eso podemos hacer por ti.

Vix queda impactada. Había supuesto que Tawny simplemente los había descartado.

Tawny

Ya está, lo ha hecho. Lleva una semana practicándolo y finalmente le ha dicho a Victoria que es una buena hija y que merece solo lo mejor. Bueno, tal vez no con esas palabras exactas, pero está segura de que Victoria captó el mensaje. Buen muchacho. Espera que sean felices. Solo que no esperen nada de ella. Ya ha dado todo lo que tenía.

A Tawny le cae bien Gus. A todo el mundo le cae bien. Vix se siente increíblemente afortunada. Es cierto que a veces la saca de quicio, pero su sentido del humor siempre los salva. Sabe exactamente cómo hacerla reír. Se siente cómoda con él y a la vez deliciosamente sexy. No tienen miedo de jugar. Una vez, él le sugirió que lo montara en la bañera. *Muérdeme el cuello*, susurró, *hálame el cabello*... Otra vez, mientras manejaban por una carretera rural, ella olió peonías y se sintió tan excitada que le bajó el cierre y metió la mano dentro del pantalón. Él se orilló y terminaron haciendo el amor en el carro, con la puerta del pasajero abierta y la cabeza de ella colgando hacia afuera. Cuando está acurrucada en sus brazos, Vix sabe que los otros solo fueron práctica. Esto es de verdad. No hay forma de que se aburra con él. Y no dejará que él se aburra de ella.

Cuando lo lleva a conocer a la Condesa, los recibe un perro viejo que olfatea a Gus pero ni se molesta con Vix. La Condesa da unas palmadas sobre la cama y le dice a Gus:

—Siéntate aquí y déjame verte.

Él se sienta a su lado. Ella le toma las manos y lo mira a los ojos. Finalmente, asiente y dice:

—El amor es un juego difícil, mis queridos. Jueguen bien.

—Stevie Nicks —dice Vix.

—¿Quién? —pregunta la Condesa.

—Es el título de una canción que me gustaba.

—Ese Stevie sabía de lo que hablaba.

Vix no le dice a la Condesa que Stevie es mujer. Le da un beso en la mejilla. La piel se siente finísima, como papel, bajo sus labios.

Han decidido casarse en septiembre, el mejor mes en Vineyard. Será una boda pequeña, en casa de Abby y Lamb, solo la familia: su padre y Frankie, los padres de Gus, su hermano y cuñada, su hermana y su novio... y unos cuantos amigos cercanos. Maia y Paisley bromean con que quizá una de las dos se enamore de Daniel. Vix les dice que no se hagan ilusiones.

Se casarán en el jardín, con un juez de Boston, el mismo que casó a Abby y Lamb hace quince años.

Una semana después del primer cumpleaños de Maizie, más o menos al mismo tiempo que Vix y Gus regresan de Key West, Caitlin toma el ferry hacia Woods Hole, maneja hasta Cambridge con Maizie y le pide a Abby y Lamb que cuiden de la niña por un día mientras ella hace unas compras. Llama a las seis para preguntar si pueden quedarse con Maizie esa noche. Ha encontrado a un viejo amigo y les gustaría cenar juntos. No agrega que la cena será en un avión rumbo a París. Pero cuando vuelve a llamar, ahí es exactamente donde está. Promete regresar en una semana, dos como mucho.

Dos semanas se convierten en dos meses.

Dos meses, en dos años.

Bru

Debería haberlo visto venir. Tal vez simplemente no quiso hacerlo. Tal vez fue eso. Eso sería típico de él: ignorar todas las señales. Pero algo estuvo mal desde el principio. En cuanto terminó la boda, ella cambió. Pensó que era por el embarazo. Tal vez fue muy pronto. Y estaba enferma todos los días. Pero él sabía que le encantaría ser madre. Bebés. Eso era lo que todas querían. Sus primos se quejaban de que, una vez que había un bebé en casa, olvídalo, se acababa el sexo.

El problema era que ella nunca fue como las demás. No se adaptó a la maternidad. Había algo antinatural en eso. Y lo del sexo… todavía lo quería. Incluso más que antes. Todos los días, a veces dos veces al día. Pero cuidar a un bebé por las noches lo dejaba agotado. No es que ella se diera cuenta. *Cariño, cógeme, cógeme fuerte. Hazme daño, cariño…*

¿Qué significaba eso? No estaba bien. Estaban casados. Ella era madre. No le gustaba cuando hablaba así. Especialmente lo de "hazme daño". Él nunca quiso hacerle daño. Nunca quiso hacerle daño a ninguna mujer.

¿Qué quieres?, le preguntó.

No es lo que quiero, es lo que necesito.

¿Qué… qué necesitas?

Mucho amor.

¿No te doy mucho amor?

Ella le sonrió, insinuante.

Sí, cariño, tú me das mucho amor.

¿Entonces qué? ¿Qué estás pidiendo?

Todo.

Ya tienes todo.

Ella le dio una sonrisa triste.

Necesitas vitaminas, le dijo. *Vitaminas con minerales.*

Ella se rio.

A él no le importó.

Y necesitas salir más de la casa. Tal vez un trabajo…

Ya tengo un trabajo. Soy tu esposa. Soy la madre de Maizie.

Trisha

Debería haber pasado más tiempo con Caitlin después de que naciera Maizie, pero estaba tan ocupada construyendo su casa soñada con Arthur. Lamb tenía razón: en cuanto él la dejó libre, su vida dio un giro. Claro, si Lamb la hubiese elegido a ella en vez de a Phoebe hace tantos años, si ella hubiera tenido hijos con él, nada de esto habría pasado. Pero ¿de qué sirve pensar en eso ahora?

Bru parece aturdido. Igual que en la iglesia, el día de su boda. Pero ¿tenía que volver a enredarse con Star? ¿Y tan pronto? Como si Caitlin no hubiera existido, como si Maizie no importara.

Todo está empezando a ser demasiado para ella… Lamb y su familia. Pero Maizie es tan dulce. Le encantaría tener un bebé con Arthur. ¿Será demasiado tarde? Tal vez puedan adoptar. ¿Y si Caitlin hubiese dejado a Maizie con ellos?

Todos suponen que Vix sabe más de lo que dice, que Caitlin aún le confía sus secretos. Se nota que no le creen del todo cuando jura que no tiene ni idea. Está tan impactada como el resto. Pero al menos saben que Caitlin está más o menos bien. Lamb contrató a un detective que logró dar con ella en Barcelona. Firmó los papeles del divorcio, así que Bru es libre de casarse con Star, que está embarazada de siete meses. No perdió el tiempo. Vix lo odia por eso.

Qué irónico que Caitlin eligiera dejar a su bebé con Abby. O tal vez era lo que siempre quiso para sí misma: vivir con Lamb y Abby, tener una verdadera sensación de familia, pero por lealtad a Phoebe sentía que no podía hacerlo.

Cada vez que visitan Vineyard, ella y Gus se hospedan en el cuarto de Caitlin. Justo al frente, en el cuarto que una vez compartieron los chicaguenses, está la habitación del bebé, donde Maizie duerme abrazando un cerdito rosado.

Phoebe

Francamente, no puede creerlo. No es que esperara que el matrimonio funcionara. Siempre supo que era solo otro de los jueguitos de Caity. Pero Maizie. ¡Por el amor de Dios! ¡Ni siquiera ella abandonó a sus hijos! Y dejarla con Lamb y Abby. ¿Qué clase de declaración era esa?

Oh, por favor, que no le vengan con que a Caity no la quisieron lo suficiente. Que no le den explicaciones simplistas. Puede que no haya sido la madre más cariñosa en la historia del universo, ¡pero estuvo ahí, por el amor de Dios! Y Caity sabía que Lamb la adoraba. No, es otra cosa. Algún defecto. Ojalá pudiera señalarlo con claridad. Vix debe saberlo, pero no está diciendo nada.

Intentará ver a Caity este verano. Ya cambió sus planes para incluir Barcelona. Barcelona, entre todos los lugares. ¿Por qué no Venecia o París?

Lamb

Vive con una sensación terrible en el estómago las veinticuatro horas del día. Se traga tabletas de Maalox a puñados. Llora por cualquier cosa. No puede entender lo que ha pasado.

Abby tiene cuidado de no culparlo, de no culpar a nadie. Phoebe lo llama inquietud viajera. *Algunas personas nacen con eso*, le dice. Sea lo que sea, no está seguro de poder soportarlo.

Ella se negó a verlo en Barcelona. Envió a un mensajero a su hotel con el nombre y la dirección de un abogado en Nueva York. ¡Se negó a verlo! Su hija adorada. ¿Cómo puede ayudarla si ella no se lo permite? La perdonaría por cualquier cosa. Solo quiere que vuelva a casa. *Vuelve a casa, Caitlin, ¡y sé madre para tu bebé!*

Sharkey

¿Qué esperaban?

Abby

Piensa en la abuela Somers cuando tenía cuarenta y tantos, acogiendo a Dorset y a Lamb. Ella ya pasó los cincuenta, está en la menopausia, pero se siente joven, más joven de lo que se ha sentido en años. Y más tranquila. Tal vez sean las hormonas. Tal vez sea Maizie.

Es como si ella y Lamb hubieran cambiado de lugar. Ahora él es el ansioso, el que carga con el monitor del bebé, el que revisa a Maizie tres o cuatro veces durante la noche. A veces lo encuentra de pie junto a la cuna, observándola respirar, con las lágrimas corriéndole por el rostro. Ha vuelto a escuchar a los Beatles, por primera vez desde que mataron a John Lennon. Ella intenta tranquilizarlo. Maizie estará bien. Crecerá fuerte y segura de sí misma, rodeada de adultos que la quieren, con primos y hermanastros para hacerle compañía. Pondrán límites, la guiarán, le enseñarán a ser responsable. Pero la manera en que él la mira cuando ella habla del futuro de Maizie le parte el corazón.

Teme el día en que Caitlin regrese como si nada a sus vidas, pretendiendo llevarse a Maizie con ella. Aunque Caitlin ha firmado los papeles en los que renuncia a todos sus derechos —dándoles a ella y a Lamb la custodia física, mientras comparten la custodia legal con Bru—, sabe que las madres biológicas suelen tener ventaja en los tribunales. ¡Pero no dejará ir a Maizie sin luchar!

Bueno, Abby, le dice su propia madre, *por fin tienes a tu niñita*.

46

Poco antes de cumplir treinta años, Vix recibe un boleto de avión por correo, un pasaje a Milán con conexiones en tren hacia Venecia, acompañado de una nota:

¡Celebra el tercer piso conmigo!

Vix está fuera de sí.

—¿Quieres verla? —le pregunta Gus.

Ella está casi de seis meses, embarazada de su primer hijo. No sabe qué hacer. ¿Podrá alguna vez perdonar a Caitlin por haber dejado a Maizie?

—No lo sé —dice—. Quizás. Creo que sí. Sí.

—Si el médico dice que está bien —responde él, besándole el cuello—, para mí también está bien. No me preocupa que no vuelvas.

En Venecia, Caitlin la espera en la estación de tren. Caitlin viste completamente de blanco, con el cabello recogido bajo un sombrero de paja de ala ancha. Lleva enormes gafas de sol de diseñador y sostiene un segundo sombrero para Vix, que hierve de calor con un vestido azul de mezclilla para embarazadas. El conductor la ayuda a bajar del tren con su bolso.

—Dios, Vix —dice Caitlin, abrazándola—, te ves tan…

Vix espera que termine diciendo "madura", pero en lugar de eso dice:

—Embarazada.

Ambas se ríen. Caitlin le coloca el sombrero de paja en la cabeza y lleva su bolso hasta un bote que las lleva rápidamente al Gritti Palace, en el Gran Canal.

Su habitación, con vistas al canal, es enorme y las sábanas son realmente de lino. Tienen dos baños, uno para cada una. El piso de piedra ayuda a mantener fresca la habitación. Todo está limpio, sencillo, pero es increíblemente lujoso. Podrían pasar años antes de que ella y Gus puedan permitirse un viaje así, si es que alguna vez lo hacen. Un punzón la atraviesa al pensar en Gus en Nueva York, yendo a trabajar todos los días mientras ella está aquí, en la ciudad más romántica del mundo. El italiano de Caitlin suena auténtico. Todos con quienes habla responden como si no fuera una turista americana sino una nativa, una rubia del norte de Italia. Olvídate de los pies sucios y desnudos, olvida el Premio Pelotilla Fecal. Esta Caitlin es elegante. Las cabezas se vuelven para seguirla con la mirada.

Ella establece las reglas.

—Yo hago las preguntas, tú no.

Vix asiente, si eso es lo que quiere. Además, siempre ha aprendido más simplemente escuchando. Caitlin quiere saber de su vida, de su matrimonio, de su trabajo. Vix espera que pregunte por Maizie.

Salen solo en las mañanas y en las noches. Descubre que a los italianos les encantan las mujeres embarazadas. Nadie hace menos de lo posible por ella, ni siquiera Caitlin, que actúa como su guía privada. Toman góndolas como Paisley toma taxis en Nueva York. Visitan catedrales, el antiguo barrio judío, el museo Peggy Guggenheim, donde Caitlin le toma una foto a Vix encima de la estatua de un burro bien dotado. Caitlin incluso la lleva en bote privado al otro lado del canal para nadar en el Hotel Cipriani, donde conoce al gerente. Por la noche, recorren callejuelas estrechas y adoquinadas hacia restaurantes diminutos, casi imposibles de encontrar, donde comen pescado fresco y deliciosas pastas.

Por las tardes cierran las antiguas contraventanas de madera de su habitación y toman largas siestas. Un día, Vix despierta y encuentra a Caitlin sentada a su lado.

—¿Qué? —pregunta.

Caitlin sonríe.

—Tú. —Apoya la mano sobre el vientre de Vix—. Esto.

—Me encanta estar embarazada —dice Vix.

—Cuéntame de Maizie —dice Caitlin suavemente.

—Es maravillosa, dulce, lista…

—¿Se parece a mí?

—Es preciosa, si eso quieres decir. Traje fotos.

Vix busca en su bolso, pero antes de que pueda abrirlo, Caitlin dice:

—Todavía no. No puedo hacer esto todavía, ¿de acuerdo?

Vix responde con un gesto silencioso:

—De acuerdo.

En la mañana final de la visita, Caitlin dice:

—Ahora sí me gustaría ver esas fotos.

Desayunan en su habitación, con las contraventanas abiertas para ver los botes deslizarse con gracia por el canal. Vix le entrega las fotos de Maizie a Caitlin y la observa mientras las examina con cuidado.

—¿Está triste? —pregunta Caitlin—. Parece triste en esta foto.

—¿Triste? No. Es callada, sensible, pero no la describiría como triste. Le encanta escuchar historias sobre ti.

—¿Qué le cuentas?

—Sobre nosotras cuando éramos jóvenes. La llevo al carrusel. Ella llama a su caballo favorito Cabeza de Barro.

—¿Abby y Lamb? —pregunta Caitlin.

—Abby es una... —Está a punto de decir que Abby es una buena madre, una madre amorosa, pero eso implicaría que Caitlin no lo era, así que se detiene.

—Siempre pensé que Abby sería una buena madre si no fuera tan intensa.

—Con Maizie está más relajada. —Caitlin asiente.

—¿Y Bru?

—Pasa tiempo con ella, sobre todo en verano.

—No me refiero a eso.

—Casado con Star, la de la tienda de comida saludable. Siempre le gustaron las vitaminas.

Se ríen un momento, pero Caitlin vuelve a ponerse seria.

—¿Tienen...?

—Un niño y ella está embarazada otra vez.

Caitlin toma un sorbo de su capuchino. No debe ser fácil para ella, pero Vix se acuerda de que fue Caitlin quien decidió partir.

—¿Y tú? —pregunta Caitlin—. ¿Eres feliz?

Vix se acaricia el vientre. Piensa en lo afortunada que es de tener a Gus y al bebé que viene en camino. Su vida está llena de amistad y amor. Se le humedecen los ojos y siente nostalgia de todos ellos.

—Sí, soy feliz —le dice a Caitlin.

—¿Sin arrepentimientos?

—¿Arrepentimientos?

—Sobre Bru…

¿Bru? Es curioso, porque cuando lo ve ahora parece más un viejo amigo que un amante. Hablan de Maizie, del auge y caída del negocio a finales de los ochenta y principios de los noventa. El negocio ha mejorado desde que el presidente pasó dos veranos seguidos en la isla. Los isleños se quejan de la llegada de ricos y famosos, pero esos son buenos para la economía local.

—No tengo arrepentimientos sobre Bru —le dice a Caitlin.

Pero sí tiene arrepentimientos. Lamenta que la vida de Nathan se haya cortado tan pronto, que ella, Lanie y Lewis no estén cerca. Y, sobre todo, lamenta que Caitlin no haya podido confiar en ella, no haya pedido su apoyo, porque ahora entiende que Caitlin debió haber estado profundamente angustiada para abandonar a Bru, para dejar a Maizie. Así que le dice:

—Tengo arrepentimientos contigo.

—¿Conmigo? —pregunta Caitlin.

—Que no hayas venido a mí cuando estabas pasando por un momento difícil —le dice Vix—, cuando estabas sufriendo.

—¿Crees que yo estaba pasando un mal momento? ¿Crees que yo estaba sufriendo?

Vix asiente.

—¿Por qué no puedes verme como realmente soy? —pregunta Caitlin—. ¿Una egoísta que no le importa nadie más que ella misma, que se va cuando las cosas se ponen difíciles, que miente y engaña para conseguir lo que quiere, que miente a su mejor amiga solo para mantenerse un paso adelante?

—No —dice Vix—. No eres así.

—Le hice a Maizie el mejor favor que pude dejándola.

Vix niega con la cabeza.

—¿No me vas a preguntar cómo pude hacerlo? ¿Cómo pude abandonar a mi propia hija? ¿No me vas a decir lo desastrosa que soy?

—No tengo que hacerlo —responde Vix suavemente.

El rostro de Caitlin se descompone y empieza a llorar.

—Soy inútil, peor de lo que Phoebe alguna vez fue.

Vix la abraza, le acaricia el cabello, trata de consolarla.

—¿Cómo puedo importarte después de todo lo que te hice?

—¿A mí? No creo que ese sea el problema.

—Pero sí lo es. Te usé. Te quité todo lo que pude.

—Nunca lo vi así. Estaba agradecida solo por ser tu amiga.

—Entonces eres una tonta —dice Caitlin.

Saca un pañuelo del bolsillo de su vestido de lino y se suena la nariz.

—Estoy pensando en casarme otra vez.

Vix se sorprende.

—Su familia es de la Toscana. Tienen viñedos. —Se ríe—. ¿No es apropiado? Pero también tienen negocios en Milán. De hecho, ahí conocí a Antonio. Es guapo, tiene treinta y siete años, nunca se ha casado. Es perfecto, excepto que es un niño mimado. Pero bueno, todos los italianos lo son. Quiere niños, por supuesto. No sabe de Maizie. ¿Pero cuánto tiempo podré mantenerla en secreto?

Vix no puede imaginar mantener a Maizie en secreto. Algún día Maizie querrá conocer a Caitlin. Vendrá a buscarla.

—Voy a decidir esta tarde —dice Caitlin—, después de dejarte en el tren a Milán. Saldré en mi velero a pensarlo bien. Siempre puedo pensar mejor en el agua. Y para cuando regreses a Nueva York, ya habré tomado mi decisión. Te llamaré para decir *sí* o *no*. Solo eso.

Vix espera el mensaje en el contestador. Espera que Caitlin diga *sí* o *no*. Pero no hay mensajes.

Epílogo

VERANO, 1996

Un año después se reúnen en Vineyard para dedicar un prado de flores silvestres con vistas al mar a Caitlin. Es la hora mágica, justo antes del atardecer, cuando la luz es tan extraordinaria que hace que Vix crea en la posibilidad del cielo. Son un grupo pequeño: Abby y Lamb con Maizie; Sharkey con Wren, que está embarazada, y su pequeña Natasha; Bru y Star con sus bebés; Von y Patti con sus tres hijos, y Trisha y Arthur.

Daniel, que ha volado desde Chicago, se queda con Gus y Vix en la pequeña casa que han alquilado por una semana en West Tisbury. Ella y Gus han estado hablando sobre mudarse a la isla de manera permanente, si tan solo encuentran la forma de mantenerse haciendo lo que quieren.

Daniel sigue soltero, esperando a que aparezca la mujer perfecta. Abby le ha pedido que por favor apague su teléfono celular durante la dedicación.

Phoebe envió sus disculpas —estará fuera del país—. Dorset tampoco puede asistir, pero promete pensar en ellos desde su casa en Mendocino, donde se mudó tras la muerte de la abuela, poco antes de que cumpliera los noventa y nueve años.

Abby comienza leyendo a Shelley. Wren, que es tan tímida que hace que Sharkey parezca extrovertido, sorprende a todos cantando *Yesterday*, de los Beatles, con una voz clara y hermosa de soprano. Sharkey se rompe a mitad de la canción. Lamb lo abraza, con lágrimas en el rostro, y los dos se consuelan mutuamente.

—¿No sabía cuánto la amaban? —se pregunta Vix—. ¿No le importaba?

Se pregunta si en alguna parte de la Toscana un hombre guapo que también la amaba está de duelo. ¿O era otro de los fantasmas de Caitlin?

Vix había planeado leer el ensayo que escribió para su solicitud universitaria —Caitlin Somers, la persona más influyente en mi vida—, pero en el último momento se da cuenta de que no puede, así que Gus lo lee por ella mientras Vix sostiene a su bebé, Nate, que intenta meterse en la boca las cuentas turquesa que lleva en el cuello.

Maizie, que tiene cinco años, corre arriba y abajo con un vestido floreado, esparciendo pétalos de rosa al viento. Dice que recuerda a Caitlin, pero Vix no cree que sea posible. Lo que recuerda son las historias que Vix le ha contado —las que Maizie llama *Caitlin Summers*— y los álbumes de fotos que ellas revisan juntas cuando Maizie la visita. Caitlin es solo una figura de fantasía para Maizie, alguien para soñar, alguien de otro tiempo y lugar. Ella no entiende realmente qué están haciendo ahí, salvo que es algún tipo de fiesta —una fiesta para Caitlin, su madre biológica—. Vix tampoco entiende. Ha intentado darle sentido, pero no puede. Nadie puede explicar lo que pasó ese día. No hubo tormenta en la zona. El viento era moderado. Encontraron su barco dos días después, a la deriva, pero no había señales de problemas. No hay evidencia de que se haya perdido en el mar, excepto el pequeño bote y su plan de salir a navegar. No hay manera de que Vix ni nadie sepa la verdad. La verdad está con Caitlin, donde sea que esté.

A veces Vix escucha a Caitlin recordándole: *No importa cuántos chicos vengan y se vayan, siempre estaremos juntas*. Ella oye su risa contagiosa o esa voz seductora susurrando: *Siempre te amaré. ¿Me prometes que siempre me amarás?*

Dos días después, Vix monta su bicicleta hasta el prado de flores silvestres, sola. Se arrodilla frente a la piedra, que todos han tenido cuidado de llamar *conmemorativa* en lugar de *memorial*. Pasa los dedos sobre las letras grabadas.

Celebrando a Caitlin Somers
Agosto de 1996

Sola en el acantilado, con el sonido de las olas rompiendo abajo, Vix desata su ira.

—¡Maldita seas por irte! ¡Por no importarte lo suficiente! —grita y vocifera a Caitlin, hablando sin parar de amistad y amor, negándose a creer que Caitlin se haya ido para siempre, que ella, que tanto temía desaparecer, haya planeado su propia desaparición. ¿Podría ser tan cruel?

Vix también se culpa a sí misma. ¿Cómo pudo no darse cuenta de la desesperación de Caitlin? Ella fue la última en verla. Seguramente pudo haber hecho algo. Se derrumba en llanto. Llora como cuando dejó a Caitlin la mañana después de su decimoséptimo cumpleaños. Llora como cuando volvía conduciendo desde Santa Fe con Bru, con sollozos que le desgarraban las entrañas, hasta quedarse sin fuerzas. Finalmente, se recuesta junto a la piedra y se duerme.

Al despertar siente sed. Sus pechos están llenos, los pezones comienzan a gotear. Tiene que regresar para darle de comer a Nate. Mete la mano en su bolso y saca una piedra blanca y pura de playa. La coloca sobre la piedra de Caitlin.

—La próxima vez que te vea, seré yo quien haga las preguntas —dice.

Luego se ríe, imaginando que Caitlin la escucha y parlotea sobre la amistad y el amor.

A veces, Vix piensa que cuando llegue su gran cumpleaños cuarenta recibirá un sobre de algún lugar exótico y dentro habrá un boleto de avión y una nota: *Ven a celebrar conmigo*. Gus le dirá: *Ve, no te preocupes por los niños*. Y ella irá. Caitlin la esperará en el aeropuerto, con el cabello volando al viento. Después de abrazarse, Vix mantendrá a Caitlin a un brazo de distancia por un momento. *Dios, Caitlin*, dirá, *te ves tan adulta*.

Y Caitlin se reirá y responderá: *Ya era hora, ¿no crees?*

SUMMER SISTERS

Amigas de verano

JUDY BLUME

Guía de lectura

Amigas de verano

por Judy Blume

MARY. *Amigas de verano* está dedicado a Mary Weaver. Aunque nunca pasamos los veranos juntas, ella fue y sigue siendo mi "amiga de verano", mi alma gemela. Nos conocimos en el salón de séptimo grado y conectamos desde el principio —Sullivan y Sussman— como un dúo de vodevil. Nos convertimos en un equipo, mejores amigas durante la secundaria y preparatoria y hasta la universidad. Fingíamos ser gemelas separadas al nacer —idénticas en tamaño— una con un bello rostro irlandés; la otra, una chica judía con coleta. Inseparables.

Mi madre, que quería que fuera perfecta, reconocía la belleza y la personalidad ganadora de Mary, pero no se sentía amenazada, porque Mary no era judía. Por lo tanto, ella y yo no competíamos por los mismos chicos. Cuando pienso en las veces que mentí a mi madre para complacerla, para asegurarle que sí, efectivamente, era la más popular, la mejor chica en todo sentido, me estremezco. Guardaba mis ansiedades para mí. Solo mi eczema me delataba.

Sin embargo, mi amistad con Mary sobrevivió y floreció. Yo tenía lo que ella quería: un padre que pensaba en mí como una maravilla, un hogar seguro donde nadie tenía que preocuparse por pagar la renta, montones de suéteres de cachemir (aunque los comprara al por mayor), un hermano mayor en la universidad.

Y su vida me parecía romántica. La lucha. El vínculo con su madre. El sentido del humor irreverente. Belleza, popularidad. No tenía que preocuparse por ser una niña tan buena, tan perfecta, o eso creía en ese entonces. Ella guardaba sus demonios para sí misma. ¿No lo hacíamos todos en los años cincuenta?

Había una química entre nosotras. ¡Estar juntas era tan divertido! Nos sentíamos tan orgullosas con nuestro rápido ingenio y nuestras bromas privadas. ¡Y el drama! Ambas estábamos interesadas en el teatro, ambas soñábamos con estar en el escenario, como Susan Strasberg en *El diario de Ana Frank*, o en películas, como Natalie Wood en *Rebelde sin causa*, ambas justo de nuestra edad.

PÉRDIDA. Mary estuvo a mi lado cuando mi padre murió de repente, apenas semanas antes de mi boda con John Blume, tras mi penúltimo año en la universidad. Ella también sufría, pero no hablamos de cómo la afectó su muerte hasta hace poco.

Al final, fue mi matrimonio —y apenas un año después, el suyo— lo que nos separó. Aunque nuestras hijas nacieron con solo dos meses de diferencia, nuestras vidas ya eran muy distintas. Ella vivía en Nueva York y yo en los suburbios de Nueva Jersey. Su esposo, un protestante anglosajón de vieja alcurnia, era académico; el mío era un abogado joven y ambicioso. Los hombres no tenían nada en común.

Sentí la pérdida de esa amistad. Estaba sola en mi matrimonio y extrañaba la camaradería de mis viejas amigas. Constantemente esperaba encontrar a alguien con quien pudiera conectar. Cada vez que una mudanza traía una nueva familia a nuestra calle, yo salía a recibirla, como un comité de bienvenida de una sola persona, esperando que fuera "la indicada". Nunca lo fue.

AÑOS DESPUÉS. Mary y yo nunca dejamos de ser amigas y, en realidad, tampoco perdimos el contacto. Simplemente no lográbamos pasar mucho tiempo juntas y cuando intentamos salir los cuatro: nuestros esposos, ella y yo, nunca funcionó del todo.

Ella se convirtió en la maestra de jardín de infancia que yo me había preparado para ser. Yo empecé a escribir, tal vez por soledad, quizá incluso por desesperación. Yo era la ambiciosa, la impulsada por algo, decidida, aunque en ese entonces no lo sabía.

Si Mary estuviera escribiendo esto, sería completamente distinto, estoy segura. Incluso ahora sé más sobre nosotras de lo que estoy contando. Nuestra historia es profunda. Y nuestros genuinos sentimientos hacia la otra, aún más profundos. Somos amigas para toda la vida. Pasamos juntas la pubertad. La universidad. Nos casamos, tuvimos hijos, empezamos a trabajar, perdimos a nuestros padres y ahora somos abuelas. Pero cuando estamos juntas, los años se desvanecen. ¿No es eso lo que importa? ¿Tener a alguien que recuerde contigo? ¿Tener a alguien que recuerde cuánto has recorrido?

CAITLIN Y VIX. ¿Está basada la relación entre Caitlin y Vix, en *Amigas de verano*, en mi amistad con Mary? Antes de sentarme a escribir estas notas, te habría dicho que absolutamente no. Su historia es mucho más oscura, más seductora, más competitiva, y Caitlin y Vix tienen personalidades totalmente distintas. Sin embargo, se trata de dos jóvenes de orígenes diferentes cuya amistad comienza a los doce años y perdura.

Vix encuentra a Caitlin irresistible: el peligro, la osadía, la emoción de formar parte de su familia excéntrica. De Vix, Caitlin recibe amor incondicional. Pero también son rivales. Al fin y al cabo, una se casa con el primer amor de la otra. Salvo por un flechazo en noveno grado, Mary y yo nunca estuvimos enamoradas del mismo hombre. Al menos no que yo sepa.

Preguntas y temas para debatir

1. En *Amigas de verano*, experimentamos los puntos de vista de casi todos los personajes, con la notable excepción de Caitlin. ¿Por qué crees que la autora tomó esta decisión? ¿Qué efecto tiene en ti como lectora?
2. Caitlin y Vix parecen ser completamente opuestas: mientras Caitlin es salvaje y desinhibida, Vix es cautelosa y callada, y aunque ambas son hermosas, Caitlin es rubia y Vix es morena. Una creció en la abundancia y recibió todo lo que quiso, y la otra creció en una familia de clase media baja con poco dinero. ¿Cómo interpretas su amistad? ¿Qué hay en el fondo de ella? ¿Se complementan o sus diferencias impiden que formen un vínculo sólido?
3. Vix es tan cercana a Caitlin que se autodenominan "amigas de verano". Sin embargo, Vix no mantiene la misma cercanía con su hermana biológica, Lanie. ¿Qué opinas de la distancia entre ambas hermanas? ¿Daña la cercanía de Vix con la familia de Caitlin su relación con su propia familia? ¿Por qué?
4. Aunque la Condesa es la jefa de la madre de Victoria, es una amiga cercana de la familia Somers y visita su casa en calidad de invitada. ¿Qué te revela esto sobre las diferencias de clase entre las chicas? ¿Crees que esto afecta la dinámica de la amistad entre Caitlin y Vix?
5. Tanto Caitlin como Vix tienen relaciones tensas con sus madres biológicas. Cuando Lamb se casa con Abby —una persona muy afectuosa—, ella intenta acoger a ambas chicas como si fueran sus propias hijas. Pero estas reaccionan de formas muy distintas: mientras Vix florece

bajo su atención materna, Caitlin la rechaza de inmediato. ¿Por qué crees que sucede esto y qué impacto tienen estas reacciones distintas en la vida de ambas?

6. Después de que muere el perro de la familia, la joven Caitlin se obsesiona con la muerte, diciéndole a Vix que le gustaría irse antes de volverse "vieja y fea" y que nadie la quiera. Le pide a Vix que hagan un pacto para morir juntas, y esa es la primera vez que Vix no le sigue el juego. ¿Cuál es la importancia de este momento a medida que avanza la narración?
7. ¿Por qué crees que a Vix le resulta más fácil perdonar a Bru que perdonar a Caitlin tras el incidente de su cumpleaños número dieciocho? ¿Es porque tiene expectativas más altas respecto a su amiga o porque está cegada por sus sentimientos hacia Bru?
8. Caitlin expide sexualidad. Cuando ella y Vix son jóvenes, es Caitlin quien le presenta los placeres del Poder entre las piernas, y de adolescente coquetea sin control con todos los hombres que conoce y crea historias elaboradas sobre sus conquistas sexuales. Más adelante, descubrimos la verdad tras esas historias. ¿Por qué crees que Caitlin se empeña en asumir ese papel de "la sexual"? ¿Y qué impacto tiene eso en su amistad con Vix?
9. ¿De qué forma el destino de Nathan cambia la vida de Vix?
10. Caitlin es muchas veces una amiga egoísta, que toma más de lo que da; sin embargo, hay muchos momentos en la novela en que busca apoyo y amor en Vix, pero es rechazada. ¿Crees que Vix también es una amiga egoísta? ¿Por qué sí o por qué no?
11. Vix tiene una relación completamente distinta con sus amigas de la universidad que con Caitlin. ¿En qué se

diferencian las amistades que formamos en la infancia de las que construimos más adelante? ¿Son intrínsecamente más fuertes o débiles?

12. Con su apariencia vibrante y personalidad luminosa, Caitlin parece ser la estrella de la familia cuando son pequeños. Pero al crecer, queda claro que Sharkey es mucho más centrado que su hermana y que logrará más cosas. ¿Qué crees que quiere decir la autora con esto?
13. Las relaciones de Caitlin y Vix con los hombres inevitablemente interfieren de manera dramática en su amistad, con traiciones por ambas partes durante la adolescencia y la adultez (primero, Caitlin; luego, Vix). ¿Qué opinas del hecho de que ambas sean culpables de este tipo de traición? ¿Y qué revela la transgresión de Vix sobre el cambio en la dinámica de poder entre ellas a lo largo de la novela?
14. Cuando Caitlin regresa a Vineyard como adulta, de alguna manera sus vidas parecen invertidas y Caitlin ha seguido el camino que podría haberse esperado para Vix. ¿Te sorprendieron las decisiones que tomó cada una o, conociéndolas, era algo previsible? ¿Qué crees que hay realmente detrás de las decisiones que toma Caitlin en Vineyard? ¿Por qué no es capaz de llevarlas a cabo?
15. Cada año que Caitlin pasa lejos de Vix parece alejarla más y más de la realidad. ¿Necesita Caitlin a su amiga estable y firme para poder funcionar? ¿Por qué Vix es capaz de vivir separada de Caitlin, pero no viceversa?
16. ¿El final de la novela tendría un impacto diferente en ti si hubiera más cierre en la historia de Caitlin? Si es así, ¿por qué?